U0894679

我的大脑失控了

作品

CNS PUBLISHING & MEDIA
湖南文艺出版社
HUNAN LITERATURE AND ART PUBLISHING HOUSE
博集天卷
CS-BOOKY

图书在版编目（CIP）数据

我的大脑失控了 / 银教授等著 . — 长沙 : 湖南文艺出版社 , 2017.1
ISBN 978-7-5404-7867-4

Ⅰ . ①我… Ⅱ . ①银… Ⅲ . ①短篇小说 – 小说集 – 中国 – 当代 Ⅳ . ① I247.7

中国版本图书馆 CIP 数据核字（2016）第 283415 号

上架建议：短篇小说集

WO DE DANAO SHIKONG LE

我的大脑失控了

作　　者：银教授 等
出 版 人：曾赛丰
责任编辑：薛　健　刘诗哲
监　　制：蔡明菲　潘　良
出 品 人：乔　洋　尹　健　唐梓严
特约策划：西　离
策划编辑：邢越超　张思北
营销编辑：李　群　张锦涵
版式设计：张丽娜
内文插画：Starry 阿星
封面设计：仙 境
出版发行：湖南文艺出版社
（长沙市雨花区东二环一段 508 号 邮编：410014）
网　　址：www.hnwy.net
印　　刷：三河市鑫金马印装有限公司
经　　销：新华书店
开　　本：880mm × 1230mm 1/32
字　　数：227 千字
印　　张：9.5
版　　次：2017 年 1 月第 1 版
印　　次：2017 年 1 月第 1 次印刷
书　　号：978-7-5404-7867-4
定　　价：39.80 元

质量监督电话：010-59096394
团购电话：010-59320018

有时候，真相比故事更荒诞。

我又想起小黑问过我的那个问题，
那个号称世界上最高等的物种——人类——问出的问题：
“如此短暂的一生，何以实现生命的价值？”

真相重要吗？重要。

但是人不能知道太多真相，否则不幸福。

毕竟有人说，感情的事，无非是你骗我，我骗你，自己骗自己。

白天醒着的我在这个世界里，
晚上睡觉闭上眼睛戴上机器的我就进入另一个我所期待的世界。
但与梦境有所不同，若是我在平行世界出了什么意外，那我永远也无法醒过来。

目录

contents

诈骗师 ◎ 银教授 | 001
天蝎座的记忆球 ◎ 英国报姐 | 009
日防夜防，小心隔壁老王 ◎ 刘子慕 | 013
招聘 ◎ 刘子慕 | 022
看完这个，你还敢爱熊猫吗 ◎ 徐佳杰 | 030
御龙师 ◎ 风兮兮 | 036
大圣的徒弟 ◎ 温酒 | 054
蝉 ◎ 温酒 | 062
臆想症 ◎ 握雪越冬 | 070
姑苏旧事 ◎ 灵魂厨娘 | 074

屠龙只是兴趣，睡龙才是追求 ◎ 房昊 | 083
如果白蛇传倒着写 ◎ 房昊 | 098
体液交换 ◎ 詹晨 | 113
对面楼的女人 ◎ 一只喵 | 134
阁楼里的秘密 ◎ 戴唐儿 | 140
平行爱情 ◎ *SIX* 胡 | 152
问问我手里这把剑 ◎ 胡点点 | 160
你这狐妖 ◎ 胡点点 | 168
失踪的女朋友 ◎ 毕家小二少 | 174
平行时空事务所 ◎ 银针一朵 | 182

My brain is
out of control

我的大脑失控了

死结 ◎ 银针一朵 | 188

如何调教女朋友 ◎ 曲起惊鸿 | 199

剪纸娘 ◎ 曲起惊鸿 | 205

李木头的这一刀 ◎ 灰小悟 | 214

恶市 ◎ 杨寓程 | 239

中毒 ◎ 匡霞 | 245

香水 ◎ 喻听话 | 252

永生之酒 ◎ 姚一十 | 262

红羊 ◎ 火罐大公举 | 271

嘿，Siri ◎ 邱雷苹 | 280

那之后，又多了一尊佛。
世间本没有斗战胜佛，也没有齐天大圣。
只有山穷水尽的普通人。

这样有什么不好的？有点。
总是缺少些激情，找不到生活的动力，
最重要的是，活在幻觉里，我都不知道，这世界原本的样子。

如果真相是种伤害，我仍选择接受。

诈骗师

◎ 银教授

李建军，诈骗师。

他坚信自己很帅，因为最高明的诈骗师，连自己都能骗过。

李建军从小擅长骗人。

十五岁时，他骗父亲说数学考了九十九分。

父亲不信，要看卷子。李建军掏出卷子，其实考了一百。

父亲很高兴，给了他更多的奖励。

出来骗人，最重要的是讲诚信，说要骗人，就一定要骗到人。

有时候你把别人骗了，别人比你还高兴。

这是因为人们的开心，无非是超出预期。

给人营造一个预期，然后再违背，就能掌控人的情绪。

人的情绪一旦被掌控，就容易被骗。

所以，越是性情中人，越容易受骗。

这就是为什么在一段感情中，你越投入，就可能伤得越深。

二十八岁时，同学聚会，大家纷纷介绍自己的工作。

有人干银行，有人干地产，有人干零售。

而李建军却是个骗子。

他说了实话："我是个骗子。"

同学们一愣，短暂沉默。

有人打破沉默："你是说……你在新闻网站工作？"

作为一个骗子，

他的苦恼就是偶尔说句实话却没人相信。

【1997 年，森林木屋】

李建军这辈子只谈过一个女友，张乃霞。

年轻时，他们一直在森林的一间木屋里约会。

这间木屋只有他们两人知道。

那年十八岁。

张乃霞："你愿意为我而死吗？"

李建军："不愿意。"

张乃霞："为什么？"

李建军："舍不得你。因为我死了，再也不会有人像我这么爱你。"

李建军在这间木屋把张乃霞睡了。

第二天，李建军消失了。

人间蒸发。

张乃霞哭：“李建军，你这个骗子。”

是的，李建军的梦想就是当一个骗子。

李建军离开，是因为他已经下定决心要当一个诈骗师。

毕竟不是个正经行当，不能误了张乃霞。

过了十八年，李建军辗转全国各地，成为顶级诈骗师。

骗人，就像钓鱼，最重要的是耐心。

修炼耐心最好的方法，是坚守寂寞。

所以他从来没找过张乃霞，也不想从任何渠道听到关于她的任何消息。

他坚守着那份寂寞。

只是偶尔会回到当年的木屋，一个人静静坐着。

但没想到，十八年后，张乃霞来木屋找到了他。

【2015年，森林木屋】

张乃霞：“我知道会在这里找到你。十八年不见。”

李建军：“十八年零五十二天。”

张乃霞：“过得好吗？”

李建军：“很好。你呢，在做什么？”

张乃霞：“诈骗。”

李建军："想过你的很多种可能，唯独没想过这种。为什么？"

张乃霞："人这一辈子，想要不被人骗，只能自己当骗子。"

李建军："找我有事吗？"

张乃霞："干一票大的。"

李建军："多大？"

张乃霞："一颗宝石，价值十亿。"

李建军："毛氏集团的海洋之心？"

张乃霞："没错。宝石在毛氏集团的掌门人毛子尖手里。"

李建军："毛氏涉黑起家，家族名言：只有死人才能从我毛家手里拿走东西。这一票不好骗。"

张乃霞："所以找你一起干。"

李建军："你我都不差钱，何必冒着把命搭上的风险？"

张乃霞："不为钱，只为技。为钱的，叫骗子；练技的，叫诈骗师。搭上性命也值。"

李建军："我都是单干，我不相信任何人。"

张乃霞："所以你干的都是小生意。"

李建军："凭什么相信你，万一你是警察呢？"

张乃霞笑。

李建军："笑什么？"

张乃霞："两个骗子谈信任，好笑。 干不干一句话，不干，我走。

李建军点了根烟，看着窗外，点头同意加入。

经过两个月筹备，十个月布网，两人合作从毛子尖手里骗到了那颗海洋之心。

得手后，张乃霞说：“我们去美国销赃。这是机票和假护照。明天下午三点的飞机。机场见。”

李建军：“航班不会延误吧？”

张乃霞：“你没有资格嫌弃任何延误，因为你误了我十八年。”

人生最讽刺的是，你离开一个人，本是不想误了这个人，却恰恰误了这个人。

人类手里才几张牌？就算全是王炸，那也是上帝故意给你的，你打不过上帝。

【次日，机场】

李建军在机场没有等到张乃霞。

张乃霞带着宝石人间蒸发，如同十八年前李建军的那次。

李建军笑了。他想到张乃霞昨天说的最后一句话：“你误了我十八年。”

她真正想骗的不是宝石，而是我。

一个骗子，被另一个骗子骗了。

但李建军不怪张乃霞。

毕竟，一个骗子，有什么资格责怪另一个骗子。他欠张乃霞一个道歉，他想当面说句对不起。但张乃霞还会来找他吗？

一定会。

因为一个顶级诈骗师，永远有 B 计划。

李建军的 B 计划是偷天换日。张乃霞带走的那颗，是假货。真正的宝石，在李建军手上。

一个骗子，骗了另一个骗子，却还是被另一个骗子骗了。

“等张乃霞发现手上那颗是假货，她一定会回来找我。”

张乃霞知道哪里可以找到李建军，那个木屋。于是李建军从机场直接去了木屋，他什么都不干，只等张乃霞。

【森林木屋】

李建军等了一周，吃掉了木屋里储存的所有食物，张乃霞仍然没有出现。第八天，张乃霞出现了，出现在电视里，以一具尸体的形式。张乃霞的尸体在郊外被发现。警方表示案件正在进一步调查中。

李建军傻了。他有 C 计划，有 D 计划，但没算到张乃霞会死。

他回到家，发现家里已经被人翻得一片狼藉。桌上有封信。拆开，上面写着：“只有死人才能从我毛家手里拿走东西。”

是毛子尖。张乃霞的死，是毛子尖干的。

李建军有点乱，他想努力拼凑出整件事情的真相：骗了毛子尖十个亿，可能全身而退吗?

“只有死人才能从我毛家手里拿走东西。”

他反复琢磨这句话。

张乃霞一定早就料到两人不可能全身而退，如果注定要死一个人，谁来决定这个人是谁？他想起十八年前在木屋，张乃霞问他是否愿意为她而死，他说不愿意。

张乃霞在十八年前就有了答案。她做了个选择，所以这次死的那个人，是她。

“练技的，叫诈骗师。搭上性命也值。”这也是张乃霞说的。

但人死了，宝石得留着。这就是为什么张乃霞要找李建军合作，她想把宝石留给李建军。

“她不是报复我，是保护我。”

张乃霞知道李建军是老江湖，她算到了他会把真宝石换走。但是张乃霞凭什么认为宝石在李建军手里就安全？因为她知道李建军一定会再去木屋等她。去了木屋，就能躲过第一波追杀。

江湖上，第一波追杀最为凶险，如果能躲过第一波，缓口气，接下来要人间蒸发就容易了。

事实证明，李建军正是在木屋才逃过了毛子尖的追杀。人和宝石都能保住了，只是李建军在木屋再也不能等到张乃霞。

输了性命，赢了局。值吗？

一场骗局，不值。

一场感情，不问值不值。

李建军从此人间蒸发。那颗宝石，他没有销赃，那是张乃霞的命。

又过了二十年。

毛子尖找到了李建军：找了你二十年。

李建军：“躲了你二十年，我也活够了。动手吧。”

毛子尖：“你的命不值钱，我也不缺那十亿。今天我不杀你。”

李建军：“不杀我？你不是说只有死人才能从毛家手里拿走东西吗？”

毛子尖："等我告诉你真相，你就已经死了。"

李建军："什么真相？"

毛子尖："那天张乃霞根本没想过去机场，她想坐船偷渡甩掉你。但不凑巧，那艘偷渡船是我毛氏集团的。她被我抓了。我发现搜出的宝石是假的。我拷问她，她说在同伙手里。我说只要她把同伙供出来，就放她一条生路。她把你家的地址供了出来，但是我去你家里扑了个空，所以才在你家里留下了那封信。后来我通过关系在机场监控录像中查到了你，但是你已经不在机场。因为没有找到你，最后我们杀了张乃霞。"

李建军："我不信。"

毛子尖："你还以为张乃霞是为爱献身呢？"

李建军："我不信。"

毛子尖："你以为我为什么找了你二十年？你可以骗到我们毛家，但是从来没有人能欠了毛家的债不还。张乃霞用命还了。至于你，告诉你真相，就当你还债。"

李建军："我不信。"

毛子尖："可怜的骗子。"

毛子尖走了。

李建军又活了二十年。自言自语的二十年。直到死，他也没有相信毛子尖的话。就算毛子尖说的是真的，李建军也觉得张乃霞是爱他的。否则张乃霞为什么只供出了李建军家里的地址，而没有供出木屋？原因可能有很多，但只有张乃霞知道真相。

真相重要吗？重要。但是人不能知道太多真相，否则不幸福。

毕竟有人说，感情的事，无非是你骗我，我骗你，自己骗自己。

天蝎座的记忆球

◎ 英国报姐

【2116 年 11 月 6 日，傍晚】

王昊去了“记忆银行”，前几天偷偷摸摸预约的，瞒着媳妇，他本来不想去的，犹豫了好久还是决定去看看，就当是整理销毁过期的“记忆球”吧。

他拉开自己的“记忆球夹子”，银行的人按照年份把它们整整齐齐地排列着。小时候的“记忆球”还是父母帮他提取的，他挑了几个，按了“播放”，看着有趣。翻到关于初恋的记忆球，上面已经显示“销毁”按钮了，看来她也选择了“删除”，记忆的主体双方如果都选择“提取删除”记忆球，那么球上就会出现“销毁”的选项，否则单方面“删除”的球，只能显示“播放”，并不能“销毁”。

王昊看了看那几个球，叹了口气，按了“销毁”键，这几个球悄无声息地化成了尘埃，弥漫在空气里，要不是窗口有一缕夕阳的光透进来，可能自己的初恋连尘埃都看不见，就这么不留一点痕迹地被遗忘了，如同没发生过一样。

他又翻到结婚之前的两次恋爱记忆，钱小铃的那个记忆球上面依旧没有“销毁”的按钮，自己都“提取删除”这么多年了，每次来银行，习惯性地看看这个球，永远都只能播放，不能销毁，也不知道钱小铃到底惦记自己哪一点，始终不愿意选择遗忘，想是刻骨铭心得很，可惜他并没有这么觉得。

架子上最多的还是和自己媳妇的记忆球，毕竟恋爱八年，结婚五年了，在一起的记忆太多，不少记忆实在不想放在脑子里了，干脆都“提取删除”了，这些球都有一个特点，就是全部都不能“销毁”。媳妇是天蝎座，爱憎分明，好的坏的，都一并不想忘记，自己也习惯了，所以架子上的球也越积越多，他也没兴趣播放查看，上面落了厚厚的一层灰。

王昊销毁了一些可以销毁的球，有点眼黑，最近老有点头晕恍神，可能脑中的记忆太多超负荷了。他扶住架子缓了缓，想去外面抽根烟。这次来本该是有目的的，他有段最近的记忆不知道该不该提取删除，一段不想让媳妇知道的记忆。

是的，他出轨了，对方也是有家庭的人，两人约过几次，但都知道没有结果，王昊想忘记这段没有希望的感情。既然无果，不如忘怀，省得烦心，人类科技发展到现在的好处就在于此，可以选择遗忘特定的事情。但是他不确定对方的想法，也不好意思问，万一对方不愿意忘记，单方面删除了记忆是不能销毁的，只能存在这里，媳妇知道自己“记忆银行”的密码，万一看到了自己出轨的记忆球，后果不亚于捉奸在床。

他很纠结，不知道自己该不该“提取删除”。和媳妇结婚五年，他自认为是个好丈夫，从未对不起她，即便觉得感情淡了，没什么激情了，也依旧规规矩矩地活着。有时候外面是有机会，但自己从来没有做过越界的事情。媳妇和自己是大学同学，现在都是医生。虽然不在同一家医院，但忙碌程度他是知道的，即便工作忙碌，媳妇对他饮食起居依旧照顾得无微不至，可以说是满分的贤妻。这次出轨纯属意外，媳妇每天还是笑脸相迎温柔相待，完全被蒙在鼓里，他内心时常闪过几丝愧疚。

王昊蹲在墙角，一边这么想着一边把烟头狠狠地摁在地上，还是决定先不“提取删除”了，出轨的事就让它烂在脑子里吧。刚站起身，手机铃响了，手机那头是个沉重的声音：“是王昊先生吗？您的妻子出车祸了，您赶紧过来一趟吧。”

王昊双腿一软，一切恍如做梦，脑中瞬间麻痹，说不清是悲伤还是震惊，但很快又闪过无数个问题：

“媳妇是不是死了？”

“我现在要怎么办？”

“这么说我是不是可以提取删除记忆球了？”

“你现在还有空想这个？你媳妇都死了。”

“你还是不是人？”

【两天后】

有人敲门，王昊打开门，是记忆银行的人：“王先生，对于您妻子的意外去世我们深表遗憾，这是她记忆球的保管文件和密码，请您签收。”

【三天后】

王昊又来到记忆银行，这次他也是有目的的，他是来整理媳妇的记忆球的。他拉开妻子的“记忆球夹子”，夹子里面几乎是空的，只有两个球，王昊一点也不意外，苦笑着摇了摇头：“不愧是天蝎座，什么都不愿意遗忘。”

突然，他看到夹子里还有一个盒子，盒子上写着自己的名字。他打开了盒子，盒子里有十几个记忆球：“这……不是我的记忆球吗？怎么会在她这里？”他随手拿起一个球，点了播放，看了一分钟，他的表情凝固了，这是他和同事李真的出轨记忆。他又拿起了另一个，这是他和前任钱小铃见面复合上床的记忆球，难怪钱小铃一直不愿意遗忘。

王昊的手开始颤抖，他疯狂地点开了所有的记忆球，瘫坐在地上。没错，这些记忆球全部都是他和别人出轨的片段，从婚后的第二年开始，一直到现在，而他因为“提取删除”，已经全部遗忘，帮他“提取删除”的人，是他媳妇，那个每天对他温柔相待，看起来什么都不知道的媳妇。

一直觉得自己是个不出轨的好男人呢，原来只是反复被删除了记忆。王昊自嘲地看着这一堆记忆球，有点心疼逝去的媳妇，又有点后怕。

他突然拿起了媳妇仅有的两个记忆球，点了播放。第一颗球是他们第一次见面时的场景，大学的自习室里，媳妇笑靥如花，而他略带羞涩地小声问：“你好，我叫王昊，你旁边有人吗？”第二颗球是妻子在医院里，拿走了一瓶药，然后回到了家，放了几滴在他的汤里，这段记忆持续了很长时间，一直到现在，但画面一直在重复，都是她给他下药的场景。

那瓶药，他也认得，是一种知名的慢性毒药，毒发时会头晕眼黑，五年内会瘫痪致残。

日防夜防，小心隔壁老王

◎ 刘子慕

李方站在菜市场前，觉得有点奇怪，今天似乎下班太早了，天还亮着。然而这不是让他站住的原因，下班早总有道理可以讲，有道理就没必要太严肃。他站住是因为这个菜市场，它横在回家的路上，这有点没道理。

李方不喜欢不讲道理的人和事，而且这个菜市场他没见过。上班下班，在这条路上往返了好几年，为什么会有没见过的地方？

李方决定走进去看看。菜市场里有个女人，一副和他很熟的样子，主动搭话。

女人问他：“你怎么来了？”李方不记得这个女人，但他看这女人的样子，似乎是认识自己的，自己想不起来，多少有点不占道理，于是他实话实说：“我不是来找你的。”

女人问：“那你过来做什么？”

李方说："这里既然是个菜市场，那我就是来买菜的。"

女人皱着眉头："你买菜做什么？"

李方说："买菜还能做什么，回家给女朋友做饭。"

女人笑了，又问："你的女朋友，她长什么样？"

李方说："长得可漂亮了，你问这么多干什么？你安心卖你的菜。"

女人说："我卖菜可以慢慢卖，你回家最好赶紧回，有女朋友就一定要看好，万一和别人跑了，让你喜当爹。"

李方觉得这句话很有道理。一语惊醒梦中人，他恍惚间还真觉得，最近女朋友和邻居眉来眼去有点不自然。巧了，邻居姓王。

李方越想越害怕，但是又觉得奇怪，一个卖菜的女人，干吗和自己说这个？难道，难道，难道是她见到过自己女朋友和邻居偷情？同时又催自己回家，难不成这还是现在进行时？那这问题可算是不小，李方赶紧从菜市场出来，往家里走，走得很急，急得跑了起来。

有些事你越担心，越可能发生。

李方听说这个叫墨菲定律，他不认识谁姓墨，可他还知道有句老话，叫大难不死必有后患无穷。

跑到自己家楼下，邻居正气喘吁吁地站在楼下抽烟。

李方卷起袖子问他："你怎么喘成这个样子，干什么累的？"

"干什么？"那人反问他，"你认识我？"

李方说："我当然认识你，你是我邻居王大哥。"

那人说："对对对，我是你王大哥，你怎么突然回来了？"

李方说："我女朋友自己在家，有点不放心。你刚才干什么去了？累得这一头汗。"

王大哥说："干什么？不不不，今天什么都没干，我搬家了，以后就不住在这边了。刚刚在搬东西，你回来了就赶紧上去吧，你女朋友……算了你上去吧。"

李方听着这口气，好像自己女朋友真的出了什么事，三步并作两步跑上去回家。但是家里空荡荡的没有人。李方仔仔细细地找了一圈，不仅女朋友不在，连她的东西都没有了。拖鞋不见了，牙刷也不见了，化妆品没有，护肤品没有，甚至连快递包裹都没了。好像这个人就不曾存在过一样。这就没道理了，如果洗手池上连根头发丝都没有，那这里又和单身公寓有什么区别？

李方的脑子有点乱，从下班开始，好像自己遇到过的每一个人都知道自己女朋友出了事，唯独自己什么都不知道。

他抱着头，痛苦不堪，自己一时间竟然无法证明自己有个女朋友。这一瞬间，他想起了《楚门的世界》，那个电影里面，摄制组给男主搭建了一个虚构的小镇，里面除了男主之外的其他人都是演员，虚构的小镇里面的所有东西都是为了他专门搭建出来的，身边发生的一切事情都有剧本。

李方感觉自己身边的世界也是假的，就和楚门的世界一样，只不过这个世界的脑残编剧突然觉得，李方不应该有个女朋友。

于是事情就变成了这样。

同理可求，除了自己的每个人都应该知道这个世界发生了什么，肯定也都知道自己的女朋友去哪里了。

李方从屋子里出来，遇到自己楼下的住户。

李方把他拦住："我女朋友呢？"

“你女朋友？这问题应该问我吗？”

“你认不认识我？”

“我肯定认识你啊，富二代一个，出了名地傻。别烦我，我受不了你身上的铜臭味。”

自己是富二代？李方不知道自己的人设什么时候成了富二代，肯定也是这个脑残编剧搞的鬼。这个编剧不讲道理，参与摄制的这帮群演也不讲道理。

李方再一次回到菜市场。如果世界上还有人知道自己女朋友去哪里了，这个菜市场的女人一定是其中一个，是她提醒自己回家看看，她一定知道内幕。或许她是摄制组的高层。

李方问她：“我女朋友到底怎么了？为什么她失踪了？你为什么知道她出事了？”

女人说：“你有没有发现你对这个世界的认知变了？”

李方说：“你说人话。”

女人说：“你觉得这个世界好像是假的，旁边的人和自己熟悉的环境有点不一样。”

李方说：“没错，我就不记得这个菜市场，从来没见过。”

女人又说：“你看我像多大的？”

李方眯眼，仔细看了看，什么都没说。

女人说道：“我今年二十一，在上大学，我为什么在这里卖菜？”

李方回答不上来。

“你女朋友找不到了，只能你自己去找，谁也帮不到你，就像你的邻居搬走，你也没有办法。”

李方说道：“你知道的事情好像很多，刚刚你是不是在暗示我，我女朋友和那个邻居走了？”

女人不说话。

李方从菜市场跑出去，他不知道邻居搬到哪里去了，但是他要找，他要找到自己的女朋友。他开始到处打听，但是谁也不知道他女朋友在哪里。一直到半个月后，他把身上的钱花光，一干二净。

他开始穷困潦倒。他坐在外面，看着这个世界，发现社会这种东西是不讲道理的，没钱就没东西吃，可他是主角啊，饿死了自己这节目怎么拍？这个世界陌生的一切都和他前半辈子所熟悉的不一样。

然而命运的巧合让他的人生出现了一丝转机。在他花光了手中最后一分钱的时候，他看见了他的邻居，王大哥。王大哥主动带着他去吃饭。

“我女朋友不见了，你知不知道她去哪里了？”李方狼吞虎咽。

王大哥说：“不知道，我搬家很久了，你不记得？”

李方说：“我记得，但是我女朋友是不是跟着你跑了？”

王大哥很无奈：“做人是要讲道理的，你女朋友怎么会跟着我跑呢？那是你女朋友啊，你最后一次看见她是什么时候？”

李方摇头：“我想不起来。”

不仅是这件事，很多事情他都想不起来，尤其是和他女朋友有关的事情，他只知道他有一个女朋友。连女朋友长什么样子他都不记得。

李方又问：“真的不是和你跑了？”

王大哥非常诚恳：“真的不是。”

李方觉得王大哥没有说谎，自己女朋友不是和邻居走了。那当时卖菜的女人的暗示是不是还有别的意思呢？他陷入了沉思。

王大哥说：“这种奇怪的事摊在你头上，苦了你了。”

李方擦擦嘴说：“我还要继续找，总有一天我要把她找回来。”

王大哥说：“这个我支持你，但是你总要活下去吧，你还是要自己找点事情赚个吃饭的钱啊。”

李方说：“工作我是有的，但是我已经太久没回去上班了，我不知道那边还要不要我。”

王大哥说：“不如你再去试试。”

李方觉得有道理，总要试试，不然自己就饿死了。于是，他又回到之前自己任职的公司，找到自己的上司，对他说：“我回来上班了。”

上司说：“回来啦，好像很久没看见你了。”

李方说：“我女朋友不见了，我一直在找她。”

上司很理解地说：“哦，原来是这样，人之常情，现在找到了吗？”

李方摇摇头：“还没有，我找不到，你知不知道她去哪里了？”

上司说：“你女朋友去哪里我不知道，但是你回来，是要继续上班，还是要辞职？”

李方说：“一时半会儿我找不到她，我想先上班，你这里还要我吗？”

上司说：“当然要你，你上次请的长假还没到期，你现在回来上班，我欢迎你还来不及。”

李方不理解地问：“我什么时候请长假了？”

上司说：“你上次住院的时候，和公司请了半年的假，现在回来了，你就继续工作吧。”

李方坐回自己的工作间，一切都十分熟悉，但是他想不起来自己什么时候请过长假，也想不起来自己住过院，是生病了吗？为什么自己对好多事情都没印象了？

他坐在工作间里翻自己的东西。乱七八糟的什么都混在一起，抽屉里最多的居然是各种邮票。他更加确信了自己是有女朋友的，这种文青的小玩意儿，不是为了骗女朋友怎么会有男人去收集？但是女朋友不讲道理地失踪了。

翻啊翻，他在抽屉里找到了一张照片。但是上面的人他只认识两个，一个是他自己，一个是邻居王大哥，画面上还有一个不认识的女性，五十岁左右。李方觉得自己发现了什么，又找到王大哥。

李方开门见山："我找到一张照片，上面有我有你，我不知道这是怎么一回事。"

王大哥接过那张照片，端详了片刻，给自己点上一根烟，缓缓说道："这个女人是我老婆，去年的时候去世了。"

李方说道："对不起，触及了你的伤心事，这是我在嫂子生前照的？"

王大哥说："是，当时她还在，你还好好的，我也没这么多白头发。"

李方觉得自己有点混乱，问道："为什么我不记得和你俩照过这张照片？"

王大哥说："这样吧，我带你去见一个人，你要是能想起来也就想起来了，还想不起来的话也没有别的办法了。"

李方又问道："你知道我发生了什么是不是？这是病吗？失忆症？"

王大哥摇摇头："不是失忆症，你是受了刺激，精神出现了问题。"

王大哥带着李方去了一栋别墅，在非常高档的小区里。别墅里的女主人李方认识，就是当时在菜市场的那个女人。

李方又一次看见她，不得不承认，这个女人非常漂亮，自己不应该把她当成卖菜的商人。

“你好，我们又见面了。”李方打招呼。

女人说：“你好，我当初说的话看来你都参悟到了。”

李方说：“恰恰相反，你说错了最后一件事，我女朋友没有跟着王大哥走，我今天来是因为发现了这张照片，所以过来看看。”

女人接过照片看了一眼：“你知道这照片上的是谁吗？”

李方摇头：“谁啊？”

女人说：“这是你的婶婶，去年过世的。”

李方大吃一惊：“我知道这个人去年过世了，但是这个是王大哥的老婆啊。”

女人说：“按理说，你口中的王大哥，其实是你叔叔。”

李方再次吃惊，回头看王大哥，王大哥默默地点点头，对他说道：“都是真的，孩子，你受到了一些刺激，所以忘记了很多事情，受了很多苦，连你亲叔亲婶都不记得了。”

李方还是有点不理解：“如果你是我叔叔，那怎么你姓王我姓李？”

王大哥又给自己点了一根烟：“你妈妈年轻的时候，唉，都过去了，不提了。”

女人又说道：“你还记得你第一次遇到我的那个菜市场吗？”

李方点点头。

女人说：“那也不是什么菜市场，那是医院对面的花店，医院就是你偷偷跑出来的那家医院，本来你现在应该在住院的。”

李方恍然大悟地说：“难怪我和公司请了假，原来是住院了。”

王大哥说道：“那家公司就是我的，你不过是挂个名字，其实很少去上班。”

李方坐在沙发上，把刚刚听到的一切都想了一遍。发现一切联系不上，是因为事情没有开端，一个事件一定要有一个开端。他问女人：“那你是谁啊？”

女人拨弄一下头发说：“其实，我就是你的女朋友，你找了这么久都找不到，只是因为你把我忘了，从一开始你就看见我了。现在我这样和你说，你想起来了吗？”

李方没有想起来什么，但是他激动地站起来说：“太好了，我终于找到我女朋友了，我只记得我女朋友非常漂亮，果然是很漂亮。”

女人翻了个白眼：“先别夸我，你要明白一件事，现在你应该管我叫婶。”

李方愣了一下，好像能想起来当初自己是怎么受到的刺激。

招聘

◎ 刘子慕

“大家好，我叫李方。我今天是来应聘的，这是我的简历。有句话叫，人的价值在挑战中磨炼。我想我经历的挑战很多，磨炼得也很好。我……”

“不好意思，打断你一下。”

李方对面坐了四个人，衣冠楚楚，其中一个是女性，这位女士说话了：“你是不是认识那个胖子？秃顶，特爱戴个墨镜。”

“是，两天前我见过他。”

两天前的这个城市，一切都笼罩在蒙蒙细雨之中，李方没有打伞，头发湿湿乱乱地跑进咖啡厅。

他今天来应聘。

“人的价值，在磨炼中体现。”面试他的是个胖子，秃头，戴了副墨镜，对着李方，开门见山地甩了他一头鸡汤。

“下这么大的雨我来了，证明我有诚意，你来了，说明你确实缺钱。”这是第二句。

李方连连点头。

“喜欢挑战吗？”

“喜欢，特别喜欢，以前我一小时只能打一千字，后来打得多了一小时三千，我现在觉得不够，还不够，我还要更快！”

“不行。”胖子摇头，“你呀，没明白我的意思。”

李方低头，洗耳恭听。

“会写剧本不？”

“不会，那个太难了。”

胖子从包里掏出纸笔，递给他：“没啥不会，这要是个骨头，狗都能写。”

李方摇头，摇个不停：“我就想应聘个打字员，写东西我确实不会。”

“人的价值，在磨炼中体现。”胖子不满意地撇嘴，“打字员，你想要多少月薪？”

“两千左右。”

“你知不知道写剧本多少钱？”胖子用手指猛戳桌面，啪啪作响，像是学校里即将画重点的老师，“几十倍！”

“写！”铿锵有力。

李方硬着头皮接过纸笔，这让他为难，不过他觉得这个老板很好，帮助员工提升自己。一刹那，他又想多了点，是不是自己很特别？有天赋？被他发现了，所以准备重用自己？

“这对你是个磨炼，快发现更有价值的自己吧。”胖子说。

有价值的自己。李方闻言暗暗狠下了决心，写！可他只写过短篇故事，于是他写了个短篇，关于应聘的，改了改格式，假装是个剧本。

胖子等他写完，收回纸笔："你觉得你写得怎么样？"

"不太好。"

"不太好 ?!"高八度的一个挑音。

这是鼓励员工法！李方心跳激动地飙上了两百。他在管理类的系列丛书里看到过，这个时候，老板就是要鼓励员工，让他们充满自信！果然是个负责任很友好有梦想的老板啊。

"岂止是不好。"胖子站起来，"简直一无是处，我不想要你这种没天赋的打字员，连剧本都不会写，还打字？哼！"

胖子走了，李方一个人茫然。过半晌他才回过神，觉得自己被骗了。

"他是个骗子。"女士说得斩钉截铁，"骗了你的稿子。"

李方在发现咖啡没埋单后，对此深信不疑。

"这次你也是来应聘打字员的？"旁边的另一个白白净净的小青年问他。

"不。"李方眼中闪出了不灭的斗志，"我来应聘演员。"

"哈哈，为什么，你不是打算做打字员的吗？"

这又是另一段经历了。

一天前，太阳高照，空气燥热。李方被热得好像刚刚淋过雨，浑身湿透。他又去应聘了，对方是个留着大长胡子的瘦老头。

"你来应聘打字员？"对方扶了一下眼镜，很有杀气，锋芒毕露。

"是，是的，会打字。"

对方狠狠地瞟了一眼简历，又狠狠地瞟了一眼他。

“你没有气势。”瘦老头说。

李方唯唯诺诺：“打字……需要气势吗？”

“不需要！”瘦老头几乎是喊出来的。

李方擦擦汗：“那还好，还好。”

“但是我喜欢自己的员工有气势，没气势的不收。”瘦老头又扶了扶眼镜，“我的公司，每个人都是我亲自面试的。我需要你们有气势，公司的文化也是这样。”

“是吗？那太遗憾了……”李方站起来想走。

“哎，年轻人。”瘦老头说，“我免费指导你一下，你知不知道，一个人的气势来源于哪里？”

“磨炼？”

瘦老头扶了扶眼镜：“你是不是认识一个胖子，秃头，特爱戴墨镜？”

“昨天见过。”

“可他是个骗子。”瘦老头说，“气势，其实来源于充足的准备。就比如说，你看，你连份好简历都没有，这个要有，演讲准备一下也可以嘛，PPT，初中学的吧，要用起来。”

“是是是，您说得对。”

“你看，你没准备，你和我说话就没有气势。”

“好，我改。”李方认㞞了。

“不，你不要改。”瘦老头说，“其实你本不用改，我正需要一个没有气势的人，我要拍一个电影，缺一个人。”

李方一听电影就害怕了：“你不会是让我写剧本吧？”

“剧本已经有了，我就缺个演员，我觉得你行。”

李方赶紧摇头：“不行，这个来不了，我就会打字，根本不会表演。”

瘦老头一脸不以为意：“这有什么难的，我就要你身上的这股子气质。”

“什么气质？”

“㞞。”

李方暗自佩服，这老头别看其貌不扬，这点倒是说得对。

“来，我们试一下镜，你就当我是摄影机，来，表现个悲伤的表情。”

李方愣住了，试镜？试什么镜？你在逗我吧。

“非常棒，悲伤到极点就是麻木，就是呆住。换个惊讶。”

李方心说这个我真来不了，刚一张嘴。

瘦老头立马说：“教科书级别的演技。”

李方反而一头雾水了：“怎么呢？”

“惊讶就是微微张嘴，教科书上都是这么写的，你表现得很到位嘛，我看你有天赋。”

李方心里乐和：“真的假的？老板你别逗我。”

“哪能，我看你也有气势，㞞出一片天的气势。”

“是吗……所以说……我可以吗？”

瘦老头狠狠地拍他的肩膀：“你可以啊年轻人！”

李方大喊：“那我可以参演了？!”

“你就是下一个影帝！李古拉斯方！年薪百万不是梦！”

“谢谢老板！谢谢老板！”

会议室里一片欢天喜地。

“那你别走，体会一下你㞞的气势，我出去拿合同，天哪，这么有天赋，捡到宝了。”

瘦老头出去了。

过了十分钟，一个小伙子进来，用纸巾擦着手。

“不好意思啊，闹肚子。”

李方脱口而出：“你怎么没有气势？”

“啊？”

“啊，不是，那个，你来签合同的？”

“合同？不用，你这情况不签合同。”小伙子把纸巾扔进垃圾桶，“打字员，一个月一千五，全年无休，行不行？”

李方蒙了，很有气势地问：“刚刚老板说要签我演戏！”

“什么老板？”

“老板啊，一瘦瘦的老爷子，大长胡子！”

小伙笑了：“老板去外地出差了，你说那人我没见过，咱这儿打字员就是这个待遇，你想怎么着？”

“啊？”

面前的四个人鼓起了掌。李方讲完了他的第二段经历。

“我意识到我有表演的天分，所以我今天来了这里。我终于想通了，才不要做打字员，没前途，我要做演员！一个影帝！”

“嗯，很有气势，我觉得你今天准备得就挺充分。”白白净净的小青年说，“但你对演戏一无所知。”

“这是什么意思？”

“一个好的演员，要驾驭各种身份、各种形象。”

李方赶紧说：“我明白，我研究了，我昨天看了书，俄罗斯著名电影人普……”

“不，你没明白。”

对面四个面试人之一，穿着黄色大 T 恤衫的人，站了起来。

“我……没注意到你……”李方这才惊觉，这个人站起来比坐下的时候看起来臃肿了许多。

“没注意到我这么胖？”那个人说着话，顺便摘掉了头上的假发，从口袋里掏出副墨镜。

“是……是你！”

“不仅仅是他。”白白净净的小青年也掏出一副假胡子。

“你是……”李方觉得自己看他眼熟。

“做点老人斑就像了。”小青年说，“我是昨天面试你的那个老头。”

“你……你们……”

李方觉得自己掉进了一个巨大的圈套里。

“这个表情很到位，可惜摄影机已经撤了。”小青年从桌子下拿出一瓶香槟，“杀青啦！”泡沫喷出来，喷得到处都是。

那个女士解释道：“我们偷拍了一组关于现在毕业生求职的纪录片，你的镜头我们收录了，由于目前该片的定位是公益广告，片酬只有五万，你先把个人所得税交一下，我们之后会把钱打到你的银行卡。”

“哦……”李方说，“那你们招不招演员？”

“不招。”

“写剧本的呢？”

“我们不需要。”

“那你们招不招人？工资随便给点就行，一个月一万怎么样？这要求不过分吧？编剧工资贵几十倍，我还能帮你们提东西呢。”

四个人看了看他。

“打字会吗？一个月一千。”

李方呆立。

“一……一千五？”

“成交！”胖子搂着他的肩膀，“来，你的业务回头再熟悉吧，我们先去面试一个应聘程序员的，你就假装他同行，你想不想体验一下面试官的感觉？”

“想……但是我怎么假装？我不会写程序。”

“打字嘛，和写程序一样，你们都是对着电脑，算是同行，让他把简历交出来就算完，知不知道现在个人信息一份能卖多少钱？”

李方糊里糊涂地跟着走了。远处大楼里，对讲机沙沙作响。

“李方的声音文件传过来了，诈骗团伙案证据收集完成，随时可以实施抓捕。”

一个演员，就是要驾驭各种形象。

“你好，我是李方，是你的面试官。”

桌子对面的应聘者悄悄和李方打了暗号，意思是五分钟后实施抓捕。

“能把你的简历给我看一下吗？”

后面坐着的四个人满心欢喜。可惜，他们对演戏一无所知。

看完这个，你还敢爱熊猫吗？

◎ 徐佳杰

冬，卧龙保护区深处，海拔4300米。研究员吕望和李砾正在追踪野生熊猫的踪迹。

【黄昏】

他们搭好自动帐篷休息。两人虽是同事，却没有什么太大的交集。夜深人静，两个孤男共处一室，总要找些话来说。

吕望：“林子里还真冷。话说这片，2-A和2-C交界区，就是当年骆辛老师失踪的地方吧？”

李砾：“是啊。得有十年了吧？说起来也挺自豪的，骆辛是我的授业恩师。”

吕望：“看不出来啊，大专家高足！”

李砾边从包里掏出资料边说：“嘿嘿，不过，他的研究方向和其他人不太一样。”

吕望：“我看过骆老师的论文，并没什么特殊啊。”

李砾：“有一些成果，他没对外公布。比如说吧，现在我们都知道了，熊猫的咬合力是世界第五，仅次于狮子老虎这类猛兽。可有一次骆老师做实验时，熊猫把仪器都给咬坏了，这就引起了我们的好奇。”

吕望：“怎么可能呢？”

李砾：“还记得吗？我们拍摄到过熊猫吃麋鹿的画面。”

吕望：“对对对。熊猫已经被认定是杂食动物，吃起肉来不亚于猛兽。”

李砾：“这样凶残的野兽，却有不匹配的萌萌的外形，你就不觉得哪里不对？”

吕望：“因为生活太安逸，退化了也解释得通啊。”

李砾：“经历了那么多代的安逸生活，身体退化了，咬合力却不变？这符合常识吗？野鸡驯养几十年，嘴还有战斗力？”

吕望：“这……所以你有什么新的见解？”

李砾：“骆老师认为，熊猫有狸猫一般的能力，伪装自己可怕的能力，欺骗人类。”

吕望：“有些扯吧？”

李砾：“你先说说，在古代熊猫都有哪些称呼？”

吕望：“哎？骆老师在一篇论文里说过，古文里的貔貅、貘、执夷之类，都是古人对熊猫的称呼。《礼记》里就有‘前有挚兽，则载貔貅’的说法。”

李砾："对啊。古书中还有记载，说貘'似熊，小头庳脚，黑白驳，能舐食铜铁及竹骨'。黑白驳，这形态显然就是熊猫。但你想想，舐食铜铁，和你印象中的熊猫相比呢？"

吕望："给你这么一说，熊猫倒像是妖精了？咳咳，现在动物不允许成精了！赶紧睡。明天还有十几公里的路要走呢。"

【夜半】

吕望偷偷钻出营帐，跑到不远处的树下，对着月光祭拜道："山妖，我遵守诺言，把李砾给你带来了。"

一瞬间，林中紫气氤氲，一团黑云从树梢飘然而下，忽掀翻营帐，化作熊猫。疾奔，一口吞下李砾。吕望打算跑，可吓得慌了神，扭了脚，瘫在地上。裤裆间湿了一片，不知是尿是雨还是其他。

熊猫围着他绕了半圈，没有要靠近的意思："亏你脖上戴着白玉貔貅这等灵物，你也配？废物！"吕望不敢吱声。熊猫继续说："这贱人和他老师一样咎由自取！"

吕望强睁了下眼睛，颤颤巍巍地问："你、你、你不是山鬼吗？怎么……"

熊猫并未有回答他的意思，自顾自说："当年我们看骆辛对园区里的熊猫百般照顾，以为是个善良的人，就在一次泥石流中把他救了，我们还告诉了他熊猫一族的秘密。可没想到这个小人，他不仅不遵守诺言，保守秘密，反而将灵感卖给了美国人，又拍电影，又做游戏，简直可恶。"

吕望："你是说功……功……《功夫熊猫》和《熊猫人之谜》？"

熊猫：“没错。要不是美国人蠢，我们恐怕早已被灭族！”

吕望稍稍镇定了些，用眼神迅速探查了下周围，正想怎么逃跑：“这、这么说，你们真的是传说中的貔貅？”

熊猫继续在他身边转悠，不敢靠近：“这姓李的庸才一个，不过知道些皮毛。你好像很好奇？”

吕望看出了点蹊跷，握住了胸口的貔貅，费劲地点了点头，打算拖延时间。

【渊源】

熊猫：“你应该听说过，当年轩辕黄帝在位，麾下有熊罴、貔貅、貙虎三兽。喂，动物专家，你知道貙虎是啥不？”

吕望吃力地吐字：“貙虎？不就是云豹吗？斑斑点点的那种？”

熊猫：“对啊。黄帝死前，派熊罴去西方，貔貅镇南方，貙虎守北方。到纣王当政，阴阳颠倒，狼烟四起。貙虎投靠了凤凰的两个妖孽孩子，背叛了我们。”

吕望稍稍缓过劲来：“凤凰的孩子？西游记里说过的，是大鹏和孔雀吧？”

熊猫：“懂得还挺多！当时邪兽横行大地，生灵涂炭。貔貅和熊罴力不从心，又不忍苍生受难，于是奉旨交合，生了我们熊猫一族。”

吕望：“杂交？不同物种怎么可能？”

熊猫：“龙与牛生麒麟，与马生骧。有哪里不对？”

吕望点点头，眼下也只能选择相信。

熊：“我们继承了貔貅的灵力，可吞食天下万物。咱们投了武王降妖，先杀了叛徒貙虎，也就是云豹，后来又把孔雀与大鹏赶往西域，最终把凶兽夔牛的一脚一角打断了。所以《山海经》里，人们所记载的夔，就是个残疾的样子，无角，独腿，然而也就是这一场大仗让我们元气大失。”

吕望：“貔貅的子孙。难怪古籍中多有记载，说你们能吞食铜铁，降妖伏魔。既然有这么大能耐，你们现在怎么……”

熊猫：“还不是人类贪得无厌？那些可恶的方士知道熊猫是貔貅的后人，有辟邪降妖、招财进宝的本事。趁着我们大战过后，元气大伤，用邪术围杀，将我们的皮毛做成袍子，用我们的骨头做成武器。”

吕望眉头紧蹙，语塞喉中。

熊猫：“我们一路向西南逃窜。有的族人和猪结合，就生了貘，有的和狸结合就生了小熊猫，有的和人……最幸运的这一支逃到巴蜀之地，得到巫妖的庇护，才延续下纯正的骨血！！！”

吕望：“怪不得！我去东南亚旅游那阵子，在动物园看到貘就那么似曾相识，黑白相间的猪……这小熊猫也是，古籍里有详实记载。这个解释说得通。”

熊猫冷笑一声：“故事也说得差不多了。你把胸前的貔貅摘下，我遵守山鬼的诺言送你回城。”

吕望向后一退，将挂饰握得更紧：“可别忽悠我。没有这貔貅，我早被你吃了。”

熊猫：“哼。要不是你贪婪，向山鬼求什么姻缘，会被我骗上山吗？说到底还是人类愚蠢。”

吕望：“啊……你……你要对我干什么？不要……”

熊猫：“我看你有太公骨血，不忍伤害你，赶紧摘了，我送你回城。”

吕望：“太公？是谁？”

熊猫：“别废话了。如果你不摘，就只能饿死在这儿；摘了，还有一线生机。你自己想想。”

吕望眼下还真没有选择的余地：“罢了。死就死了。”说话间便摘了貔貅。

熊猫就势扑将过来，张开血口。吕望眼前一黑，吓昏过去。

【7日后】

省医院。吕望听医生说，这回好凶险。研究院的同事在山脚发现他的时候他已经脱了水，旁边还有一具熊猫的尸体。

吕望静静地躺在病床上，上上下下有律动地吮着硬要妈妈带来的笋干，脸上闪过几丝别人读不到的阴诡之气。

【后记】

身体好些，吕望就赶忙回去上班。

回到事发地，他刨出几支书简，看了看赶紧收到兜里。

竹简上用小篆写着：

熊历1200年，人历秦始皇26年，始皇驾崩宫中。熊借其身，杀方士，烧典籍，坑儒生，报血海深仇。

御龙师

◎风兮兮

后世流传的传说，是否提起你和我?

（一）

隆历十年，长安城有御龙师。

“我见过他。”话音刚落，酒馆里顿时安静了下来，所有人都把目光转向了正端着酒杯的老者。

“老伯，你说，你见过他？”一人不太相信地问道。

老者点点头，肯定道：“我见过他。”

不少人倒吸了一口气，眼睛死死地盯着那老者，放在桌子上的手都颤了几颤。

“他究竟长什么样子？”人群中也不知是谁，问出了这个所有人都想知道的问题。

老者不说话，缓缓摇了摇头。

“老伯，您说啊。”

“我不知道。”呷了口酒，老者有些颓然地说。

“老伯您不是见过他吗？”

“对，只是，我只看到了他的背影。”

“这……”

“但我肯定我见到的人就是他！”似乎怕被人质疑，老者紧接着大声说道。

“难道……”旁边一人似乎想到了什么，瞪大了眼睛，微微张开的嘴也在颤抖。

“没错。”老者点头，他的手已经有些颤抖，但还是紧紧地握着酒杯，安静的酒馆里，只听到他苍老又急促的声音，“我看到了，龙。”

几日里，这类似的场景屡见不鲜。

这一切……还要从三日前说起。

（二）

【三日前】

“启禀陛下，皇宫门口……皇宫门口站着一年轻人，自称是御龙师，要……求见皇上。”御书房内，总管太监叩首道。

“御龙师？”皇帝皱着眉头叨念着这陌生的三个字。

“是。”总管太监叩首在地，大汗涔涔，生怕皇帝一个不开心就拿他出气。

“怎么个御龙师？”皇帝出奇地耐着性子问道。

“是个年轻人，看样子就不太像凡人，坚持要见陛下。还说……陛下若是不见他，会后悔的。”

皇帝没忍住，笑了，他放下手中的奏折，露出感兴趣的神色，道：“带他来见朕。”

“嗻。”总管太监应了一声，心中松了口气。

片刻后，他领着一名丰神俊朗的年轻人走了进来。

“草民姜顾怀，见过陛下。”那年轻人见了皇帝却不跪，只是微微躬身拜了一拜。

见状，总管太监扯着嗓子厉声道：“大胆刁民，见了陛下竟然不跪！”

皇帝却摆摆手，单手托着下巴，好奇地打量着眼前面如冠玉的年轻人，剑眉星目，唇红齿白，一头黑发用发冠束起，更显得英气十足。

“你就是那御龙师？”

“正是草民。”那人不卑不亢地答道。

皇帝的眼神亮了，许是第一次见到这样的人，他抿了口茶，问道：“何为御龙师？”

“陛下，”姜顾怀微笑着，“御龙师，自然是御龙之人。”

“御龙……”皇帝沉吟着，眯起双眼，声调冷了几分，道，“这天下，哪儿有龙？莫非你口中的龙是指朕吗？”

“草民不敢。回陛下，这天下，如今确实是没有龙的。”

皇帝皱起眉头，冷声道："姜顾怀，你可知欺君当为何罪？"

"陛下，正因为如今没有龙，草民才要来到长安城。"姜顾怀说完，见皇帝仍旧用冰冷的眼神盯着自己，便继续解释道，"陛下可知，在皇宫之下封印着一条上古恶龙，按照正常速度，此龙再有百十年便可解开封印。

"但，草民虽为御龙师，却也活不过百年。草民死后，怕世间无人能制服此龙。长安城乃天下龙气交汇之处，其中皇宫内更是因为住着当今真龙天子，龙气氤氲，借此龙气，草民可助此龙早日解开封印。"

"助此龙解开封印？"皇帝好笑道，"先助它解开封印，然后再降伏它？"

"正是。"

皇帝用好奇的目光打量着姜顾怀，食指轻轻敲打着额头，良久，他忽然笑了："有趣，有趣，最后一个问题，"皇帝目光灼灼，直勾勾地盯着姜顾怀，缓缓启唇道，"你让朕如何相信你？"

"草民没有办法。"姜顾怀坦然道。

"你不是御龙师吗？难道没有什么仙家法术？"

"回陛下，御龙师在没有见到龙之前，与凡人无异。"

皇帝看着眼前微笑着看自己的姜顾怀，闭起双目，将头靠在椅背上，沉思良久，终于开口淡然道："你的要求？"

"草民只求能住在皇宫之中。"

"准。"

于是，隆历十年三月初十，一个消息风一般传遍了长安城的大街小巷。

皇宫中住进了一位御龙师。

只是……

隆历十年，世间无龙。

（三）

“御龙师？你说御龙师？”老人皱着眉头思索着，少顷才道，“那都是五十多年前的旧闻了，据说最后证实那人是个骗子，被当今圣上赶出了皇宫。

“对了，我还记得，那人是活生生被皇宫力士一棍一棍打出皇宫的。从皇宫门口打到长安城门口，那人硬是没吭一声，只是——背后却是一片淋漓鲜血。”

老人这么一说，酒馆里顿时围上来一群人。

见状，老人握拳在嘴边咳了咳，又抿了口茶润润嗓子，才继续讲了起来。

“五十年前，隆历十年，长安城来了一位御龙师。那人也不知是怎的迷惑了先帝，先帝竟准他住在了皇宫内。

“当时，长安街上风风雨雨，全是有关御龙师的消息，可传了一阵，全是假的，于是这事也就渐渐淡了下来。

“不过，三十年前，当今圣上继位，据说陛下从小就不喜欢那御龙师，一继位就立刻召见他，要他即刻证实自己‘御龙师’的身份。

“那御龙师见了陛下竟不跪，只是躬身拜了拜，接着道：‘启禀陛下，御龙师在见到龙之前与常人无异，而且，如今天下无龙。因此，草民没

有任何办法证实自己御龙师的身份。’

“闻言，陛下大怒，也不再给他说话的机会，龙袍一挥，便走出七八名皇宫力士，一棍一棍硬生生将那位御龙师从皇宫门口打到了长安城门口。

“当时那件事也算是一件奇闻，长安城内不少人都跑去围观。老夫也曾亲眼见过他，那模样生得英俊非凡，莫说是御龙师，就说他是天上的神仙我说不定都会信。”

“他没死吗？”有人插话道。

“自然没有，只是狠狠地吐了几大口血，然后望天感慨了一句‘时也，命也’便蹒跚着走远了。当时那副姿态，甚至有好些人真的相信这是一位高人了。”

闻言，周围人皆倒吸了口气，有几人互相对视了几眼，便急匆匆地跑了出去。

“怎么，今日忽然又提起那御龙师了？”老人疑惑地自语道。

一名年轻人停下来，转过头道：“您没听说吗？今日，长安城又来了一位御龙师！”

天顺三十年，长安城有御龙师。

“陛下，皇宫门口站着一年轻人，自称是……御龙师，求见陛下。”御书房内，总管太监叩首道。

御龙师。

又是御龙师。

天顺帝原本正懒懒地躺在榻上，闻言，却睁开眼坐了起来。

“他来干什么？又来诓朕吗？”

“回陛下，那人说……说陛下若是不见他，会后悔的。”

“又是这一套！”天顺帝勃然大怒，龙袍一挥，龙桌上摆放着的成沓的奏折纷纷洒落在地，“又是这一套！他们就没有别的说辞了吗？”

“回陛下，确实是有的，他还说……”

“说！”皇帝怒容满面地瞧着总管太监。

“他说……十五日后，有龙现世。”

天顺帝瞪大了双眼。

（四）

在天顺帝十岁那年，他听说十年前皇宫里住进了一名御龙师。

御龙师啊，年幼的他想着这人一定是个神仙，便找到了御龙师的住处，是一间不大不小的屋子，只是门口上的一块牌匾却显示着它的不同：御龙师府。

他歪着头，盯着那块烫金牌匾看了片刻，便推门走了进去。

不算明亮的房间里，他第一眼看到的是一个如沐春风的微笑，“这不是小太子吗，怎么来这儿了？”

“听说你是御龙师，本太子来看看你。”他说着，“你在做什么？”他走进屋子随意地瞧了瞧，就看到四周的墙上各贴着一张纸，纸上写着几行字：

南有大荒，其水为湘

荒有龙翔，其行无疆
南有大荒，万里雪霜
荒有龙翔，遮云蔽阳
南有大荒，地广天苍
荒有龙翔，伏主曰姜

他眼神亮了。

自此，他每日都来这间小屋里寻御龙师玩。略有些孤僻的他，渐渐地将御龙师当成了自己最好的玩伴。

直到那天。

“姜叔叔，你教我御龙术吧，我长大以后也要当一名御龙师！”

御龙师摇摇头，道：“殿下乃日后天子，学的当是治理天下，却不是这没什么用的御龙术。”

“没什么用？怎么会没什么用呢？御龙啊！”当时他热切地盯着御龙师。

“殿下，如今世间无龙，况且，御龙术不传外姓之人。这件事，殿下以后还是休要再提。”

“连我也不行吗？我也算是外人吗？”他盯着御龙师，执拗地问。

御龙师却转过头避开他的目光。

那一瞬间，他觉得自己与姜叔叔间产生了一道裂痕。

原来，我竟不是你最亲密的人吗？

我明明把你当成最好最亲密的朋友来对待的。

那日，他摔门而去，从此再也没走进过御龙师府。

直至十年后他登基为帝，做的第一件事，就是赶走了那御龙师。

他站在皇宫，亲眼看着力士一棒一棒将他打出去，将这个骗子打出去。

天顺帝还记得，在力士将他打出大殿时，他回过头深深地看了自己一眼，自己却转过头，避开他的目光。

一切场景都是如此熟悉。

那一刻，他满脑子都是初见时御龙师那如沐春风的微笑。

（五）

“陛下，御龙师带到。”总管太监的声音将他从回忆中拉出来。

天顺帝回过神，直直地盯着眼前这位年轻的御龙师。

那几乎一样的眉眼，几乎一样的神态，让他差点脱口而出道：“姜叔叔！”

只是……眼前这位御龙师太年轻了，不过二十岁的年纪，甚至比起他第一次见到的姜叔叔还要年轻。

“你和三十年前的姜顾怀是什么关系？”

“回陛下，他是草民的父亲，也是师父。”眼前人不卑不亢地答道。

“父亲？他成婚了？”天顺帝愕然，随即又点点头自语道，“是了，你们长得这么像，我该想到的。那，他人呢？”

“五年前，他寿终正寝。”

“他……晚年过得如何？”犹豫着，天顺帝还是问出了自己最关心的问题。

“他告诉我，御龙术不传外姓之人。”那青年人却是回答了一句不相干的话。

天顺帝脸色一变，握紧双拳正要发怒，却听到年轻人幽幽地继续道：“是因为，这世间根本没有御龙术。”

“什么？”天顺帝睁大了双目，直勾勾地盯着他，颤声道，“你说什么？”

“御龙术不传外姓之人，是因为这世间根本没有御龙术。”

“那，你们又为何自称为御龙师？果然是骗子吗？”天顺帝冷静了下来，冷声道。

“御龙师一事不假，御龙术一事也不假。此事缘由，陛下日后便知。”

天顺帝沉默良久：“你叫什么名字？”

“姜北征。”

“北征？”

“驾飞龙兮北征，邅吾道兮洞庭。”

天顺帝笑了笑：“不错，像个御龙师的名字。”

御书房内忽然一阵沉默。

“依旧是要住在皇宫内，对吧？”

“正是。”

“准了，不过……”天顺帝探身，看着姜北征，冷声道，“前任御龙师的下场，你知道吧？”

“草民知道。”

“若是十五日后没有龙……那一样是你的下场。”

姜北征露出一丝意味深长的笑：“草民明白。”

看着那微笑，天顺帝没由来地一阵烦闷，他靠在椅背上，闭起双目，挥挥手示意二人可以出去了。

安静的御书房内熏烟袅袅。

良久，天顺帝轻声呢喃：“御龙师……”

（六）

天顺帝来到御龙师府前，定定地站在那儿望着眼前的小屋。

四十年了。

自己已经有四十年没来过这里了。

三十年前赶走御龙师姜顾怀后，不知为何，自己竟下令保存下这间屋子。

想起当年的自己竟因为些小事便气了那么久，他不禁哂笑，摇摇头，推门走了进去。

门内，姜北征仿佛早就知道他要来的样子，就盘膝坐在那里，微笑着看向自己。

“这不是陛下吗？怎么来这儿了？”

门外的阳光照射进这不算明亮的小屋，照在他的脸上，映得那笑脸如沐春风般美好。

天顺帝愕然。

近乎同样的话语，近乎同样的笑容。

“你是……”

“草民姜北征。”

他回过神，不动声色地点点头：“朕，来看看你。”

“你在做什么？”他故作随意地走进屋子，忽然又怔住了。

一切惊人地相似。

他厌恶这种来自过去的熟悉感。

如同当年一样，这房间的四面墙上也分别贴着一页纸。

天顺帝不用看就知道纸上写的什么。

他忽然想起了那个人。

“给朕讲讲，关于他的事吧。”天顺帝转过身，看向姜北征道。

“陛下想听？”姜北征含笑问道。

天顺帝点头。

“草民却不想说。”姜北征戏谑道。

天顺帝从姜北征的眼睛里看到了愤怒的自己。

“朕是君，你是臣，君命大于天，你敢拒绝朕？”

“拒绝了又如何？难道陛下也要像对他一样，一棍一棍将我打出长安城吗？”

“放肆！”天顺帝龙袍一挥，怒视着姜北征。

姜北征却是一脸怡然地看着天顺帝。

两人对视良久，最终还是天顺帝怒气冲冲地摔门而去。

看着天顺帝离去的背影，姜北征只是笑笑，自语道：“还是那么幼稚啊。”

（七）

姜北征不尊天子，被关在天牢之中，择日问斩。

天顺帝去看过他。

“朕给你三十日，三十日后，没有龙，你就死。”

姜北征笑笑，道：“陛下只需给草民一笔一纸，依旧是十五日。”

天顺帝瞪了他一眼，拂袖离去。

片刻后，狱卒恭敬地捧上了笔墨纸砚。

姜北征缓缓研好墨，提笔在纸上写了几行字：

南有大荒，其水为湘
荒有龙翔，其行无疆
南有大荒，万里雪霜
荒有龙翔，遮云蔽阳
南有大荒，地广天苍
荒有龙翔，伏主曰姜

他将宣纸平铺在地上，接着就闭上双目，一脸平静地盘腿坐在那儿。

那条龙乃上古恶龙，诞生于南荒，却生性高傲，不尊湘君，更是趁着湘君外出，吞食了两位湘夫人，惹得湘君大怒，发誓与其不死不休。

一仙一龙从天上打到地下，从南荒打到北荒，打得天昏地暗，却是谁也奈何不了谁。

最后一击，湘君耗尽全力将恶龙封印在了这片土地下，自己却也受了恶龙一击，被打得灵魂千分。

只是在临死前，湘君算到自己将重修人道，历经万年后再与恶龙一战，于是写下了这四十八个字。

随着一次次投胎，湘君的记忆也一点点归来，姜顾怀是他，姜北征也是他，他已在这片土地上行走了万年岁月。随着记忆一点点苏醒，他复仇的心也越来越急切。上一世，他本以为可以借助皇宫龙气助那龙冲出封印，提前与之一战，却不承想天命难违。

此刻，他虽然还是凡人，但只要见到那恶龙，感受到那股熟悉又陌生的气息，他失散在天地间的所有法力就会顷刻间尽数归来，他就会再次变回那逍遥天地的大荒湘君。

“你就不怕我在你死后再冲出封印？”

忽然，虚空中响起一道低沉却有力的声音。

姜北征睁开眼，微笑着道：“不怕。”

下一刻，他的面前忽然凭空出现了一个巨大的龙头。

那双眸如深渊般幽远，如阳光般明亮，龙张大了嘴，那两排整齐又锋利的牙齿便显露出来，似乎一口就可以将他吞下去。

“你哪儿来的自信？”

“因为你是龙。赌上你为龙的骄傲，你不会。”姜北征却无丝毫惧色，神色不变地与那巨大的龙头对视。

片刻后，那龙道：“无论是湘君还是姜北征，无论你是谁，十五日后见。”说着，那龙头便缓缓变得透明，最后消失不见。

姜北征神色平静，又闭上双目。

【十五日后】

天顺帝单手托腮，神思不属地坐在龙椅上，看似在看着眼前群臣，实际上却不知在想着什么。

“陛下，陛下……”天顺帝身旁的司礼太监小声提醒了数声，天顺帝才回过神来，坐直了身体，道：“到哪儿了？”

天顺帝话音方落，文武百官中站出一白须老者，跪倒在地，扬声道：“陛下，臣有本奏。”

天顺帝点头，道：“说。”

那老臣缓缓直起身子，刚要说话，整个金銮殿却是如地震般摇晃了起来。

天顺帝猛地站了起来，他想起了姜顾怀曾经和自己父亲隆历帝说过的话。

“陛下可知，在皇宫之下封印着一条上古恶龙……”

“地动了！地动了！快保护皇上！”

此时，金銮殿上，文武百官却已乱成一团。

金銮殿摇晃得越来越厉害，天顺帝在众人的保护下冲了出去，跑到外面的广场上。

与此同时，那座宫殿终于塌倒在地。

天顺帝忽然睁大了双眼。

他看到金銮殿下的地面忽然裂开一条巨大的裂缝。

紧接着，一对硕大的鹿角缓缓从下面冒了出来。

不，那不是鹿角，那是——

“快！快去请御龙师——”

天顺帝声嘶力竭地大喊。

天顺三十年三月二十五，整个皇宫都回荡着一句话。

“快去请御龙师！”

天顺帝是亲自跑到天牢之中的。

他气喘吁吁地盯着眼前端坐在地、微笑着看向自己的姜北征，一时间竟不知道该说什么好。

“打开门吧，我要出去。”

天顺帝点头，旁边早有狱卒将门打开，姜北征起身，从天顺帝身旁擦肩而过。

“要小心！”身后，忽然传出天顺帝关切的声音。

姜北征笑了。

他回过头，看向天顺帝。

“一起走吧，我保你无事。”

（八）

此时，几乎长安城所有人都看到了盘旋在空中的那条白色巨龙。

蛇身、鳄首、蜥腿、鹰爪、蛇尾、鹿角、鱼鳞，口角有须，眸若珠石，那条白色巨龙盘旋在空中，发出声声奔雷般巨吼。

姜北征走出天牢，一抬头就看到了它。

“孽龙。”他轻轻吐出这两个字，与此同时，那条龙似乎也注意到了他，向着他的方向发出了一声惊天巨吼。

滚滚音浪如同波涛般向着姜北征袭来。

但同一时间，姜北征周身却发生了惊人的变化。

四面八方无数光点如同流萤般飞进他的身体，在那音浪袭来的一瞬间，姜北征单手一挥，那股音浪顿时消弭于无形。

姜北征一头黑发无风乱舞，他周身环绕着柔和又华丽的光芒，看起来真如天神。

他侧过头，看向天顺帝，道："这世上确实没有御龙术。因为我本就是天上神仙，我转世为人，历经万年，如今只要看到这条孽龙，便能找回自己失去的法力。"说完，他腾空而起，直奔恶龙。

如此说来，姜顾怀是他，姜北征也是他……

天顺帝呆呆地想着。

天顺三十年，长安城有龙，有御龙师。

姜北征就在云团上与那条遮云蔽阳的白色巨龙斗了起来。

长安城人人仰头观望，视为一生仅见的壮观宏伟场面。

与想象中不同，这场战斗并没有持续多久。

那白龙被封印万年，此刻冲出封印，早已失了锐气，加之它的法力几乎日日拿来对抗这封印之力，消耗巨大，姜北征虽转世千回，却在最后一世法力重回，是以，两者胜负立判。

只不过半个时辰的工夫，姜北征便降伏了那头白龙，正要将其斩杀时，天空忽然出现一团祥云。

"奉玉帝法旨，湘君降伏上古恶龙敖方，有功于天地，特封为'御龙师'，从此掌御天下万龙。敖方为祸上古，罪孽深重，罚为湘君坐骑，不得有误。"说完，那团祥云便消失不见。

湘君垂下头，神色复杂地看向自己脚下的白龙敖方，它正极为不服气地仰天长啸，却碍于玉帝法旨，发作不得。

良久，他叹了口气，道：“敖兄，今后你我恩怨两消，你只需老老实实地当本君的坐骑，本君绝不再记着前仇旧恨。”

敖方却不答话，只是昂首长啸了一声，声音震天撼地。

湘君微微一笑，心知它已经同意。

他负手站在敖方背上，淡淡地道：“敖兄，走吧。”

敖方一声长啸，龙游于天地云海之间。

转瞬间消失不见。

地上，一众人亲眼见证了这一场面，纷纷感叹自己能在有生之年见到如此壮观景象，每个人脸上都洋溢着开心的笑容。

只有天顺帝低下头，一副失落的模样。

御龙师……他真的成了御龙师。

只是……他还会记得自己吗？

天顺帝失魂落魄地走着，忽然看到眼前多了一双鞋。

这是……

他抬起头来，看到眼前人。

那人微微笑着，道：“记得你之前说过想学御龙术，如今我成为御龙师，恰好缺一名弟子，你愿意吗？”

天顺帝的眼神亮了。

他的眼神仿若孩童时初次看到御龙师府时一样，欣喜中带着期待。

天顺三十年，帝辞京城，随御龙师云游四海，不知所终。

大圣的徒弟

◎ 温酒

（一）

村子附近的山上，有很多妖精，他们无恶不作，贪食人脑，每隔十年，就要下山取走几条性命，以身蕴灵性的女子为佳。

青青的父母就死在妖精的手中。

路子白在山上捡柴时发现了青青，她蜷缩在一个金圈中央，不省人事。两具无头的尸首瘫在一边，细碎的血肉洒满了大地，却没沾染圈内丝毫。一束金色断绢盖在青青的身上，路子白隔着老远，眯了眼睛去看，上书四字：齐天大圣。

路子白从小便听着西游记的故事长大，这四字绽着金光，晃得他心尖一颤。他咬咬牙，也不顾地上的血流，踮脚过去。踏入金圈的一瞬间，光芒乍起，笼罩了他的身躯。

青青搬进来那年，路子白十二岁，他成了大圣的徒弟。

（二）

“子白哥哥，再给我讲一遍《大闹天宫》嘛。”

“你烦死了。”路子白攥着拳，狠狠地向空气中打去，半点波澜都没激起。

这已经不知是第几百次试验了。

身为齐天大圣的徒弟，却不会任何仙术，甚至连力气都不比别人大，这样的事实让路子白很沮丧。他叹了口气，索性放手不试，转身坐到院中的石台上。

风从石榴树的叶间掠过，带动了丝丝花香。一枚花瓣悠悠而下，青青一伸手，将其从空中摘了下来。

“子白哥哥，你在干吗呀？”

路子白摇摇头：“青青，你梦想的生活是什么样的？”

“嗯……男耕女织吧，和子白哥哥一起。”

路子白又摇了摇头。男耕女织？这也算梦想？

“子白哥哥，你梦想的生活是什么样的？”

路子白抬头望着天，探出右手，抓着太阳。

“降妖除魔。我可是大圣的徒弟啊，我一定会像大圣那样，成为盖世英雄，身披锁子黄金甲，脚踏藕丝步云履，头戴凤翅紫金冠，一根定海神针，一万三千五百斤，搅得天地不得安宁。”

青青托着腮，嘴角带着笑意。她看着路子白坚毅的侧脸，眼睛眯成一道弯月。

（三）

“齐天大圣的徒弟？你要是齐天大圣的徒弟，我就是如来佛祖的徒弟！”村里的混子叫骂着，一脚踹在路子白的小腹上。

路子白只觉得胃里一阵翻滚，他捂着肚子跪在地上，把之前吃的饭都吐了出来。

为首的混子蹲下，伸手拍了拍路子白的脸，发出啪啪的声响。

“怎么着？我们哥几个想管你借几文钱你都不给面子？你爷爷已经死了，你爸妈就没回过这个村子，你还有什么靠山？”

“我是齐天大圣的徒弟。”

“齐天大圣？”混子嗤笑一声，“我爸是村干部。”

然后站起身，一脚把路子白踢倒，狠狠地补了几脚。

“你们干什么？”

青青从远处跑来，鞋子都甩掉了一只，衣衫破烂，被鲜血染红。她一把推开混子，拦在路子白身前。

“哟，青青姑娘，这小白脸是你罩着的？”混子戏谑道，“那我就不打他了。”

他伸出两根手指，摸了一把青青的脸蛋，又道：“不过我说啊，青青姑娘这么漂亮，为什么要跟着这个废物呢？”

说罢，混子挥挥手，带着几个同党离开。

青青平复了下心情，转身蹲下，掏出手帕，把路子白脸上的血迹擦干。

“子白哥哥，你没事吧？”

路子白不吭声。

“子白哥哥，你看，这是我求王铁匠做的东西，是要送给你做礼物的。”

青青从怀中拿出一根半臂长的小铁棒，上面歪歪扭扭地刻着“齐天大圣”四个字。

“喏，给你，上面的字是我刻的。”青青把铁棒伸过去，“你是齐天大圣的徒弟，必定会是盖世英雄。有一天，你会像他一样，踏上七彩祥云。这个就是你的如意金箍棒。”

路子白抬起头，双眼通红。“你也要讽刺我。”他低吼。

“不是的，子白哥哥。”青青被吓了一跳，慌了神，声音微弱道。

路子白一把将铁棒打飞，那铁棒翻滚几圈，落到河中，不见了踪影。路子白站起来，也不管青青，转身跑没了踪影。

路子白回到了家，看着鲜花还在盛开的石榴树，握紧拳头，狠狠地捶在上面。关节的皮肤被粗糙的树皮划破，血液迸溅，汇入汗水之中。

那天晚上，青青没回来做饭。路子白疯狂地锻炼，却仍旧没有一丝仙力涌出。

临近子夜，有人敲门。路子白去开，青青站在门前，她满脸的污泥，展颜一笑。

“子白哥哥，你看这个。”她从身后取出一把挂了锈的长剑，递到路子白面前，“这是我跑到邻镇买的，我猜这个你会喜欢。”

路子白接过剑，道：“齐天大圣不用剑。”

“可是盖世英雄用剑。”青青道。

路子白摇摇头，叹了口气，把剑负在背上，转身回屋：“我收下了。”

青青蹦蹦跳跳地跟在他的身后。

（四）

“子白哥哥，不要走。”

“总在这么个破村子待着，没有历练，我这一辈子都是个废物！”路子白挣开了青青的手臂。

“我不在乎啊。”青青道，“如果你非要走的话，那就带我一起走。”

“温柔乡，英雄冢。带你走，哪儿都没历练。”

“温柔乡不好吗？为什么非要历练呢？为什么非要降妖除魔呢？”青青哭着说。

“你不懂，我要做盖世英雄。”

“你就是我的盖世英雄！”

“我要做天下人的盖世英雄！”

路子白把上书“齐天大圣”的断绢当作披风围在身上，手中拎着锈蚀的长剑，头也不回地走了。

没有风，石榴树上的花却仍然往下落，殷红如血。

路子白的脚踏在出村的土路上，夕阳的光洒下来，把“齐天大圣”四个字照得格外光辉。

（五）

两年。

两年时间，路子白在边关征战无数，做了个小小的士官，领了国家的银子。

他还是没有一丝仙力，也未曾见过妖魔。齐天大圣的披风，被他叠好压了箱底，唯独那把锈蚀了的破剑倒是始终在用，只是用得太久，剑刃磨得多，也用不了太多时日了。

战争磨平了他的棱角，也凉了他的热血。一次战役后，他请了假，回到家乡。

两年时间，村子仍然是那副清苦的模样，只是不知发生了什么，人们都来去匆匆，全无曾经的热情。

路子白拉过一个村民，问道："李大娘，村子这是怎么了？"

那村民一惊，看清眼前的人，才慌张地道："子白啊！大事不好了！妖精袭村了！"

路子白没来由地一阵心悸，他撒开李大娘，疯狂地往家里跑。

又一个十年。

不要出事！

千万不要出事！

门没关，家中一片狼藉。

石榴花满天飞舞，树下，有个小小的人影。

路子白颤抖着走过去，那人影仍是一袭白衣，却没了头颅。他蹲下身子，把那瘦弱的人抱了起来。

青青修长细嫩的手指死死地抓着一根铁棒。上面歪歪扭扭刻的四个字仿佛锋利的匕首，死死地刺进路子白的眼中，刺进他的心里：

齐天大圣。

（六）

“滚。”妖精说，“你算是什么东西，也敢拦我的路。”

“我是齐天大圣的徒弟。”

“齐天大圣的徒弟拿剑？”妖精不屑地笑，手中厚背的砍刀直斩而下。路子白扬手一拦，破剑就被劈成了两半。刀锋偏了一点，划破他眉心的皮肤，擦着他的鼻尖落下。

绛红色的鲜血从路子白的眉心往下流淌，与妖精的包裹渗出的血同时落到地面，混上烟尘，凝成污泥。

“你把包裹给我，我放你走。”路子白道，血染了他满脸。

妖精狞笑，手腕一翻，刀又刺出去。路子白强扭腰肢，堪堪闪开，只听金铁一声，一支半臂长的铁棒被挑飞出来，在空中旋了几旋，插在血色的泥土上，闪着微芒。

刀再刺，刺入路子白的胸膛。

“你是齐天大圣的徒弟，必定会是盖世英雄。有一天，你会像他一样，踏上七彩祥云。这个就是你的如意金箍棒。”

什么金箍棒，什么齐天大圣的徒弟，什么盖世英雄，都是假的。

妖精的靴底贴上了路子白的身子，一蹬，刀就拔出来了。那刀在妖精的掌心转悠了一圈，他把刀柄冲着路子白的后背狠狠砸下去，将其拍翻在地。

路子白伏在土上，手用力地前伸，握住铁棒，把它从泥土中拔了出来。铁棒上沾了红，是两个人的血。他的手颤抖着，却爆发出了惊人的力量。铁棒弯曲，被他折成了环。

“应该是金色，不过也无所谓了。”

圆环落下，箍住了路子白的鬓发。妖精浑身的汗毛都炸了起来，他转身，只看到一道光。

路子白小的时候，曾听他的爷爷讲过，大圣戴的，是凤翅紫金冠。他也一直觉得，自己总有一天，会成为齐天大圣那样的盖世英雄，身披锁子黄金甲，脚踏藕丝步云履，头戴凤翅紫金冠，一万三千五百斤的定海神针，搅得天地不宁。

可他万万没想到，大圣传他的一身本领，全在金箍戴上的时候迸现。

降妖除魔？没有天庭相逼，大圣降个屁的妖魔！

天下人的盖世英雄，不如你的温柔乡。路子白现在才懂，却再也没了英雄冢。他手上绽放出一道金光，那是剑的形状。他举起剑，狂吼着斩下，百花随着剑刃飞舞。

天地变色。

那之后，又过去十年，又过去二十年，村子里再也没来过妖精。

那之后，妖界掀起了血雨腥风，怒火烧上了天宫，南天门的牌匾被打了个粉碎。

那之后，又多了一尊佛。

世间本没有斗战胜佛，也没有齐天大圣。

只有山穷水尽的普通人。

蝉

◎温酒

（一）

我睁开了双眼，又缓缓合上，我想我可能早就已经瞎了。

我是一只蝉，一只从出生起便从未见过光明的蝉。我生活在泥土中整整十三年，十三年的不见天日，能做的只是吸吮着树根中的汁液。

小黑是我的玩伴，虽然我们两个都看不到对方，但在地下，只要有声音就已经很满足了。

我第一次见到小黑是十三年前，他比我大五岁。我来的时候，他蜷缩着身体，呼呼大睡，估计是自己一个人待了许久。

我推了推他，把他叫醒，他浑身一颤，还不等我问他的名字，便如同疯了一般绕着我欢呼、歌唱，偶尔还夹带着几句粗口。

神经病——这是他给我的第一印象。

我懒得搭理他，扭动身子爬到树根旁，将口器刺到里面。甘甜的汁液顺着我的喉咙下滑，激得我浑身打了个哆嗦。那时候我想，这是世界上最美味的东西。

小黑折腾了一会儿，大概是累了，把身躯挪到我旁边，问道：“你叫什么名字？”

“不知道。”我答。

小黑怔住了，虽然是在黑暗中，我也能感受到他突如其来的悲伤。

我们两个都不说话，沉默了好一会儿，小黑才开口：“就叫你小白吧。”

小白？这名字也太敷衍了吧！

我急忙摇头：“太难听了。”

小黑无视了我的反对，挤到树根旁，吸了一口树汁，陶醉地赞叹一声：“终于甜了。”

我疑惑：“本来就很甜啊。”

“你不懂。”小黑笑笑，“甜与不甜不是靠味觉来评判的。”

“那靠什么？”我越来越迷糊了。

“靠孤独。”

（二）

我与小黑很快打成一片，熟悉之后我发现，他其实并不是神经病。而是一只很智慧的蝉，懂得很多，也很幽默，只是偶尔会说出一些奇奇怪怪的话。

有一天小黑跑来问我，他说：“你见过太阳吗？”

“太阳？”我的脑海中完全没有概念，“那是什么？”

小黑的语气中满是憧憬：“听说啊，那是个特别特别大的圆球，不是黑色的，是树汁那种颜色。它很暖，很甜，见过它的人，都可以飞翔。”

“别扯了，”我不屑，“怎么会有那种东西？”

“真的有！”小黑的情绪突然激动起来，他的声音变得高亢，微微有些颤抖。

“那你说，树汁是什么颜色？”我认为小黑绝对是犯了妄想症，说出来的话不自觉就带了刺，“这个世界上除了黑色，还有别的颜色吗？也不知道你从哪里听来的歪理邪说，居然还当真了，幼稚不幼稚？”

“这不是歪理邪说！”小黑怒道，声音却没有那么坚定了。

“就是！”我的声音也大了起来，“你都没见过！”

“可是……”小黑低下了头，默默地把口器探入树根，“如果什么都没有，蝉又为什么要从土里钻出地面呢？一定会有什么值得我们追求的东西呀！”

“一定会有！”如霜打的茄子一样的小黑咬牙说出这句话，我能听到他的眼泪簌簌下落。

我突然语塞，胸口闷得厉害，就好像有什么东西擎住了我的心脏。

“可能真的像你说的那样吧。”我下意识地吐出了这句话。

“真的吗？”小黑惊喜，我仿佛能透过黑暗看到他放光的眸子。

“闭嘴啊，你烦死了。”

（三）

我仍然记得那天。小黑跑到我这里来，贴着我的甲壳，蹭来蹭去。我觉得热了，便把他推开，一脸的嫌弃。

“你搞什么？”我问。

他笑嘻嘻地回答：“感受你的体温。”

我心底泛起一阵恶寒，张嘴骂道：“你好恶心，能不能求你离我远一点？”

他缓缓退开，我能感觉到他一直在盯着我，那目光有些奇怪，带着点兴奋和喜悦，又带着点不舍和留恋。

我被盯得浑身难受，开口问他：“你怎么了？”

“我要走了。”他答道。

我丈二和尚摸不着头脑：“走？走哪儿去？”

“上面。”

我恍然大悟，原来小黑是要离开地下，踏上那无数前辈曾进发的征途了。

“哦，恭喜你。”我心里突然有些酸涩。

“对不起，不能陪你了。”小黑道，“我曾经听过一个前辈对我讲，大地上有一种生物，叫人类。他们能活七八十年，阅历比最智慧的蝉要丰富得多。

“他们说，蝉的生命很短。初夏才来，未到深秋便会消亡。”

我第一次听到这种论调，心中大骇，一时间愣住了，几秒后才回过神来。我急忙阻拦小黑，求他不要走。

小黑微笑，继续道：“人类还问，作为一只蝉，如此短暂的一生，何以实现生命的价值？这个问题的答案，我想了很久都没有思路。我猜，不真正体验一番是永远无法知道真相的，所以不要拦我啦，我是一定要走的。”

说罢，小黑转身，艰难地在泥土中挖掘，不一会儿就挖出了一条长长的甬道。我看不见他的背影，但我想，那一定像个英雄。

挖掘的声音越来越远，我知道，小黑真的走了，再也不会回来了。我扯起嗓子，冲着小黑离开的方向大喊。

“一定会有太阳！它很暖，很甜，见过它的人，都可以飞翔！”

我听见挖掘的声音顿了一顿，又重新响起。心知小黑听到了我的声音，满意地扭过身子，将口器刺入树根。

汁液没有原来甜了，我想。

（四）

时间过得很慢。我仍然生活在原来的地方，只不过没有人陪我聊天，也不会有人与我争论外面的世界了。

我每天能做的，就只有吸吮汁液和睡觉。

直到此时，我才真正明白小黑所说的不靠味觉是什么意思。在这无穷无尽的黑暗之中，过着只有自己的生活，最初的我几乎疯狂，可是时间一久，慢慢也就习惯了。

习惯孤独，习惯寂寞，只不过树汁，再也不甜了。

那是两年后的一天，我睡得正死，感觉到有东西推我，将我唤醒。

我迷茫地睁开双眼，赫然意识到了什么。

我浑身一颤，接着便是疯狂的跳跃，舞蹈。我欢呼，我叫骂，骂这孤独，骂这无人可视的黑暗。

我欢喜地挤到新来的小家伙身旁，问他的名字。

“不知道。”他道。

“那你叫……小黑吧。”过去的全部回忆涌上心头，几乎要将我淹没。我强忍着眼泪，磨蹭到树根旁边，将口器插了进去。

“终于甜了。”

“小黑，你见过太阳吗？”我问道，“那是个特别特别大的圆球，不是黑色的，是树汁那种颜色。它很暖，很甜，见过它的人，都可以飞翔。”

“别扯了！”小黑不屑，“怎么可能存在那种东西？”

“真的有。”我坚定地道。

“你从哪儿听的歪理邪说，”小黑驳斥我，“不要天真了好不好？”

“真的有，它一定存在。一定有什么东西，是值得我们去追求的。”

小黑不说话，我也不妄想能说服他。这种东西需要岁月来熬，我也是最近才真正明白的。

（五）

“小黑，我要走啦。”我对睡梦中的小黑轻轻地说。他翻了个身，睡得如此安详。

我蹑手蹑脚地转身，开始挖掘，一点一点向外刨土。泥土十分坚硬，挖起来的难度大得惊人，我却丝毫不觉得累。我的胸中有一团火焰在燃烧，它支撑着我，给我以无限的动力。

我猜自己的背影，肯定如英雄一般伟岸。

时间一分一秒地过去，我咬牙坚持着，向着大地进发，那里有太阳，有着千千万万的族人，或许还有个漂亮的蝉姑娘。

终于，我突破了最后一层土壤。

新鲜的空气灌了进来，我疯狂地呼吸，感受着这股味道，那是比树汁还要甜美一万倍的珍馐！

我缓缓爬了出去，仰望天空。天上有一轮白色的圆球，周围浮着闪烁的光点。

原来我还没瞎，原来这就是太阳，原来世界上真的有其他色彩！我喜极而泣，抖落身上的灰尘，攀上了树干。树高得惊人，一眼都望不到顶。

我上去的时候周围已经有很多族人，他们也刚刚从泥土里钻出来，无一不是精神抖擞。我加入他们的“大军”，随着他们的脚步向上爬行。

这是很长的旅程，但与地下那年复一年的孤独相比，差得简直是太远了。我奋力地向上攀爬，越过一个又一个族人，很快就到了第一梯队。

突然，庞大的手掌压了过来，心悸的感觉油然而生。我怒吼着向另一侧狂奔，避了开来。只见几个族人被瞬间掳走，再也没能回来。

我压下内心的恐慌，坚定地向上。在躲过几次巨手的袭击之后，我终于爬到了最前面。

天上的“太阳”离得越来越远，颜色淡了下来。眼前的黑暗越来越深，要不是树皮的触感让我安心，我几乎要以为自己仍在泥土之中。

天边突然泛出了一抹白色，吸引了我的目光。我扭头看过去，一道金色的光束越过房檐射了出来，照亮了我的眼睛。

我张大了嘴，看着那个赤色的光球缓缓钻出来，爆发出耀眼的光芒，脑海早就是一片空白。

太阳！太阳！太阳！

那是个特别特别大的圆球，不是黑色的，是树汁那种颜色。它很暖，很甜，见过它的人，都可以飞翔。

我感觉到自己的后背都裂开了，那是任何没经历过的人都无法体会的痛苦，我艰难地鼓动着身体，细嫩的肉翅奋力地钻出旧壳，触摸着新的世界。

终于，我踏出了那个束缚了我整整十三年的牢笼。

你自由了，我这么告诉自己，你自由了。

我将旧壳踢落，一步一步继续向上攀爬，我的翅膀舒展开，变得硬朗。它多么美，这世界上没有比它更美的东西。

我尝试着抖动，微风载着我向上飘了一点。我大喜过望，愈加用力地挥舞起来。

我会飞了。

我又想起小黑问过我的那个问题，那个号称世界上最高等的物种——人类——问出的问题："如此短暂的一生，何以实现生命的价值？"

他们懂个屁！这群无知的、骄傲的、自以为是的人类，这是我用十几年黑暗才换来的光明。生命的价值？去他的。

谁他妈也阻止不了我的嘶鸣！

臆想症

◎ 握雪越冬

此时坐在我面前的姑娘，颔首低眉，双手摆弄着桌布的一角。

这家餐馆的灯光有些昏暗，是我专门挑选的，因为我不太喜欢刺眼的光亮，而且我始终觉得相亲这种事情，在氤氲的环境里才有气氛。

“喝点什么吧？”我打破沉默。

“咖啡就好。”姑娘微微抬起头瞄了我一眼，借着橘色的灯光，我趁机打量。这是一张几乎没有粉饰的脸庞，皮肤白皙，虽说不上多美，但此刻双颊红晕，倍显精致。我不禁暗自咽下一口口水，也不知道该怎么继续话题。

过了一会儿，姑娘终于正眼看着我，说：“我是第一次相亲，有点紧张，你不介意吧？”

“怎么会？”我还了一个微笑，“我第一次相亲的时候说话还结巴呢。”其实我撒谎了，我也是第一次相亲，可是我的潜意识告诉我，不能对一个姑娘说是第一次，那样会显得这个男人很不稳重，没见过世面。

“对了苑小姐，我听说你是个老师。”

“教小孩子的，叫我苑旸就好了。”

这是我一个狐朋狗友通过七姑八姨的邻居的小舅子介绍的，当时我也没多想，不忍驳了朋友的面子，不过现在看来，我很是满意。

“你，谈过恋爱吗？”苑旸问道。

我稍微犹豫了一下，缓缓说道：“谈过几次，都不太成功，大概是缘分未到吧。”说到“缘分”二字时，我故意提升了音量，并随即礼貌地回应，“你呢？这么优秀，怎么还单身？”

“我跟前男友刚分手，他太过分了，他……”苑旸说到这里有点激动，身体都忍不住向前倾斜，忽然又退了回去，“对不起，我不该提他。”

“没关系，”我抿了一下嘴，“说说吧，有些事情压在心里不好，我或许不是个好的释疑者，但绝对是个合格的倾听者。”这是句实话，因为我真的很不擅长处理纠纷，甚至劝解都经常会把局面弄得更糟。不过以我的经验，当一个姑娘在你面前痛骂前任时，你必须挺身而出，附和其词，跟着她一起愤怒谴责那个浑蛋，才能博得姑娘的好感。

苑旸低头抿了一口咖啡，说着：“我们是在西部骑行时认识的。还记得那天下起了大雨，我们躲在一个屋檐下……”

故事情节可真老套，我心里暗想。

“他长得很高很帅，懂得特别多，内心却澄澈得像青海的天空一样。”苑旸稍微顿了两秒钟，继续说道，“一路上他都在充当我的导游。他喜欢文字，喜欢历史，喜欢旅游，喜欢摄影，喜欢音乐，喜欢着一切我喜欢的东西……”说着，苑旸脸上洋溢起一片幸福与满足，似乎深深陷入甜蜜的回忆，完全不顾我的感受。

我心里略感失望，这哪里是控诉，简直是在向我秀恩爱。

“不过他也很奇怪，让人捉摸不透。你可能不会相信，他居然没有手机，也从不玩微信。自从那次旅游回来后，我们就再也没见过面了，他倒是会不定期地写信给我。虽然见不到，可我依然能从他的字里行间中感受到温暖和爱意。”

这个年代还写信的两个人，想想还真是挺搭的。我控制着内心深处泛起的一丝不满，尽量不表现在脸上。

“他什么都好，只是他没有稳定的工作，无法给我提供一个有保障的未来，而且他……”

“这个很要命的，毕竟生活是现实的！”我插了一句嘴，因为说到这儿我瞬间来了底气，由于拆迁，我家获赔了三套新房，还有很多的赔款。

“我相信他，他有能力改变这个世界的！”苑旸坚定地说，“就算为了我他也会努力的！”

我又变得没话可接了，只能尴尬地点点头。

“上个月末，他终于写信约我在街心公园的湖边散步了！那天我们相互倾吐着思念，规划着未来，他跟我说了很多将来的事情，愿意为了我而改变……”

忽然苑旸变了脸色，先前的温存不见了，换成了愤怒与恐惧，说：“可是接下来，发生了一件我一辈子都不会忘记的事情！”说到这儿，苑旸攥起手，紧咬嘴唇，停了半晌，仿佛是为了平复当时的波澜。她接着说，“突然，不知从哪儿冲出来许多穿着白大褂的医生，他们野蛮地扭住他的双手，把他压在身下……我站在那儿，眼睁睁看着他被几个医生带走，几乎失去了知觉……后来我才知道，他……他居然是个精神病患者！”

这个结局实在出乎我的意料，我傻傻地问了一句：“真的假的？”话一出口就后悔了，因为苑旸说话时认真的样子，她怎么会骗人呢？我也弄清楚了为什么那个人那么神秘，这下都解释得通了。

不过想了半天，我还是不知道该怎么安慰一下苑旸。

“你想象不到这件事带给我多大的打击，为什么会是这样？为什么会是这样？”苑旸幽怨地看着我，眼神里说不清是希望还是失望。她兀自拍着胸口，“我甚至每天睡觉都会做梦，被一阵阵尖锐刺耳的警笛声惊醒……”

正说到这儿，突然从餐馆门外闯进三个穿着白大褂的人，一个箭步抢到苑旸身边，七手八脚地将她制服。

苑旸惊恐地挣扎并大声向我求助，我看着这一切，一时间脑子有点不够用了，怔在那里不知所措。

“先生对不起啊，我们是精神病院的，”为首的一个人向我出示了他的证件，并指着苑旸说，“她是我们那儿的一个患者，不小心让她跑出来了，谢谢您把她稳住，她没对您怎么样吧……”

后面的话我已经听不进去了，眼看着他们把满脸绝望与泪水的苑旸扭进车里。

救护车警笛声渐远，一瞬间周围就归于平静。

这一瞬间，我无法捋顺这复杂的事情和心情，惊讶、迷惑、恐惧、无奈。

“先生，先生！”我心下一惊，回过神来，原来是服务员。

他站在我身边，一字一句地对我说：“不好意思先生，我们要打烊了，您一进来就一个人坐在这里，已经五个小时了，是有什么心事吗？”

姑苏旧事

◎ 灵魂厨娘

粉墙黛瓦，朗月清风。

墙外一缕笛语幽幽，自月升至黎明。

东方天际泛起鱼肚白，连玦收起长笛，墨绿色的长笛泛着温润的柔光，末端挂着一枚小小的玉铃铛。

连家的一天始于家主踏着笛音的残响回到宅院。

但其实很多年前，连家的一天不是这样开始的。

（一）

很多年前，连家是江南武林的名门望族，家主连棠膝下只有一女，唤作连璎。因为家业偌大，后继无人，连棠自幼把连璎当作男孩来养。

连棠靠一手枫桥剑法享誉江南武林，枫桥剑法太过刚猛，不大适合女孩子练，但为了连家，连璎咬咬牙，付出常人数倍的努力，一路练了下来。

那时候，连家的一天始于大小姐练剑的簌簌声。

连璎八岁那年，所练之剑从木剑换成了真剑，连璎心里很是欢喜，这一天她比往常提前了半个时辰开始练剑。

正值深秋，枫叶殷红，剑声起，枫叶簌簌而落，落在连璎素色的练功服上，落在她乌黑柔软的长发上。

刚刚爬上墙头的连玦第一眼看见的就是这样的景象。

因为太过梦幻，所以他一时忘了自己其实是想进来偷点东西吃的。

连璎一套剑法练完，还未开刃的长剑轻轻巧巧地点在了他的胸口，他才如梦初醒。

连璎微微喘着气，歪着头，眼睛亮晶晶的，一笑露出两颗虎牙：“你是谁？”

连玦当时没有回答，后来的许多年里，他无数次无奈地回答过这个问题：“我是你哥哥。”

但当时，连玦还不是她的哥哥，他甚至连个名字都没有，他只是个流落到姑苏的小乞丐。

于是，连璎八岁这年，多了一个义兄——连棠看这小乞丐根骨不凡，又孤苦无依，收他做了义子，给他取了个名字，叫连玦。

作为连家继承人，连璎自幼被教育要端方自持，不可任性，堂堂大小姐过得像个清修道士，连走路的步子都恨不得用尺子量。

连玦自幼混迹市井，生性跳脱，却对连璎宠得紧，自他来了后，连璎的生活终于多了几分烟火气。

他偷偷翻墙出去玩，回来不忘给连璎带串又红又亮的糖葫芦。

城南吃食店的豆沙糖粥很火爆，他软磨硬泡地要来配方，差点把连家厨房烧了才做出来一碗勉强像样的端给连璎尝。

连璎送他长笛，他便学些江南小调，磕磕绊绊地吹给连璎听。

连家大小姐终于有点像个大小姐了，会黏黏糊糊地缠着哥哥撒娇，偶尔任性、偶尔娇蛮的那种大小姐。

连璎有时候会想，有个哥哥真好啊，如果一生下来就有哥哥就更好了。

（二）

这一年太湖上不太平，大量北方来的流民聚集在湖心荒岛之上，落草为寇，为害一方。连家和姑苏宋、陈两家家主商议一番，决定派出子弟前去清剿。

这一年连璎十五岁，连玦十七岁。连棠有心让二人出去历练一番，便把二人也算在其中。

湖心荒岛上果真是荒芜一片，大片的芦苇丛遮天蔽日，正值深秋，风一吹苇花漫天飞扬。

剿匪的过程顺利得不可思议，顺利到所有人的心头都涌起不安。

一朵毛茸茸的苇花落在连璎的发间，连玦下意识地伸手去摘，猛然心中一动，巨大的危机感在心头炸开。

不及细想，一声尖利的呼哨响彻荒岛，无数人影从芦苇丛深处齐腰深的水里蹿出来。

这些人个个身材精瘦，穿着防水保暖的鱼皮紧身衣，也不知在水里潜伏了多久，手臂上别着弩，泛起冰冷的金属光泽。

剑光箭影乱作一团，水寇们占尽天时地利，各家子弟节节败退，伤亡惨重。

绝望之际，远处忽然传来喊杀声，巨大的“连”字旗飘在风里，是连常亲自带人前来支援，形势骤变，水寇们再无后招。

连璎连玦追着两名水寇头目且走且战，突然其中一名水寇连发狠招，拼着重伤下了二人的剑，随后一支闪着寒光的弩箭瞄准了连璎。

电光石火之间连玦整个人把连璎压在地上，死死护住她的要害。

连璎眼前一片黑暗，鼻尖全是连玦身上熟悉的气息，带着陌生的血腥味，她意识到发生了什么。

连玦死死地抱着她，一颗心疯狂地在她耳畔跳动，他的手勒得那样紧，似乎要将她就这样锁在怀里，让她怎么也挣不开。她的眼泪糊了满脸，胸口痛得要撕裂。

连玦、连玦——哥哥！

连璎发出含糊不清的呜咽声拼命挣扎，连玦用自己的身体将她挡得严严实实。他昂着头，一双眼睛泛着血色，狼一样凶狠地盯着持弩的男人。

挣扎间，连璎的手无意间拽出了连玦脖颈间的一个物件，持弩的人目光一闪，突然瞥见了从远处飞速掠来的身影，手一抖，弩箭破空而出。

连玦眼睛眨也未眨，只牵了牵嘴角，将怀中人搂得更紧。

下一瞬间，持弩的人却身影一晃，竟似是要去拦住那枚自己误射的弩箭。

“当”……

连棠终于赶到，重剑大开大合，挡住了那枚弩箭，持弩人顿了一顿，手臂被重剑划过，他又低头看了一眼连玦，足尖一点，几个起落消失在远处的湖面之上。

（三）

连家祖祠内，连棠望着跪在面前的连玦，久久不发一语。

连玦将连璎护在怀里的一幕让他震惊，即便是他，以命换命去保护连璎，怕是也要犹豫片刻，连玦却连眼也未眨——他应该感激才是。

如果没有那枚挂在他脖颈间的戒指的话。

他得到密报，湖心岛的水寇不是普通的水寇，而是金熙宗完颜亶鸦部的人马。

当年金熙宗完颜亶手底下有支鸦部，收拢了白山黑水一带所有数得上的高手，他们作为熙宗在江湖上的触手，为熙宗解决了很多暗地里的麻烦。

鸦部曾经将势力渗透进江南武林，当时的几大世家都惨遭清洗。

如果他没有记错，鸦部的信物就是一枚戒指。

一枚刻着海东青的戒指。

熙宗被海陵王完颜亮杀死篡位之后，鸦部的人马销声匿迹，谁也不会料到，他们居然藏身于茫茫太湖之上，只是他们的目的是什么呢?

“砰”！

门被重重撞开，连璎一身素色练功服，乌发上落着些许寒霜，不知道在门外站了多久。

她没看连棠，一双眼睛直勾勾地盯着连玦。

“你是谁？”

连玦茫然的目光终于找到焦点。

“我是你哥哥。”

连瓔蹲下来，慢慢地、慢慢地扑进他的怀里。

那一日生死之间，她曾被他紧紧地锁在怀中，这怀中太暖，暖得让她心慌。

连棠长叹一口气，不发一言，走了出去。

生活好像回到了过往，只是练剑的时候，连玦和连瓔都默契地比往常更加认真，似乎剑法多精进一点，他们能抓住的命运，就会多一点。

三月之后的某一日，连瓔晨起练剑，枫树下却只有她一人。

天边残月西斜，连瓔沉默片刻，飞身上了矮墙。霜寒露重，乌瓦上挂了一层白霜，连瓔看到半枚脚印突兀地印在上面。

连瓔站在墙外，握着剑的手微微发抖，一颗心也随之微微发抖起来。

掩耳盗铃的日子到头了。

从那枚戒指出现的那一刻开始，连玦就不再是连家的义子、连瓔的哥哥了，他和金国有着千丝万缕的联系。

远处传来隐隐的人语声。

“你知道你是谁吗！”

“你是完颜氏的少主，完颜亶的幼子！主上为了保住你这唯一的血脉，动用了鸦部所有的力量！为了逃脱海陵王的追杀，首领独自一人带着怀有身孕的主母离开，其他人分散向四面八方为你们母子掩护，如果不是身边高手尽出，海陵王又怎能如此轻易地杀死主上？”

“少主，跟我回去吧！主上的仇需要你来报……”

“如果……我不呢？”连玦的声音终于响起，有些艰涩。

“少主当知道，对宋人来说，窝藏金国皇族……”

后面的话很模糊，连璎心里却很清楚。

要么，连玦随他们离开；要么，整个连家在江南再无立足之地。

（四）

连玦回到连家的时候，连璎刚刚练完剑，看见翻墙进来的他，剑花一挽，轻轻巧巧地点在他的心口。

连璎微微喘着气，歪着头，眼睛亮晶晶的，却没了笑容：“你是谁？”

连玦无奈地叹口气，伸出手指搭在她的剑锋上：“我是你的哥哥。”

连璎不置可否地笑笑，收回了剑，径自回了属于她的院落，连玦落在后面，望着她的背影，脸色变幻不定，不知道在想些什么。

第三日午后，阴沉了半个月的天空终于下起了今冬的第一场雪，鹅毛大雪纷纷扬扬，不过半日，姑苏城已经是白茫茫的一片。

寅时，一道人影几个起落，悄无声息地落在连璎的小院里，轻巧地绕开守夜的家丁，走到连璎卧房的门外。

他静静地站了许久，最后轻轻地放下一封信笺。

走至廊外，他猛然眼前一花，身子一麻，顿时僵在当场。

有人从背后轻轻地抱住他，先是小心翼翼地搂住，再是一点点收紧，最后几乎勒得他喘不过气来。

大雪纷飞，将两个紧紧相贴的身影勾勒成水墨剪影，万籁俱寂，唯有风声呜呜，如泣如诉。

不知道过了多久，连玦感觉到有一只手轻轻抚上他的脖颈，握住那枚戒指，轻轻一拽，“啪”的一声，棉绳断裂，仿佛某种羁绊终于随之崩断。

连璎紧紧握着那枚戒指，坚硬的质感硌得她掌心生疼。从这一刻起，两个人的命运在她的掌心错位。

“连玦，”连璎轻轻开口，“很小的时候，父亲告诉我，我要继承连家，所以，我不能任性，不能胡闹，不能做许多女孩子可以做的事。后来有了你，我才知道，有哥哥疼可以任性可以撒娇的生活有多好，其实我常常在想，如果把连家交给你该多好，我一点也不想承担这样的责任。可你不是父亲的儿子，我的责任，你不能替我扛。

“那天在湖心岛上，我想，你都能替我死了，为什么不能替我承担连家的责任呢？于是我想到了一个好办法，你猜，是什么办法？”

连璎轻笑着抱紧了他，把脸贴在他的后背上，连玦清晰地感觉到背后传来的湿意，心中动容，却一动不能动。

“十个鸦部也不是海陵王的对手，我知道你是怕连累连家才决定离开的。其实鸦部需要的不过是个争权的借口而已，没了这枚戒指，你就只是连玦了。哥哥，我把连家交给你了。”

连璎把一枚玉铃铛系在她送他的墨绿长笛之上，连玦眼底一热，那是连家女儿独有的玉铃铛，是连家女儿新婚之夜送给夫婿的定情之物。

连璎松开双臂，转身几个起落，没入了无边夜色之中，她像一阵风，裹挟着冰冷的雪花，卷走连玦心中所有的暖意。

（五）

春有百花夏有月，秋有凉风冬有雪。

姑苏的四季美得像水墨画，姑苏的日子更是过得波澜不惊，只是对连家来说，少了一个晨起练剑的姑娘，却多了一缕夜夜吹响的笛音。

连璎那夜一去再无音讯，连带整个鸦部，一夜之间人间蒸发，江南武林闹得天翻地覆也未能查到半点蛛丝马迹。

连棠一夜白头，不过几年郁郁而终，临终前，他叫来连玦，深深地望着系在长笛上的玉铃铛，不发一言。

连玦跪在榻前："她一定会回来。"

连棠忽然抓住他的手，重重一握，而后溘然长逝。

又一年深秋，霜寒露重，连玦坐在墙头，笛语幽幽，声声皆是在问何时归。

粉墙黛瓦，朗月清风。

有一人素衣黑发，自远方缓缓而来。

那人微微一笑，露出两颗小虎牙："你是谁？"

连玦眯着双眼，视线穿过凌晨的薄雾，似是穿透了多年的时光。

握紧了那枚玉铃铛，他听见自己的声音有些生涩："你希望我是谁，我便是谁。"

屠龙只是兴趣，睡龙才是追求

◎房昊

（一）

东海之滨，有一个姑娘，一身嫁衣似火，站在海面上仰首向西。绵长的海风吹来，红袍子高高鼓起，露出如雪的肌肤，银镯叮当作响。

刹那间，惊雷炸响，乌云盖顶，四海沸腾。

有苍龙盘旋高空，龙首低垂，冲姑娘长长吐气：“小龙女，你是东海龙王的女儿，哪吒杀你三哥，你还不顾廉耻，竟要跟他私奔，罪无可恕，速速回宫领罚！”

龙吟震彻，海面上掀起万丈巨浪，姑娘眼里有泪，咬着嘴唇倔强望西。

姑娘抬头，对上偌大的龙首，铮然一声长剑出鞘：“我要去找我夫君，谁敢拦我？!”

海面上，那万丈大浪被一剑斩破，姑娘目光尽处，似乎能看到陈塘关上一少年。

很久之前，龙女跃出海面，眺望夕阳，恰见眉清目秀一少年，混天绫乾坤圈舞得飞快。

岸旁渔村里，围着哪吒的一圈小孩拍掌叫好，小脸激动得通红。

哪吒回头，就见到了嫣然一笑的龙女。

那天山水落入眉间，哪吒仿佛见到幕布拉开，有遗世佳人美目流转，巧笑倩兮，整座海面被夕阳洒满道道金光，好似万花开遍，簇拥着龙女出海。

愣神间，乾坤圈一个不察，砸到了自己头上。

哪吒“哎呀”一声，倒在地上。

龙女扑哧一笑，围观的孩子们也哈哈大笑，上前去扶哪吒，却怎么也不见哪吒起身。

龙女咬着嘴唇，暗想那少年不会是死了吧，静悄悄凑上前去，还不能伸手呼唤，哪吒已翻身而起。

少年一笑，一把握住姑娘的手。

“我叫哪吒，姑娘，咱们谈一场说来就来的恋爱吧。”

龙女蒙了半晌，掩嘴一笑，打掉哪吒的手，说：“你滚，看你眉清目秀的，没想到小小年纪就要流氓。”

哪吒笑嘻嘻的，不以为意，又拉起龙女的手，二人在沙滩上边走边扯，从满天星辰，谈到四海九州，哪吒说岸上趣事，龙女说龙宫不堪。

哪吒拿了壶酒，跟龙女坐在城墙上，对着城外的大海眼神发亮，说：“你等着，管他哪里的龙宫，哪天敢惹你生气，我帮你揍他们。”

龙女“呸”了一声，抢过酒尝了口，又喜又愁，说：“你打不过他们的，特别是我三哥，从小被我爹宠着，想吃什么灵丹妙药都给，想要什么样的姑娘都许，感觉迟早要出事。”

哪吒不知道什么时候揽上了姑娘的肩膀，仍旧笑嘻嘻的，说：“有我在，不用怕，出事了我罩你。”

龙女偏过头一笑，脸颊有些红，月光幽寂，城墙上的青石清清凉凉，两双年轻的小腿在城墙上悬着，晃来晃去，像极了那些无忧无虑的青春岁月。

（二）

怀孕三年，才有一个儿子，这个儿子当然非神即妖。

李靖不傻，鬼才信自己儿子是个妖，当天就抱着哪吒冲四邻大笑，说我儿子终于出生了，生出来是个球啊，绝对是要成神的！

四邻一副看傻子的眼神看着他。

果不其然，不久之后就有太乙金仙上门，传授哪吒一身神通。

每逢夕阳西下，广场舞，轧马路，老头们开始找地方下棋打牌吹牛的时候，李靖都越发嘚瑟，说老子生出个神仙。

众人呵呵笑着，说阁下何不随风起，扶摇直上九万里。

李靖大手一挥，说：“哈哈哈，放心放心，飞升是迟早的事，到时候你们都有鸡犬升天的可能啊。”

众人赏给李靖无数个白眼。

李靖对哪吒说的话，跟东海龙王对龙三说的话一模一样，李靖也曾笑着拍哪吒的脑袋，说：“你小子想吃什么，说，老子都给你弄来。”“你小子看上哪家的姑娘，也都跟老子说，老子都给你去提亲！”

所以当龙女告诉哪吒，自己那三哥有多么不堪时，哪吒是有几分不信的。

天下二代都差不多嘛，不过是更骄纵一点，更轻狂一些，吃的比旁人好一点，娶到姑娘的可能性也更大一点。

难不成，还能强娶别人家姑娘？还能强行吃点不一样的东西不成？

那一天，哪吒才发现自己的确是想多了，龙二代跟官二代毕竟还是有着种族上的差距。

龙三拖着龙尾，神态悠然，对着岸上百姓微笑开口，说：“抱歉，今儿我想尝尝鲜，吃点人肉了。”

百姓惶恐而退，龙三负手而行，听着周围惨号哭叫，微微闭目一脸享受。

当哪吒赶到的时候，正见龙女伸开双手拦在龙三前面，大声喊着：“这些凡人日夜叩拜，供奉神灵，你凭什么要吃他们？”

龙三抠抠鼻孔，哑然失笑，说：“傻妹子，咱们是龙，龙吃人有什么问题吗？”又脸色陡然一沉，厉喝道，“给我闪开！”

哪吒也阴沉着脸，站在后面没有前去阻拦，那毕竟是姑娘的哥哥，能晚一分出手，就晚一分出手。

龙女咬着唇，手腕上银镯子一动，有长剑幻化。

“哥，你若是执意上前，我便自刎于此！”

龙三神色变幻，上下仔细打量着龙女，忽然笑了：“别忙着死啊，妹妹你这身段妖娆，冰肌玉骨，可比那凡女漂亮多了。”

龙女有点蒙，不明白龙三这是什么意思。

龙三哈哈一笑，趁机抬爪，乌光一闪便击落了龙女手中长剑，接着利爪再起，刺啦一声，便见一缕衣衫凭空飞起。

龙女瞪大了眼睛，身体不由自主地向后倒去，瞳孔倒映的，是越来越近的龙三，是龙三嘴角那得意的笑，是越来越暗的世界。

“妈的，给老子滚！”

一声炸响，仿若九天惊雷。

龙女双眸里忽然闪出一抹金色，那金色似乎燃着火，嗡嗡之声恰是乾坤圈颤响空中。

“砰”的一声大响，龙三人形龙尾的躯体陡然被轰飞海中，溅起丈高大浪。

有身影一闪，龙女感到那只熟悉的胳膊再次拦住了自己。

哪吒冲龙女咧嘴一笑，说：“放心，跟你说过有我呢。”

龙女愣了几秒，蓦地反应过来，一把推开哪吒，说：“你快跑，龙三化成龙形，你打不过他的！”

哪吒哈哈大笑，乾坤圈在手，混天绫缠身，说：“我早知道龙性淫邪，却没想到这么邪，这么淫，今日不为民除害，我哪吒枉生天地间！”

一声嘹亮的龙吟，恰此时从海中升腾而起，有偌大的苍龙夭矫而起，一双灯笼似的龙目满是威严地望着哪吒。

哪吒一声冷笑，话都不多说半句，凭空一踏，便是东海倾覆，混天绫起，便是天地失色。

龙女站在地上，呆呆地望着跟龙三交战的哪吒。

眼角，有泪珠滑落。

乌云海风，惊雷寒雨，红色的是混天绫，金色的是乾坤圈，有龙尾击浪，龙爪幽芒，最终还是重重地摔落地面。

轰然一声大响，哪吒踩在龙首上，拿着龙筋冲龙女挑眉一笑：“来，给你收拾他！”

龙女长吸口气，说：“哪吒你个笨蛋，搞这么大动静，不想活了?!”

哪吒一怔，挠挠头，又笑着说：“没事，来几个，我打几个！”

龙女望着哪吒，忽然抓起哪吒的手，说：“我们不要打了，我们走好不好？我嫁给你，咱们私奔。”

（三）

陈塘关前，黑云压城，浪升三丈，已有水漫全城之势。

李靖张大了嘴，说：“儿子，你说这是你搞出来的？”

哪吒不好意思地挠了挠头，说：“看起来，好像是，不过老爹你别急，我等人呢，等到那个人，我就跳上去把这群家伙给灭了。”

李靖擦了把头上的汗，说：“呵呵。”

有龙王从云层中探首，灯笼似的眼睛望着哪吒，说你不用再等了，龙女劈得开万丈巨浪，也劈不开巨浪后的东海大军，如今她已被押回龙宫，是生是死，只由你一人左右。

哪吒手上青筋暴起，握紧了乾坤圈，冷笑说：“我若是信你，谁知道你会不会反悔杀她？”

龙王长尾一扬，已升三丈的大浪继续卷起，眼看便要淹没陈塘关。

“你没有选择，除非，你想让整个陈塘关给你陪葬！”

龙王威严而不可抗拒，眼神之中满是轻蔑、居高临下和不可一世。

李靖努力咽了口唾沫，挪了挪脚，想偷偷挡在哪吒身前。

一只手，赫然拦住了他。

哪吒挺身而出，盯着龙王，不怒反笑：“好，是不是只要我死了，你就放过龙女，放过我爹娘，放过陈塘关百姓？”

龙王点头，说：“不错。”

哪吒长吸口气，一声暴喝：“那好！”

混天绫刹那间铺展开来，哪吒体内的先天元气疯狂涌出，一层层混天绫缚在城墙之上，浪升几张，便随之再高几层。

哪吒扬手，乾坤圈霍然张大，从天而降，嗡然笼罩整个陈塘关，金光弥漫间，竟生生压下了那四海之水。

龙王色变！

哪吒嘴角渗着血，斜睨龙王，仰天大笑，说：“我师父是太乙金仙，东海老龙，你最好记住你的承诺，不然混天绫乾坤圈在此，你若反悔，我师父万里奔袭，也必杀你！”

龙王浑身一震，咬牙盯着哪吒，一字字说：“那你现在，是不是可以死了？”

李靖猛地转头，望着哪吒，说：“儿子，你这么机灵，一定还有办法，对不对？”

哪吒扭头，冲着李靖一笑，说：“没办法了，老爹，我喜欢的姑娘在他手上，我不能冒险，这一世哪吒对不起爹，来生父子再见。”

剑光一闪，李靖腰间的佩剑，已到哪吒手上。

“老龙，你给我看好了，哪吒今日剔骨还父，割肉还母，你若再敢伤及我家人，必定不得好死。”

哪吒握剑，一寸寸划向自己，眉间不住地颤抖，目光却一直坚毅如铁，死死盯着东海龙王。

有那么一瞬间，东海龙王对着这样的目光，像是面对深渊下不可知的洪荒猛兽。

李靖在侧，低眉握拳，泪珠随着惊雷暴雨，滴滴滚落。

（四）

很多年后，四海波浪平，李靖走南闯北，遍寻仙人，却没有一个人愿意为那小小的哪吒得罪四海龙王。

那一日，李靖在陈塘关外望着东海，鬓已霜白，满目沧桑。

太乙金仙坐在城头上，递给李靖一壶酒，唏嘘喟叹，说：“我不是不想复活哪吒，只是东海龙王势力太大，我毕竟孤掌难鸣，只能给哪吒修几座庙宇，保全他的魂魄记忆。”

李靖喝着酒，连客套话都已说不出来，只是自顾盯着东海。

东海深处，老龙王望着龙女，说：“哪吒已经死了，你只要答应我嫁去西海，以前的事一笔勾销。”

龙女斜睨龙王，神情仿佛就是哪吒。

龙王怒而挥鞭，凝东海碧波砸到龙女身上，龙女眉都不皱。

一如陈塘关前，哪吒剔骨还父，割肉还母，神情不曾稍变。

龙王一颤，深吸口气说：“你若是答应嫁入西海，我便允哪吒复活，只是他跟你之间的记忆，不能存留半分。”

龙女眼中似有光芒闪过，半晌后咬牙直视龙王，说：“我要看着他复活，再嫁西海。”

龙王冷笑，说：“好，一切随你。”

于是盯着东海的李靖跟太乙，便看到苍龙再出，大浪滔天。

得知哪吒终于可以复活，李靖仰天三笑，带着泪说：“好，只要儿子能活过来，一切都不成问题。”

老龙王亲眼看着李靖砸了哪吒的一座庙宇，才终于放下心去，龙尾一摆，沉入东海龙宫。

当龙王不再作梗后，太乙金仙布阵莲花池，七七四十九天，三头六臂，混天绫乾坤圈，红缨枪风火轮，哪吒一声长笑，从莲花池中跃出。

哪吒伸开双臂，笑得灿烂非常，说：“爹，师父，我回来了！”

李靖老泪纵横，说：“你回来就好，回来就好，以后别出去闯祸了，再闯祸，我就拿玲珑宝塔收你进去。”

哪吒咧嘴一笑，说：“我只是看不惯龙三吃人还……还什么来着，反正就是看不惯，一时冲动，下次绝对弄得动静小点，不留下证据。”

李靖笑着赏了哪吒一个栗暴，说：“走，咱们回家，让你娘也高兴高兴！回家你想吃什么，爹都给你做！”

哪吒捂着头，冲太乙笑嘻嘻地挥手，说：“师父再见，有空再来跟你讨论新神通怎么使。”

太乙也笑着冲哪吒挥挥手，片刻后，幽幽一声叹，无奈唏嘘。

（五）

陈塘关里，英雄归来，声声欢呼入耳，哪吒扬手微笑。

彼时红霞漫天，哪吒总觉得这份热闹里面，缺了点什么，似乎在眼前的，不应该是这样一副其乐融融的场景，而更应该有一个姑娘，一身白衣，银色的镯子，嫣然一笑便盛开了满海金色的浪花。

哪吒晃晃脑袋，不知道自己为什么会想出这样一个姑娘。

回眸，正望见人群之中，似乎有道白影一闪而去。

几天的工夫，原来那个爱啰嗦的李靖似乎又回来了，天庭传来告示，李靖和哪吒已经被选中，即将飞升成仙。

哪吒拍拍老爹的肩膀，笑着说："咱们可赶上好时候了，听说最近妖魔横行，还出了一个石猴，神通广大，等咱爷俩升仙，或许还有一场恶斗。"

李靖又敲了哪吒脑门一下，板着脸训斥，说："恶斗个屁，你就老老实实待在爹后面，躲着别死了就成。"

哪吒仰着脸嘿嘿直笑，说："爹，我去外面转一会儿，等成仙之后，想必就没这么轻松了。"

外面，是夕阳西下，恰有金浪万点，洒在东海之上。

想起当年跟东海龙王的过节，哪吒撇撇嘴，要不是怕老爹担心，早就再打进龙宫了。

那夕阳渐渐落下，哪吒从海岸走过，物是人非，当年的一切已经渐渐找不到痕迹了。

一个少年忽然从渔村里露出头来，眨了眨眼睛，笑嘻嘻地指着哪吒，说：“我认得你，你是我小时候给我表演红绸缎和金项圈的人，还因为看姑娘看傻了眼，那金项圈砸到脑袋上，一下晕倒过去。”

少年的一指，仿佛能定魂通神。

哪吒瞳孔收缩，愣愣地站在渔村之外。

蓦然，东海上一个浪花卷起，哪吒蹿了进去。

龙宫里，正张灯结彩，说是要嫁龙宫的公主，去西海永结同心。

老龙王亲切会见了哪吒，笑呵呵地说：“以前都是误会，以后大家都是神仙，要多多关照。”

哪吒欲言又止，沉吟半晌，忽然问：“我是不是忘掉了以前的什么事情？”

老龙王一顿，哪吒感觉到整个东海似乎都因为他这一问而停顿了片刻。

有仙乐响起，哪吒缓缓回头，看见一个姑娘，一身嫁衣似火，乘着轿子浮出海面，站在东海上仰首向西。绵长的海风吹来，红袍子高高鼓起，露出如雪的肌肤，银镯叮当作响。

姑娘从他身旁掠过，看都没看他一眼。

哪吒身子一震，脑海中蓦地一片空白，仰面倒在了龙宫地上。

恍惚间，哪吒似乎看到那个身披嫁衣的姑娘，从海面直冲而下。

（六）

当哪吒再度醒来的时候，已经躺在陈塘关的家中。

李靖在旁喋喋不休，说：“你这孩子怎么这么不懂事，还去东海，不怕搅黄了人家公主的好事？幸好龙王不记仇，否则人家杀了你，说一句你从未去过东海，咱们能怎么办？”

“爹，我是不是，忘了什么？”

哪吒静静地望着屋顶，突兀开口。

李靖一顿，又不耐烦地说：“你哪有忘掉什么，小孩子家家的，天天瞎想什么？”

“现在不想，上了天庭岂不是更不能想女人了？”

哪吒忽然翻身而起，望着李靖：“爹，我要再去东海，我要去找那姑娘，问清楚为什么我看到她，心会跳得那么快。”

李靖终于也静了下来，跟哪吒对视着。

“如果，我不让你去呢？”李靖缓缓拿出玲珑宝塔，堵在门口。

哪吒也幻化出三头六臂，目光坚定，说：“我一定要去。”

李靖闭眼，捏动此前印在莲花真身上的法诀，哪吒惊愕间，已被收到玲珑宝塔之中。

“儿子，里面没有烈火雷击，还能看看外面景色。放心吧，等咱们上了天庭，我就放你出去。”

李靖叹了口气，还是不放心，提着宝塔纵身而飞，要寄存在太乙金仙之处。

哪吒三头六臂，风火双轮，怔怔地看着身前一道铁门，万千道法，轰不出一丝痕迹。

恍惚间，他似乎看到有一只猴子，翻了个筋斗，便冲入东海之内。

哪吒怔了片刻，大惊失色，猛敲玲珑宝塔，说：“爹，那只石猴蹿进东海了，那姑娘有危险，你不放我出去没关系，快下东海看看啊！”

李靖不停，径直飞向太乙金仙处，说东海就算是有难，也是死有余辜。

哪吒深吸口气，说："爹，你若是不让我出去，我恨你一辈子。"

玲珑宝塔一颤，哪吒知道，自己这话说重了。

可李靖仍旧没有停，李靖说："我知道你风火轮跑得快，可那猴子的筋斗云更快，你就是现在从塔里出来，也赶不上了。"

"我能赶上！"

哪吒一字字说着，一字字都是悲愤，一字字都是血泪。

"那只猴子懂什么牵挂？懂什么执念？没有要去见的人，没有要去守的情，能快到哪儿去？爹，有些人如果不见，哪吒复活又有什么意义？"

玲珑宝塔，骤然停顿。

李靖浮在半空，眼睛一闭："你，想起来了？"

哪吒也同样闭上双眼，摇摇头，说："有些事，不必想起来，早就刻在心底，抹得掉记忆，抹不掉情丝银镯。"

李靖一声长笑，玲珑宝塔骤然开启，大手一挥："儿子，去吧，管他娘的什么天庭龙宫，尽管去吧，不去又怎么配当我李靖的儿子！"

李靖咬牙切齿，双目通红，死死盯着哪吒。

"只是这一次，你要再敢死，老爹就敢陪你死！"

哪吒深吸口气，咧嘴一笑："放心，儿子牛着呢！"

（七）

东海龙宫，正被一只猴子搅得不得安宁。

孙悟空收了定海神针，桀骜长舞，卷起泼天的大浪，惊动四海的龙王。

那棍棒肆意挥舞，不远处披一身嫁衣如火的龙女心中一动，忽然笑了，猛地挣开轿子，白影闪动，冲着那金箍棒下撞去。

孙悟空眼角瞥见，不以为意，长啸一声，挥着定海神针仍是好不畅快。

那一刻，龙女望着金箍棒上闪烁的光芒，想起哪吒掷出的乾坤圈，整片龙宫都是龙爪一样的乌光，此生能见红绫金芒，已然无悔。

龙女一笑，轻声呢喃。

哪吒，来世夫妻再会。

轰然一声巨响，金铁交鸣，震得龙女双耳嗡嗡作响。

龙女蹙眉，抬头，世界有一瞬的寂静。

孙悟空也皱眉，抬头，看到一个三头六臂的怪物，脚底下踏一轮风火，眨眼间仿佛便过十万八千里。

弹指刹那，已至身前。

手一伸，紧紧握住那弹回的乾坤圈。

手再扬，混天绫掀起滔天巨浪，四海龙王惊惧而起，东海龙王再见哪吒，心底惊恐终于爆发。

“来人哪！快给本王拿住这两个妖孽，拿住他们！”

四海之中的都看见了，那个一身火红的少年凌空而下，目光睥睨，红缨枪一举便磕退拿着定海神针的石猴。

乾坤圈上金光暴涨，一圈圈金色的波纹扩散出去，那围攻而上的虾兵蟹将，惨叫连连，转瞬湮灭成渣。没人拦得下那个少年，四海龙王面面相觑，眼睁睁地望着哪吒一步步走向龙女。

龙女笑出泪来，泪珠滚落东海里，烫伤整个龙宫的冰凉。

哪吒笑，说：“你哭什么，我回来了，我带你尝龙肉，好不好啊？”

四海龙王一齐颤抖，挥舞着龙爪，长尾摆动，大喊着：“你不能这么放肆，你是要做神仙的人，神仙得守神仙的规矩！”

哪吒回头，不屑扫视，三头六臂一齐指着四海龙王，说：“去你的神仙！”

龙女失笑，用力点着头，说：“对，去你的神仙！”

龙王在呼喊，猴子在抱棒看戏，拍掌叫好，四周是不断拥上的虾兵蟹将，又不断变成残破的尸体，少年少女踏着一路的尸体和血渍，一步步逼近原本高高在上的龙王。

龙王仍在呼喊，却再也没有兵将前来护卫。

哪吒一笑，一颗脑袋转过来，两只手紧紧抱住龙女，说：“乖，场面有点血腥，别看后面，看我就好。”

龙女也笑着，伸手抓着哪吒，点头说好。

四周水火交接，人仰马翻，唯独那一男一女静静凝视，旁若无人。

仿佛当年夕阳西下，明月天涯，身在渔村，对饮城头的少年少女。

而余下的那两颗头颅，四只手，翻天覆地，燃起燎原的大火，独对四海胆战心惊的龙王。

当年陈塘关上，横剑自刎浪前，今朝我三头六臂，身后的莲花盛开。

回来我取你性命，再闹东海！

浪高天外。

如果白蛇传倒着写

◎ 房昊

（一）

那天，法海狼狈跑回金山寺，小和尚许仙正在啃鸡腿。

许仙打了个呵欠，说："师父，你下山骗人又给人揍了？"

法海大骂，说："放屁，为师乃是出家人，出家人不打诳语，所以为师怎么可能骗人呢？"

"那你为啥跑得这么狼狈？金山寺香火这么冷淡，不如咱们师徒俩下山还俗算了。"许仙啃了半只鸡腿，又递给法海，说至少咱们啃鸡腿不用再这么偷偷摸摸的了。

法海终于平静了下来，看着许仙，咧嘴一笑，一口白牙森森。

许仙打了个战，感觉好像哪里不太对。

“徒儿，为了金山寺的大业，友谊的小船说翻还是得翻呀。”

许仙一脸迷茫，说：“师父，你什么意思？”

他话音未落，便已经听到有滚滚雷音平地而起，像是渊虚里涌来黄泉大浪，淹没人间。

法海笑得诡异，说：“徒儿，你想想，如果为师能跟你联手抓到青城山蛇王，金山寺岂会没有香火？那蛇王本来身怀六甲，即将临盆，为师略施手段，她那孩子眼看便要不保。这么大的仇，这条白蛇自然忍不下，眼瞅着就要水漫金山，到时候法力失控，淹没的可是整个钱塘。”

“师父你玩这么大不怕遭天谴？！”

许仙霍然起身，大声喊着，堪堪压过耳边越来越近的隆隆水声。

法海拂了拂袖子，笑得还是很诡异，说：“徒儿不要急嘛，事情总归是有转机的。我骗白素贞说你乃神仙转世，擒了你，便能拷问出仙草灵芝的下落。彼时，她那孩子或许还能保住。”

许仙愣在当场，一脸迷茫。

“所以，只要你这个时候推开庙门，出去拦下白素贞，整片钱塘江的百姓都会惦念我们金山寺的好。”

法海合掌，含笑宣佛。

“阿弥陀佛。”

（二）

那一日，许仙沉吟良久，骂了声娘，劈手抓起法海的领子，问了仙草灵芝的下落。最后，一把将老和尚摔在庙里。

躺在地上的法海咧嘴一笑，又念了声佛。

嘎吱一声，庙门被缓缓推开，许仙月白僧衣，手抓念珠，满脸的大义凛然。

对面，有个白衣少妇，眉间紧蹙，双眸里写满了玉石俱焚。

许仙双手合掌，深吸口气，闭目，念了声阿弥陀佛。

这一生，他装过很多次，也被打过无数次脸，可接下来这次，他知道一定是自己生平最得意的。

“这位施主，若是想杀，杀贫僧一人即可，切莫伤及钱塘无辜百姓，牵连金山一草一木。”

身前，浊浪滔天，身后僧袍飞扬，年轻俊秀的小和尚如一棵孤松，定定站在庙门前，稳如磐石。

白娘子一声冷笑，说：“你们这群秃驴，我见得多了，死一个便少个祸害！”

弹指间，洪波翻涌，淹向许仙。

后来许仙写回忆录的时候，提笔仍心有余悸，那样的危难，他平生只有过两次。

“那一刻，水花溅到我的身上，致命的大浪距离我的咽喉只有零点零三厘米，可我知道，五分之一炷香后，这波大浪的催发者，将会爱上我。”

许仙开口，两只眼缓缓睁开，不起一点波澜。

“白素贞，佛曰舍身饲鹰，若你水漫金山真的能平息怒火，杀了我真的能救回你的孩子，那你就杀吧。让这倾天的洪水淹下去，不必管我，我师父害了你，就让我来偿还，只可惜……我这辈子选择做和尚。如果上天再给我一次重来的机会，我一定不做和尚，我会娶一个你这样的女人，而且绝不让我们的孩子受到一分伤害。”

滔天大浪，凝在半空不住颤抖。

水珠打在许仙脸上，仿佛泪流，许仙在心里啧啧感慨，这个牛，师父我以后回来能跟你吹一辈子。

喟叹尚未发出，那大浪里便出现一只手，白蛇一把抓住许仙的衣领，满目通红。

“原来，是你！”

（三）

钱塘城里，有新开药铺，名曰保和堂。

前几天钱塘江涌，浊浪排空，这几日风平浪静，行人仍旧少得可怜。

在为数不多的行人里，市民王先生发现了这家新开的药铺，里面坐着三个人，两个漂亮姑娘，一个瑟瑟发抖的小和尚。

小和尚哭丧着脸，一个劲儿地说：“姐姐，你认错人了，我真不是抛弃你的神仙。”小青不住点头，说：“姐姐，一定是认错人了，姐夫虽然离你而去，但也是个位列仙班的英雄，哪有这样㞞？”

白素贞托着腮，微笑看着许仙，说：“不，我不会认错的，你听，他名字都叫许仙，他一定是。否则，那些话他不会说得那样认真，生死不计。”

许仙感觉自己快哭了，说：“大姐，我吹个牛而已，怕你水漫金山漫全城，你死我死大家死，不得已嘛。”

白素贞笑了，说：“不管，以后你就是我的丈夫，我们一起住。”

许仙吓得脸色惨白，心里连连惨呼完蛋了，这次玩大了，这是被蛇给看上了啊。

许仙咽了口唾沫，定了定神，说：“姐姐，要不咱商量个事，我告诉你仙草灵芝在哪儿，你去救你孩子，我回我的金山寺，行不？”

白素贞笑得烂漫，说：“可以啊，你说，在哪儿？”

许仙精神一振，说：“在南极仙翁那儿，昆仑山顶，你能拿得到吧？”

白素贞眉头一挑，笑着说：“我也不知道，试试喽，我这就去。小青，给我看住了他。”

小青有气无力地答应下来。

许仙一脸迷茫。

白蛇回眸一笑，说：“女人的话你也信，小和尚，太天真了吧？”

许仙欲哭无泪，望着白素贞一扭一扭地离去，双肩耸动，满脸的生无可恋。

（四）

当夜，有月光倾洒，许仙辗转反侧。

床头月光忽暗，许仙心中一惊，想那小青一向对我不假辞色，不会趁姐姐不在，也想把我上了吧？

一时间，许仙不敢翻身，抱着被子冲着墙，一动不动。

“行了行了，是为师，不是蛇妖。”法海踹了脚许仙，顺便坐在了床沿。

许仙这才翻身，一脸狐疑，说：“师父，你这么晚过来干吗？”

法海又露出那诡秘的笑，说：“这不是我们的活儿还没干完吗？”

许仙有点蒙，问："什么活儿？"

"擒拿千年蛇妖，重塑金山寺香火，日后还能积攒功德，修炼成佛！"

法海说到此处，声音压得很低，目中的光芒却是怎么也压不住的。

许仙想了想那天师父被打回来的狼狈样子，又翻过身去，说："师父，你又打不过人家，降什么玩意儿呢？"

法海一把把许仙拉回来，瞪着眼说："打不过怎么了？为师靠的是智商！那白蛇犯病，把你当成她什么失散多年的夫君，你就趁机留在她身边，偷偷把这雄黄酒给她喝掉，等她现出真身，为师分分钟收拾了她！"

"况且……"法海又是一声冷笑，望着昆仑山的方向，"她去找南极仙翁，这一路风尘仆仆，未必能活着回来！"

许仙看着老和尚，缩在被子里打了个战。

（五）

白蛇还是回来了。

白素贞回来的那天，小青惊呼，迎着面色苍白的姐姐，问："你怎么了？"

白蛇笑容很苦涩，说："没事，仙草灵芝拿到了，后来又放回去了，孩子已经不在，留仙草也再无用处。"

"好在，南极仙翁饶了我一条性命，我才能活着回来。"

白素贞扭头，望着躲在柜台后面的许仙，勉强挤出一个还算灿烂的微笑。她没说昆仑雪山上，她凭着一口想再见许仙的气，舞剑跟南极仙翁大战三天三夜，冰断山崩。

最后，若非白素贞于山崩雪涌之时救下了山村百姓，南极仙翁早已痛下杀手。

许仙迎着白素贞，也终于挤出一个笑容，说：“你回来啦，饿不饿啊？饿了我下碗面给你吃。”

白素贞苍白的脸上，顿时又起了血色。

小青叹了口气，心说要完要完，迟早要完啊。

随后，便是保和堂里出双入对，你开方来我煎药，夫妻双双把家还。

那些天，保和堂里常常黑烟四起，许仙一脸焦炭，双手抱头从煎药的地方跑出来，抬头就是一笑，说：“娘子，我又煎煳了。”

白素贞掩着嘴笑，说：“你笨死算了，闪开闪开，我来。”

每当白素贞煎药，小青就一脸鄙夷地望着许仙，许仙干咳两声，说：“那娘子先忙，我去做饭。”

片刻后，厨房里浓烟滚滚，便是一场大火着了，许仙刚长出来的头发又被烧掉一半。

时至端午，月白风清。

那一夜，许仙长吸口气，端上了碗雄黄酒，冲白素贞一笑。

他说：“很多年了，再没人对我这样好过，不管你是不是认错人，我赖上你了。”

白素贞也笑，端起酒碗，说：“放心，我不会看错人的。”

一饮而尽。

（六）

当夜，有老僧下山，托钵持杖，说今日降妖除魔，金山寺成就大道。

可法海堪堪下山，早有书生啃着鸡腿，斜卧巨石。

书生许仙嘻嘻一笑，说：“师父，那条蛇已被我点化，咱们日后靠着药铺发财求名，国安民泰，岂不美哉？”

法海呵呵一笑，说：“不美，一点都不美，只有你能日后，为师还不敢跟一条蛇谈日后。徒儿，你莫不是当真爱上了一条蛇吧？”

许仙“嘁”了一声，嬉笑着说：“怎么可能呢？我平生最讨厌蛇，更讨厌妖，天天在我身边烦都烦死了。要不是因为打不过她，谁能演这么久的戏？如果非要说，我最多只有一点点可怜她而已。”

法海点头，说：“我懂，大家都是朋友，互相给个面子，我不逼你亲眼看着我降妖。”

许仙眨眨眼，说：“师父，什么意思？”

法海抬头，望月，说：“那雄黄酒里，我还加了点别的东西，白蛇的法力会越来越弱，今日我给你个面子，不去杀她，许你们几年姻缘，时候到了，我会让你离开。到时候，想必你也攒够了钱，再要拦我，休怪无情。”

许仙当即拍手叫好，说：“师父，你懂我！”

等许仙回到药铺的时候，提了两袋补品，一脸歉意，扶起白素贞，无视一旁小青射来的杀人目光，轻声软语，说：“我对不起你，今后一定加倍偿还。”

那夜，白蛇显出真身，许仙仓皇离去后，小青偷偷跟白蛇说：“书生信不过，一剑杀了，咱们遁走青城山。”

可彼时许仙回家，姑娘脸上无一丝血色，还是点头说“好“，笑着说“我相信你”。

（七）

许仙跑了。

大雨淋漓的时候，许仙带着药铺财物，冒雨跑路。西湖边上，许仙留了把伞，挂在墙外，告诉白素贞一切都是浮云。

人生一场大戏，爱情的巨轮未曾启程，就已经沉没了。

许仙对自己说，你真不是个人，这次一走，回头就再也见不到那个姑娘了，妖又怎么样，人又怎么样?

可是大风凄厉，大雨滂沱，许仙不敢回头，回头，那是金山寺的老和尚，僧袍一挥，怀里金钵遮天蔽日。

回去，还不是死?

许仙抱紧了怀里的金银珠宝，凝眸回望西湖边上的药铺，一咬牙，冲进雨幕之中。

涕泗横流。

那些日子许仙不知跑了多久，搭上多少人的车，多少里路在花天酒地里眨眼流逝。常有某一日许仙醒来，没有杨柳岸，也没有晓风残月，独对黑漆漆的四壁。

日光斑驳，许仙晃了晃脑袋，眼睁一线，继而愣在当场。

前一夜，自己在秦楼楚馆哪一座，已经记不清了。可眼前的山峰，绝不可能突兀地出现在这里，除非，有人移山倒海。

山下，恰有一个白衣的姑娘正含笑望着他。

许仙心里一颤，长吸口气，说：“姑娘，这是哪里？你又是什么人？”

姑娘又笑，说：“我是什么人不重要，重要的是你昨夜梦中，一共喊了七千三百八十二次白素贞，我恰巧听说过她，所以才把你找来。”

许仙失神良久，忽然低头一笑，说：“不错，我认得她，我骗了她，你要杀我，我认了。”

一瞬间，许仙有难言的放松。

白衣书生摇摇晃晃地站起身来，闭目等死，却没有听到一抹剑光，而是听到了银铃般的笑声。

姑娘掩嘴而笑，说：“你想什么呢，白素贞是千年蛇妖，你当年一时不察，跟她结下孽缘，被玉帝丢下凡间受轮回之苦。现在白素贞就要死了，你也要重新位列仙班，我为什么要杀你？”

许仙手一抖，怔怔地望着姑娘，说：“白素贞就要死了，什么意思？”

姑娘眨了眨眼，说：“你难道不知道？修行界都传遍了，西湖边上有一条千年蛇妖，功力衰减，被金山寺的高僧法海设计捉拿，那白蛇本可以逃走，却死死守着一间药铺一把伞，最后被众修士抓住。听说蛇妖一身是宝，三天后要焚香祭天。”

许仙手松，金银珠宝忽然坠地。

他抬头，望着那姑娘，声音颤抖，说：“你能不能讲清楚点，白素贞怎么守那一间药铺一把伞的？”

姑娘说，那天西湖起浪，白蛇现行，鲜血淋漓，还死死抱着一把伞，众修士都以为那是什么了不得的法宝，不敢上前。只有法海大笑，说白素贞，他不会回来了。白素贞嘴角有血，眉目带笑，说他一定会回来，他回来的时候，天地色变，跟他走的时候一样，大雨滂沱。法海仍是大笑，大喝里禅杖挥下，那把伞果然平平无奇地落在地上，白蛇应声而倒。

山峰外，许仙默然良久。

姑娘探头，说："你没事吧？你当年封存的金丹就在青城山中，取回金丹，你就又是神仙。生在人间，你要的是荣华富贵，如今成仙，你能功名年华常在，你还犹豫什么？"

许仙长吸口气，点头，说："不错，我的确不该犹豫。"

（八）

那天，金山寺上双蛇被缚，法海率众，焚香燃火。

青蛇一脸幽怨，说："姐姐，活了这么久，成仙还没谱，眼看就要死了，你说就为一个许仙，值吗？"

白素贞望着小青，目光爱怜，说："小青，苦了你了。"

小青急了，说："姐姐，你是不是傻？许仙他不会回来了，他跟法海是一伙的，你难道现在还在等他？"

白素贞望着碧空，乾坤朗朗，皓日高悬，无言微笑。

她说："就算他不来，我也不怨他。你不懂，当年是我欠他的，他想度我，我却想借他的声名成仙，是我骗了他。当年的事我不想再提，我设计让自己怀了他的孩子，最终他自封道行，堕入轮回。"

小青一脸迷茫。

白素贞望着天空，又痴痴笑，说：“其实现在想来，成不成仙，活不活命，又有什么所谓呢？只可惜连累了你，姐姐对不住你。”

小青呸了一声，说：“谁管你这些，本姑娘又不是不能走，岂是你想连累就能连累的？只是本姑娘如果走了，成不成仙，活不活命，又有什么所谓？”

白素贞望着小青，忽然都笑起来，白蛇笑得轻淡，青蛇笑得张狂。

祭台之下，法海老眼微抬，长袖挥动。

有火焰开始爬上祭台。

祭台上，是两个姑娘一轻一重的笑，笑得一众修士莫名其妙，满头雾水。

火焰越升越高，两个姑娘的脸上有汗珠滚滚，姑娘的笑声渐渐被火光和噼啪声淹没，打坐的法海起身，带头大笑起来。

法海说：“笑到最后的，才笑得最灿烂，诸位，祭天！”

金山寺里，声声大笑压抑不住地传来。

陡然，天地失色，惊雷霹雳，像是有什么人看不惯这猖狂的笑，要刻意压下。

法海色变。每个修士的神色都变了，阵法开始凌乱，面面相觑问是不是出现了幻觉。

那一天金山寺的人都看见了，昭昭天日一瞬变成乌云盖顶，大雨滂沱，如若多少天前，书生挂伞离开。

时间仿佛倒流，有石桥横空，白衣书生负剑持伞，万众瞩目，缓缓从半空踱步而来。

“许仙！”

“姐夫?!”

“孽徒!”

几声大喝，从金山寺里响起，书生轻笑，摇头，望着白素贞，目光里不带一丝烟火气。

白素贞笑着流泪，嘴唇轻启，说：“上仙，我明白了，这一段因缘果报，咱们了了。

大雨之中，书生挥手，祭台上的火焰瞬息即灭，众修士倒吸口凉气，没人看得清书生出手的神通。

法海突然大喊，说：“我知道他是谁，他是吕洞宾，道祖吕洞宾!受观音相助，他这是要回来成仙。他不敢杀我们的，上去缠住他，斩了蛇妖，共分功德，我们还能成佛成仙!”

老僧这一声呐喊，让送伞的书生身形一滞，那些阳寿将尽的修士眼前一亮，腾空而起，如疯似狂地出手相战。

一时间，天空中五彩霓虹斑驳，绚烂无比。

书生叹气，目光如有实质，像一柄剑，穿透层出不穷的神通，刹那间盯向法海。

那一瞬，法海眉头直跳，感觉自己的一切都无法脱逃。他大声喊着：“你们都给我回来，先保我，保了我你们才知道怎么祭天，拦住他，拦住他!”

书生低笑，说：“拦不住了，本来我是了却因缘的，可你既然不想了却，那我只好再做一次许仙。我不是吕洞宾，我是许仙，我来此不是成仙的，我是……来救我的娘子。”

忽地一声龙吟，法海面如死灰。

神剑出鞘。

每个人都看到了，神剑纵横，如绵延万里的霹雳，杂乱的七彩光芒都被一击而碎，所有修士逃散四方，许仙眼里燃着火，双指一并成剑。

剑指法海，老僧仓皇。

众修尽退，天外惊雷势无可挡。法海挥杖，杖碎，丢钵，钵毁，那一剑从山上追到湖边，倒映在法海惊恐的目光中，一剑将他砍成了乌龟，扑通入水。

许仙收剑，施施然落在祭台上，笑着将伞递给白素贞，他说："娘子，我们回家吧。"

白素贞接过伞，也笑，默默把伞又撑在许仙头顶，说："好，我跟你回家。"

小青在旁边，泪如雨下。

她知道，姐姐的法力已经越来越少，很快就要保持不了人形，那个时候，姐姐一定不会再跟许仙在一起的。

剩下的时光，不多了。

（九）

后来，白素贞告诉许仙："我该回青城山了，人生一场大戏，咱们这一段，是时候落幕了。"

许仙没有说话，只是笑笑，说："我送你，青城山好，青城山有观音姑娘，能陪你聊天解闷，哪天想回来了，跟我说一声，我也下来看看你。"

那天，许仙望着白素贞渐行渐远的背影，摇身一变，从此世上再无西湖书生，只剩道祖剑仙。

五百年沧海桑田，也终究一晃而过，人道是剑仙游戏风尘，好酒贪色。每每有神仙鄙夷，吕洞宾总会打个呵欠，说：“关你屁事，有种打上一架。”

时间久了，群仙辟易，白衣的剑仙倒落得自在。

那一日，吕洞宾云游下界，准备了五百年，生平第一的危难之事，笑笑还是做了。

吕洞宾下界摆摊卖汤圆了，这是他生平最危难的事，因为没有人知道，那汤圆里面，是他这五百年道行。

其中有一颗因缘巧合，坠落西湖断桥，那座断桥下，恰有一条白蛇和一只乌龟。

白蛇张口一吞，抢在乌龟前面，汤圆咕嘟入腹。

吕洞宾咧嘴一笑，望西湖风景悠悠，自言自语：“许仙许仙，我许你一世成仙嘛，那白素贞，这一次，你能不能还我宿世姻缘？”

桥下，风皱西湖，白蛇似有所感，抬颈仰首，其音嗞嗞，似有欢笑。

体液交换

◎詹晨

（一）

男人和女人的舌头在夜店的灯光里暧昧地交缠着。

他以为一晚的狩猎终于有了结果，但女人暧昧地笑笑，去了洗手间以后就再没有出现。那个男人其实条件不错，所以温可欣从酒吧后门打车离开的时候，忍不住开始惋惜如今这样的生活。

三年前她得了一种怪病，生命垂危。一个神秘的生命科学研究机构救了她，代价是她生命中的十年时间。在这十年里，她必须抛弃曾经的家人朋友，完完全全地为实验室服务。

她的体液循环系统被彻底改造，成了一种武器。

在手术开始之前，温柔的魏博士看到温可欣像流浪小猫一样仓皇防备的脸，忍不住跟她解释了这么做的原因。

“小欣，不要害怕，你会成为这个时代的奇迹。你会成为这个城市中人人惧怕却不露行踪的女超人。”魏博士张口就亲切地称她为小欣，与去世的父亲的口气一模一样。“在如今这个虚拟社会，人和人之间的任何交往都无须面对面进行。黑客技术看似能截获网络中的所有信息，但要与科技公司的安防系统对抗何其困难。更何况，这个世界上最有价值的信息是不会出现在虚拟网络中的。”

“怎么可能？现在这个时代，大到商业并购，小到情侣传情，什么事能不通过网络？”温可欣充满了防备和攻击性。

“当然有。在商业并购发生之前，公司高层的决定；在情侣交往之前，彼此暧昧的心意，哪一件不是仅仅发生在人的头脑里？”

“那跟我又有什么关系？”温可欣赤身裸体地躺在手术台上，缩紧了身体。

“人心里的秘密，要怎么去刺探啊。”魏博士忍不住神秘地笑了，“这就是我们要做的事情了。其实，人的想法不仅仅发生在大脑里。人和电脑何其相似，任何一个起心动念都会成为信息被存储在人的身体里。只要能够进入这个人的循环系统，拿到他的体液样本，他身体里的所有信息就都无所遁形了。”

这难懂的语言让温可欣不能理解。

“你可以这么理解。人类的每一个体液细胞都像是一个巨大的硬盘，存储着这个人的所有想法和信息。”魏博士皱了皱眉，不得已举出这个不太恰当的例子。

“所以，我需要帮你们去拿到别人的……体液？”温可欣好像懂了。

“是的。经过手术改造，你的身体循环系统将成为一个超级处理器。跟任何人有过体液接触之后，这个人对你来说就成了一个解了密码的手机。你能够知道他的所有个人信息和心里想法。在这个信息等于一切的时代，你会成为这个世界上最有力量的女人。”魏博士再一次露出那神秘的笑容来。

“不是我，而是你们吧。你们会超越一间生物实验室，成为这个世界上最有权势的组织。”温可欣冷冷地道。她忍不住戳穿魏博士为她构造出来的幻想。

魏博士不再言语。

麻药进入温可欣的循环系统，手术即将开始。

在之后的三年里，温可欣时不时会想起手术前的这一场对话。在今夜回家的出租车上，那一天魏博士的脸尤其清晰。

今晚的任务其实无比简单。温可欣甚至不需要献出自己的身体，一个深吻就足够完成。

回到家里，温可欣脱光了衣服。尾椎上的数据接口被人造皮肤掩盖住，她掀起那块足以乱真的假皮，将接口连接数据线，向系统传输那个男人的记忆。

那个男人名叫陈钰晨，他被怀疑参与了最近那起轰动的金融诈骗案件，是警方追踪的关键人物。但无奈所有的信息都太过精巧隐秘，调查陷入了僵局。而温可欣拿到的记忆数据则将会成为关键信息，帮助警方侦破案件。

其实是皆大欢喜的事情。警方得以为民除害，而生物工程实验室则更稳固了跟政府的关系。

如今这个时代，信息才是最值钱的东西。所以温可欣很明白，她是他们的筹码和印钞机。只是，她时不时会想起，在她成为一个出卖美色的商业间谍时，遇到又错过了多少可以相爱的人呢？

陈钰晨其实是个善解人意的人。温可欣给自己倒上一杯威士忌，像看电影一样读取这个男人的记忆。他小时候是个不善言辞的羞涩男孩，被欺负以后会倔强得涨红了脸嘟起小嘴。他在高中时开始显露出无比的数学天才，但这种异能未能帮自己赢来多少亲密友谊。在初恋女友因为贫困离他而去之后，陈钰晨铤而走险开始了金融犯罪的道路。他要赚钱，就是这么简单的逻辑。但是这个男人的有趣之处在于，有了钱之后他也并不游戏人生。虽然模仿着金融界的浪子们游走在午夜欢场，心中抱持的却是能在这种场合遇到真爱的心思。

多幼稚啊，却又多可爱啊。他是那种爸爸妈妈和妹妹都会喜欢的类型吧？如果是以自由身与他相遇，故事又会如何发展呢？温可欣不敢细想。

这一晚，她忽然无比渴望爱人与被爱，渴望与某个灵魂相通的男人深吻和做爱。

叹口气，她往静脉里注射了安眠药物，才能沉沉睡去。这是成为女超人的代价之一。在身体循环系统成为武器之后，它原本应该承担的功能就需要借助药物来完成了。

（二）

温可欣去参加金融诈骗案件的庭审。陈钰晨坐在被告席上，沉着冷静，完全认罪。但是躲在观众席最后一排的温可欣偏偏就在他眼里捕捉到一丝丝委屈，就像曾经那个倔强得涨红了脸嘟起小嘴的男孩一样。她轻轻叹口气，身后有人握住了她的双肩。

温可欣一转头，是魏博士。

他们悄悄走出庭审现场。魏博士看着她，眼里饱含着温柔和关切。这个一向坚强的女超人忽然间鼻子一酸，抱住了这个父亲一般的男人。

“当初接受这个合约的时候没想到会这么难。”她紧紧抱住魏博士，头靠在他肩上，因而他看不到她眼里的泪水。但他多半感受到了那些酸楚的情绪。于是他什么也不说，只是一下又一下地拍拍她，就像父亲。

“我把人生中最好的十年都给你们了。我年轻时的脸和身体都只能成为武器。然后等待时间过去、人老珠黄。可是，我也希望能够过上普通的生活，拥有平淡的幸福啊。跟喜欢的人牵着手在公园里散步，周末的时候一个人望着天空发呆，在冰冷的大雨里跟男朋友吵架分手，亲眼看着妹妹找到人生幸福的归宿。签署那个合约的时候，我没想到所有的这一切都会成为遥不可及的奢望。”

魏博士张了张口，话到嘴边却又忍住没有说出来。他来找她，一半是因为明白她的心思，一半是因为有新的任务要传达。

“我看看能不能帮你做什么吧。”嗫嚅许久之后，魏博士最终说出口的，是这句话。

三天之后，温可欣应邀前往实验室。她原本以为只是例行公事的任务分配，但没想到今天实验室的所有高层领导和研究人员悉数到齐。

“这是……怎么了……”她不解。

魏博士站起发言，但是看着温可欣，欲言又止。

于是她猜到了，新的任务大概是前所未有地艰巨。她看着魏博士忽忽间苍老了许多的脸，忽然有些于心不忍，于是故作轻松道："没事啦，有问题交给我就是了！反正咱们有合约的嘛，我跑也跑不掉。"

魏博士叹了口气，终于开口。

大毒枭释雄是温可欣早有耳闻的人物。她没有想到的是，居然会有这么一天，她需要跟这个在传说中让人闻风丧胆的人物正面交锋。

释雄不是普通的毒枭。他曾经是一个天才的电脑程序员，后来不知为何铤而走险干起了黑客的营生。通过高超的黑客技术完成了阴暗的原始积累之后，释雄又展开了新的业务。伴随着虚拟现实技术的逐渐成熟，他为自己找到了新的暴利领域。如今的虚拟现实设备已经可以为人类塑造出可互动、高拟真的虚拟空间，用来娱乐或者办公。而释雄则通过开发非法程序，让这些虚拟现实设备为人类带来近乎吸毒般的巅峰快感。

据可靠消息，释雄即将进一步扩大自己的生意，从单纯的非法程序扩展到非法设备。

"释雄的狡猾之处在于，他明白自己的虚拟现实设备不需要提供幻觉以外的任何实际功能，所以他能够闷头将他想要提供的虚幻快感放大到极致。就好像一家原本制造 App（应用程序）的公司忽然开始生产手机了，并且这一部手机只为这一种 App 服务。你想象一下，改造之后的 App 功能将会有多么强大啊！据说，他使用了最先进的纳米技术，让他的虚拟现实设备能够像原始毒品一样，通过注射进入人的体液循环系统，直接跟人的神经发生作用，生产出比性高潮还要强烈一百倍的快感。"

温可欣听完描述之后，整个人愣在当场，不知道该做何反应。这件事，跟她之前穿梭于酒吧、酒店、赌场等都市场景所处理的案件相比，复杂困难了不知道几十倍。

魏博士苦笑，继续说下去：“你以为这样就完了吗？真正恐怖的地方远不止于此。释雄通过虚拟现实设备制造的新型毒品，不像传统毒品那样会被身体代谢出去。那毕竟是一种物理性的、实际存在的精密机器啊！当它附着于人体的神经系统上之后，释雄就可以一劳永逸了，他只需要不断地更新自己的代码程序，就可以为这些瘾君子们提供新的、更强烈的快感。原始毒品需要的销售网络，从今以后对他来说统统没有必要了。所以，一旦他的计划完成，想要抓住他、阻止这件事就几乎成为不可能的任务。”

温可欣明白其中的利害关系，瘫坐在沙发上，讲不出话来。

“而且，如果使用这种毒品的人足够多的话，他控制这些人群、从而统治世界都不是不可能的事情。”

魏博士终于说完，自己似乎也被这可能的恶果吓得够呛，脸色发白地坐了下来。

“可是……你们需要我做什么呢？”温可欣的声音止不住地颤抖着。

“阻止他！阻止他的计划！有可能的话，拿到他的全部设计方案！”魏博士想要让自己的语气显得坚定，但明显也是底气不足。

“我……怎么可能做到？”温可欣苦笑着，无力地说道。

“这件事很难，我们大家都清楚。这就是为什么我们花了三天的时间来商量这个问题。”

“商量什么？要不要让我去送死？我死了，实验室的筹码和收入又从哪儿来？体液循环系统的完整改造并不是那么容易的事情，短时间内你们不可能再找到一个像我一样愿意签合约的人，并且完成对她的身体改造的。”这三年过去，温可欣明明已经认命，但是，面对这么可怕的任务时，她还是忍不住要极力抗争。

“你说的事情，我们都明白。”见现场没有人愿意开口，魏博士又站起来说道，“小欣，你我共事三年，我一直把你当女儿看，怎么舍得让你去犯险？所以最初我是极力反对实验室参与到这件事里去的。我知道你的心思，你想要自由。但自由的代价何其可怕？如果不是这么严重的事情，实验室又怎么舍得提前结束跟你的合约呢？唉，也是怪我无能，只能为你争取到这么多了。任务若是完成，十年合同就此一笔勾销。”

魏博士的眼里第一次闪动着泪光。

温可欣忽然间觉得，即使失去了恋爱的自由，即使必须抛弃父母和妹妹独自隐姓埋名地活下去，但她好歹收获了别的爱。

她上前去抱了抱魏博士。

“好，我接受。”

（三）

汽车旅馆内。温可欣脱光了衣服站在穿衣镜前欣赏自己的胴体。皮肤依旧光滑，线条依然紧致。实验室明白温可欣的美貌和身体是一切的本钱，因而用尽最先进的生物技术去保持住她的魅力。此刻，温可欣往静脉里注射一管钻石般闪光的液体，这种药物会让她的身体在那个男人面前呈现出不可思议的柔软和光彩。

要穷尽所有可能让他被迷住，这是接近释雄的关键一步。

男人冲完澡，从浴室出来。他温热的身体迫不及待地抱住了她。这是身体带来的魅力和安慰，奇妙得无可言喻。贴近温可欣的这个男人名叫欧锦，奸诈狡猾、心机深重，聪明到甚至取得了释雄的绝对信任。但即使是这样的人物，也难以抗拒荷尔蒙驱动的欲望。

温可欣反转身体，抱住男人。两人的唇紧紧地贴在一起。

当体液交换成为一项工作之后，亲密关系对温可欣来说就再也不是一种享受。除非必要，她绝不走向最后一步。

这一次，为了能够重获自由，她暂时放下了那坚守的一点点原则和尊严。毒枭释雄虽然难以接近，但凭借身体循环的秘密系统，一点一点打进这个严密组织的内部，总做得到。

凭借着独特的魅力和持续的周旋，温可欣终于接近了欧锦。从欧锦到释雄，不过一步之遥。但欧锦并非普通人，分析他的各种信息，试探他的所有反应，温可欣最终放弃了用感情迷惑他的策略，而决定来硬的。

她要通过体液交换的过程，在他的身体里释放复杂神秘的毒素。这种毒素是实验室的秘密生化武器之一，若温可欣成功地在他身体里释放足量的毒素，就可以借此控制他五大感官的开关和强弱。

一切都取决于这一次床笫之欢。

温可欣的大脑高速运转，身体却不停下，像一只捕猎的巨蟒般缠在欧锦身上。

（四）

通往缅甸的车上，温可欣坐在副驾驶座，望向窗外，而驾驶座上的欧锦脸色十分难看。

事情虽然出现了一些意外，但总算按照温可欣预想的方向前进着。

倒退二十四小时，温可欣和欧锦在暧昧又杂乱的情趣旅馆里身体纠缠。温可欣缓慢又坚定地在交合的过程里释放出控制毒素。但就在一切即将完成的时候，欧锦忽然全身抽搐翻倒在地。

温可欣瞬间有些不知所措。她披上衣服，当机立断联系魏博士，询问是否毒素会让人产生生命危险。得到魏博士坚决否定的答案以后，温可欣略微安下心来。魏博士建议她再次进入欧锦的身体循环系统。虽然温可欣并不具备专业的医学知识，但是她体内精密的分析程序足够检测出欧锦身上究竟为何会出现这种异状。

温可欣照做。

然后，她明白了。这一次的失误在于低估了释雄的阴狠。即使是对欧锦，他也并不完全信任。他悄无声息地向欧锦体内注射了最新型的虚拟现实毒品设备，这让他可以在暗地里完全控制住欧锦。但温可欣注射进欧锦体内的毒素跟释雄的设备产生了反应，让欧锦差点在高潮时猝死。

虽然费尽心力终究救回了欧锦，但两人都筋疲力尽。温可欣是因为过分消耗了自己体液循环的能量，欧锦则是因为死里逃生的绝望。

他原本大概未必会就这么对温可欣的威胁束手就擒，但是释雄暗地里的所作所为让他彻底死了心。

欧锦照温可欣的吩咐，准备将她作为功臣、心腹介绍给释雄。欧锦虽然答应得痛快，但是温可欣看得出他一路上的欲言又止。

“无论你是否心甘情愿，我们现在都身在一条船上。你有什么想对我说的？”温可欣鼓励他。

隔了很久。

“你所看到的、听到的，全都可能不是真相。你要接近释雄，这是我唯一要跟你说的。”欧锦似乎是下了很大的决心，说出这一句话来。

表面上，欧锦的话不难理解，不过是再强调一遍释雄阴狠多疑的人格。

但不知道为什么，温可欣始终觉得欧锦话中有话，有一个庞大的阴谋故事隐藏在这波澜不惊的一句话里。

而那是她最后一次见到欧锦。

（五）

见到释雄的那一刻，温可欣有一瞬间的错愕。想象中那个凶神恶煞的彪形大汉并不存在，释雄是一个看起来有些文弱的翩翩少年。如果硬要说他看起来有什么不同的话，就是他的脸色苍白得几乎有了病意。

这样一个纤弱少年，是如何成为庞大贩毒网络里让人敬畏惧怕的首领的?

这是温可欣心头冒出来的第一个疑问。但是很快，这个疑问就得到了解答。

释雄冷淡地问了她几件事。那几件事恰恰都是温可欣在这个贩毒网络里创下的成绩，也是她得以来到这里的筹码。

凭借着体内改造过的循环系统，她能够知道别人不知道的事，能够控制别人控制不了的人，必要的时候她还能在动静之间就将该死的人悄无声息地置于死地。她能这样一路接近释雄，除了美貌以外，还凭借着这常人无法理解的无所不能。

于是温可欣不假思索地就承认了。

她满心以为释雄也会惊异赞叹，然后委自己以重任。

但释雄只是淡然一笑：“了不起，真正了不起。我想了很久都没弄明白你是怎么做到这些事的。其实这些也不重要了，我搞不懂也不想懂。但你既然是这样的能人，又何必在我的地盘上挣扎呢？你随便出去做点什么事情，名利都会跟着你转。你为什么要来找我呢？几年前无人可用的时候，我大概还会珍惜你这种人才，试一试你到底有几分真心几分假意。但现在嘛，打天下的时候已经过去了，没这个必要了。”

说着，释雄从怀里掏出一把枪来，顶在温可欣的脑门上。

温可欣的整颗心都揪在一起。她不知道该怎样改变这个局面，只能死死地盯着释雄的眼睛，希望自己无助的目光多少能够让他心软。但释雄显然不是轻易心软的人。

他的手指动了动。

温可欣想：这样就要死了啊。不知道这个世界上会不会有人怀念我呢？爸妈和妹妹大概会吧。可是，没能来一场缠绵浪漫的恋爱，真是太遗憾了呀。

扣动扳机。

砰。

（六）

缅甸郊外，海边别墅。

面朝大海春暖花开的房子，如今被装饰一新。从外面看，别墅很像是什么宗教朝拜的神殿。从里面看，却又几乎是魏博士实验室的翻版。

这是释雄送给温可欣的房子。

如今的她成了被整个贩毒网络敬畏的人。表面上，她的身份是组织里无所不能的神婆，但实际上，许多人都在偷偷揣测这个突然出现的女人快要成为他们的大嫂了。

温可欣和释雄之间，那眉梢眼角心意相通的气息，是瞒不过去的。

释雄的那一枪，射出的并不是子弹，而是那个虚拟现实毒品设备。

发生在欧锦身上的事情再一次发生，只不过更为严重。眼见温可欣就要被拖出去丢进海里，但她忽然挣扎着喊出了两个字："七仔……"

这两个字让原本已经转身离去的释雄迅速转过身来。他急切地探身下去，确认了温可欣说的的确是那两个字。

那是小时候外婆唤他的乳名。

"你说什么？!"

"七……七仔啊……"温可欣的目光忽然变得无比温柔。那是离开外婆以后，释雄再也没有感受过的温柔。

"外婆其实并没有生你的气呢。小胖熊是你的好朋友阿笨搬家时不小心带走的，并不是外婆生你的气了就拿走不给你的哟。"温可欣继续说道。

这话让释雄像是触了电一般地颤抖了起来。

那是他最大的心结。年幼时他因为一点小事跟外婆赌气，没想到却因此错过了跟外婆见最后一面的机会。外婆亲手缝的小胖熊玩偶是唯一的纪念，后来却再也找不到了。年幼时他一直认定是外婆还在生自己的气，拿走了小胖熊。这种愧疚混杂着委屈、负气、自责，重重地压在年幼的释雄的心头，成为一个死结，再也没有解开。

在一众手下不知所措的围观下，释雄抱起了瘫软在地上的温可欣。

他有一些相信命运了。

组织里那些溃烂的难题，她一一解决了。

心头上那个无解的心病，她瞬间医好了。

也许上天让她出现在自己面前，是有其深意的。

释雄这么想着，将温可欣放在自己的座位上躺平。他拿出电脑来，远程操控她体内那个虚拟设备，费尽心力总算将她救回。

他其实已经很久不再亲自撰写程序了。但是为了她，他忽然觉得一切都值得。

（七）

清醒过来以后，温可欣有阵阵的后怕。

那些信息是她在一路过关斩将的过程里，从释雄某个手下的体内得到的。那个属下大概是想要讨好释雄，因而千方百计地找到了这些边角信息。没想到，却让温可欣占了便宜。

虽然险些丧命，但温可欣依然庆幸自己当初接受了这个任务。否则，她大概此生都不会与释雄有任何交集，不会见识到这纤弱美好的肉体背后那个宽宏雄伟的灵魂。

释雄每天都来这栋海边别墅，有时也带着温可欣去市区走走。无论是在安静的别墅里还是在嘈杂的市区里，释雄在这一方的势力都显而易见。

原本穿梭在城市里四处搜集私密信息的女超人温可欣，在这里忽然变成了小女人。她不再需要奔波劳累担惊受怕了，释雄会打点好一切。

他也会聊起自己的前尘往事。于是温可欣知道了这个纤弱少年是怎么一步步成为如今这个枭雄的。

成为一个英雄，是所有少年都有过的梦。只是后来，有的少年成了一个人的英雄，有的少年成了一个家的英雄。而释雄，执拗地一定要成为这个世界的英雄。

“其实，改变世界这件事，每个人都做得到。职业不同、道路不同，没有关系，每条路上都会有改变世界的契机。在我最初成为一个程序员的时候，我哪里想象得到我会以如今这种方式去改变世界呢？但只要上路时的目的没有被忘记，就总会走到终点的。”

宽广的海边，释雄这样说道。

温可欣看着月光下他的侧脸，几乎想要跟他把所有秘密和盘托出。他把心敞开来给她看了，她却无法做到同样的事情。其实那个设备资料她早就已经搜集得差不多齐全了，但是她舍不得走，她想赖在他身边。

“我知道你有异能，我不知道也不会追问你的异能从何而来，但是我希望你能帮我。”释雄说着，望向了温可欣。

他的眼睛里像是装着整个星河。他要什么，她都会答应他。

“我知道我活不久了，但我希望你能让我活得更久一点。筹划多年的梦想眼见就要实现了，我不想在这个时候离开。”释雄的话像是惊雷一般炸开。

释雄说，四年前他被鬼上身。这只厉鬼在四年内无时无刻不在折磨着他，最近即将取走他的性命。求遍高人也完全无用，此时他唯一的希望就在温可欣身上了。

温可欣猜测那所谓的厉鬼，大概是别的程序或者毒素进入了他的循环系统。像他这样的人物，被当作靶心目标也是可以理解的事情。温可欣愿意用自己独特的身体循环系统帮他找出症结所在。

她告诉释雄，这件事并不是不可以做到，但是难度极高，需要两人的身体循环系统长时间相互交融才能做到。

第一次，即将使用这被改造后的身体时，温可欣想的是那一件事。而释雄似乎读懂了她的心思。他温柔地牵着她，带她回到那栋别墅里去。温可欣一颗心扑通扑通狂跳着，在月下的海滩边上，竟然像少女一样红了脸庞。

（八）

“这一场战役的胜利，是属于全人类的。”恢宏的礼堂里，面对着乌泱泱的人群，魏博士高声说道。

这是一场跨世纪的发布会。不仅礼堂里座无虚席，电视转播也收视狂飙。

虽然是科技公司的商业发布会，但他们要宣布的信息关乎人类命运。

五年前，地球上忽然出现了一种新型病毒，这种病毒会攻击人类的感官系统，切断大脑神经与感觉器官之间的联系。有的人因为感染这种病毒瞎了，有的人聋了，有的人彻底无法体会到触摸的感受，更有些人直接被剥夺了呼吸的能力。

但若仅仅如此，也总还有医治的办法。

这种病毒最可怕的地方在于，它们似乎是有智能和意识的。通过与人类神经系统的感应，它们能够察觉到任何细微的治疗行为、研究行为。因而，病毒会采取行动“对抗”和“欺骗”治疗。每当研究就要取得进展的时候，病毒就会立即让被研究的人死去。

病毒因而被命名为特洛伊。它们像特洛伊木马一样，进入身体内部以后就开始攻城略地，让人类束手无策，只能俯首称臣。

人类在一瞬间陷入了被奴役的阴霾里。没有人知道特洛伊病毒是从哪里来的，是原本就蛰伏在地球上，抑或是外星生物。也没有人知道这些病毒想要做什么，仅仅寄生在人体上存活下去，还是通过操控人类左右文明发展的方向。

它们就像是一群隐形的恶魔，看不到，抓不住，无力可施，无药可救。

所有的治疗活动和临床研究全部宣告停止。但终于在今天，魏博士和他的团队宣告了人类的胜利。

在研制出杀死特洛伊病毒的特效药之后，他们足足等了一整年。在这一整年里，这种药以饮料、食品、香氛等各种各样的形式隐秘地在人类群体中散播开来。直到他们完全确定特洛伊病毒已经在地球上消失，才终于举行了这迟到一年的跨世纪发布会。

发布会后，魏博士一行人被记者牢牢围住。

小芸远远地观望着，脸上的神色波澜不惊，看不出心里究竟在想些什么。直到记者们悉数散去，小芸才不慌不忙地跑上前拦住即将离开的魏博士一行人。

“魏博士，我听说您的团队拒绝接受任何媒体的深度专访，据说是不愿意泄露过多的科研机密，但我相信您一定会答应我的专访的。”小芸缓慢但有力地说出这一番话。

魏博士先是一愣，随即露出一个无奈的笑容，摆摆手准备离开。

“如何欺骗特洛伊病毒完成人体实验，是研发药物的最难点。但是你们从来不提及是如何做到这一点的。”

魏博士的脚步顿了顿：“我的同事们给予了很大的帮助。”说着，他拍了拍身旁瘦弱男子的肩膀，那是他一直在演讲中赞赏有加的年轻研究员释雄。

“你们也从来没有提到过温可欣这个名字，好像她从来都没有存在过一样。”

那个名字终于让魏博士转过头。他盯着面前这个女生良久，然后邀请她去实验室长聊一次。

（九）

小芸名叫温可芸。

五年前她的亲姐姐忽然人间蒸发。

两姐妹自幼形影不离情比金坚，姐姐失踪之后小芸踏上了寻找她的旅程。整整三年，一无所获。就在她几乎快要放弃的时候，她遇到了欧锦。

然后，小芸知道了那个令她震惊的阴谋计划。

“温可欣是我们的一个同事，为了这次实验的成功，付出了生命的代价。在这个全球人类狂欢的时候，我们不想提到这些悲伤的往事。但是我保证，她很快就会得到自己应得的英雄荣誉。”

实验室里，魏博士坐在小芸对面，云淡风轻地说出这一番话。小芸看着魏博士，一颗心都揪紧了，但仍旧克制住情绪。

“据我所知，她并不是自愿加入这个实验项目的。事实上，她一直到死去都不知道自己究竟是为了什么而牺牲的，对不对？”

这番话让魏博士有些震惊，他端详着面前这个女生，不知道她究竟知道了多少内幕。于是他只能把握着分寸说：“这是没有办法的事情。特洛伊病毒的特点我想你也了解。要想突破病毒对人体神经系统的感应，唯一的办法就是营造出来一个假象，让实验对象自己都意识不到实验的存在。”

“即使为了这个要杀人也在所不惜？”

“死一个人和人类灭绝，你会怎么选？”魏博士把问题抛回给小芸。

这问题让小芸的心头闪过一瞬间的犹疑。

她又回想起了从欧锦口中得知整件事时心头的震惊。她的确是费了很大的功夫才相信了欧锦。遇到欧锦时，他已经是躺在垃圾堆旁的流浪汉，却絮絮叨叨地说着自己曾经是有名实验室里的科学家。如果不是有证据证明他曾经跟姐姐温可欣接触过，小芸根本不可能跟他多说两句话。

从欧锦断断续续的胡言乱语中拼凑出来的故事阴暗又耸动。

在人类对特洛伊病毒无计可施的时候，顶尖病毒实验室的负责人魏博士提出了一个惊人的设想。既然特洛伊病毒是通过感应到人体神经系统的反应而察觉到实验和治疗行为的，那么如果实验对象本人都完全不知道这是一场针对特洛伊病毒的实验，问题不就迎刃而解了吗？

当然，要在实验对象完全没有察觉的情况下，进入他的循环系统进行病理学实验，是几乎不可能的事情。于是，他们找到了行业内顶尖的电影编剧，策划出了一个离奇又完美的故事，让实验对象成为这个故事的女主角。

舞台建好，幕布拉开，实验开始。

欧锦以为自己是实验的主持者，没想到他同时也是另一个实验对象。在他跟温可欣通过体液交换进行药物实验时，暗藏在他体内的药物产生了预料之外的反应，几乎要了他的命。心怀不满的欧锦想要暗中提醒温可欣这背后的布局，却因此为自己招来了灾祸。他不仅被实验室除名，甚至被魏博士动用社会资源断了他所有的生存之路，只能沦为如今这个邋遢的乞丐。

欧锦口中的故事虽然太过夸张，但好歹为小芸指明了一条调查的道路。可是微弱的个人力量又能有什么用处？她甚至没能见到姐姐最后一面。

往事让小芸泪盈于眶。

魏博士忽然问：“你跟温可欣是什么关系？”他终于察觉到了这个女孩跟温可欣眉目之间的相似。

“她是我的亲姐姐。”这话一说出口，眼泪终于止不住地落下来。

“我很遗憾。”魏博士的话里听不到感情，“你的确有立场指责我们。但是，我们的所作所为并没有犯法。她是签署了自愿协议的。”

“我今天来找你，只想知道一件事。是不是从这个实验开始的时候，她就已经注定了会死？”

魏博士终于有了略微的犹疑。但最终他还是说了实话：“是。她体内的特洛伊病毒一旦察觉到实验的存在，就会立刻置她于死地。而即使我们万幸，从头到尾都没有露出马脚，她的身体最后也一定会被拖垮。如此复杂和长期的实验，没有人能撑得住。”

“你说的那个问题，我没能想清楚。”良久，小芸才又开口。

“什么问题？”

“你在意的是科学的尊严、人类的命运。可是，在我眼里姐姐只是一个活生生的、有血有肉的人。人类的命运，真的可以成为一个正义的借口，去摧毁一个普通人的一生吗？”

魏博士没有说话。

“我很抱歉。”

说完这句话，魏博士起身离开。

他不担心这个小女孩。她即使知道了真相也没有能力掀起风雨。她只是一个活生生的、有血有肉的人罢了。

温可芸也离开了实验室。

这是一个温柔的良夜，远处的广场里，人群在彻夜庆祝狂欢。

这是人类的胜利。

对面楼的女人

◎一只喵

【李苏子】

“该死！”本该死得透透的鱼突然在案板上弹了起来，吓了我一跳。

我看了看表，距离男友下班还有一小时，难得今天他不加班，我准备炖个鱼汤给他补补身体。我的男友叫林峰，在一家公司做销售经理，我是个微商，算是半个家庭主妇。从大学算起我们已经在一起快六年了。

顺利把鱼炖上后，我长吁了一口气，放松地看向窗外。我们租住的房子在S市市中心地段，虽然小，但是交通便捷，生活也方便。就在我准备收回目光时，突然被对面楼的一对情侣吸引。虽然在我们两栋楼间隔着个花坛，但依稀可以看见：男子单膝跪地，拿出了钻戒模样的东西，女子愣了一会儿然后喜极而泣，最后男子拥住了她，抱在了一起。“真好呀。”看得我也不禁红了眼眶。我是一个向往婚姻的人，到了这个年龄家里人也催得急，不是没有试探性地和林峰提过，可他总是以事业还不稳定为由搪塞过去。坐在厨房发了好一会儿呆，我打开了 iPad（平板电脑）一边看着汤，一边看剧。

咔嚓，是钥匙开门的声音，林峰回来了。我起身去关火，准备盛汤。一双手突然从背后伸过来捂住我的眼睛，“别闹。”我笑着打掉他的手，转过头却看见他郑重其事地单膝跪地，手里拿着钻戒。我愣住了，拿着汤勺呆呆地看着他。“让你等了这么久真的很抱歉，苏子，嫁给我吧。”这突如其来的喜悦席卷了全身，我浑身颤抖着，努力控制自己不哭出来：“峰……”“以后该改口叫老公啦。”他温柔地揽过我，让我把头埋在他的肩膀上。我一时说不出话，只是用力地抱着他。“炖了什么？好香呀，还不给你老公盛碗汤？”他拍了拍我的背，我破涕为笑：“还喝什么汤，我们出去庆祝吧！”

经过对面楼的时候，我向五楼望了一眼，好巧，今天我们都是最幸福的女人。

之后我几乎每天都能看到对面楼的女人。我发现她和我的作息很像，品味也相近，我们似乎买了同样的家居服，一三五我们都穿红色，二四六我们都穿白色。我很想去认识一下她，如此相像，应该会成为很好的朋友吧。事情发生变化是在那个周三，那天我约了朋友喝下午茶，回家的时间已经不早了，我忘记换家居服就开始做饭。做饭的空隙抬头看向对面，却发现对面的她竟然和我一样没有穿红色的家居服，虽然看不清款式细节，却能确定是和我一样的蓝色裙子！

我突然觉得有些恐惧，这也太巧了吧？

从此以后我会特别留意那个女人，她的生活和我惊人地相似，发生在她身上的事情一小时后总会像电影重播一样再一次地发生在我身上。有一天她和一个比自己矮半头的老太太一起准备晚饭，我长吁了一口气，总算是不一样了。所以一个小时后当林峰的妈妈拎着菜敲响了我家的门后，我整个人都有点崩溃了。

这一定不是巧合。

“我发现对面楼的女人总是和我做一样的事情。”晚上睡觉前，我对林峰说道。“你们女人做的事情不都是差不多。”林峰不以为意地侧了过去。“不，不是这样。在她身上发生的事情总会在一小时后发生在我身上，求婚是这样，那天修厨房的灯也是这样，还有你妈来那天也是，就连……就连我们穿的衣服的颜色都一样。”我断断续续地叙述着这段时间的遭遇，直到听到了他的鼾声，我知道他一定觉得我神神道道的，也完全没有听进我的话。

“明天，明天一定要把事情弄清楚。”我暗暗下定决心。

第二天等林峰上班后，我就去向小区的门岗询问，得知对面的五楼自从出过一件命案后就一直没有租出去。我忽然有些头皮发麻：“什么命案？”“好像是一个男人发了疯，杀了自己的老婆。”

我确定我每天都看到了那个女人，可按照保安的话，这套房子一直没有租出去，那我看到的那个人是谁？或者说，她还是不是人？想到这里，我不禁打了个寒战。虽然很害怕，我还是来到了对面楼的504。犹豫再三，我敲了门，没想到的是，门竟然自己开了。“原来鬼片里演的都是真的。”我突然冒出了这个念头。下意识地走向厨房，只看了一眼就让我浑身的血液都凝固了——正对着厨房窗户的，是一面镜子。

我跌跌撞撞地下了楼，连家都不敢回，在小区门口的便利店里呆坐了好久。不知过了多久，我突然想起来可以给男友打个电话。

“喂，什么事？我要开会了。”林峰工作很忙，工作时间我一般不会打给他。“昨天说的那个504，没有人住，厨房里还有一面镜子，它可以预言我的未来。”我有些语无伦次。“你在说什么？我现在很忙，回家再说吧。”他挂了电话。我还是回了家，关上卧室的门，将电视开到最大声，但就算这样我还是有点心神不宁。没过多久，我迷迷糊糊睡着了，醒来后已经是黄昏了。

“不知道她还在不在了。”我给自己壮了壮胆，走进了厨房。透过窗户，我看到了对面的女人，她似乎在和一个男人争吵着什么，两个人开始扭打在一起。我想起了为了调查这个事情昨天刚买的望远镜，赶紧从柜子里取了出来。我看清楚了，男人掐着女人的脖子死死地不松开，女人在拼命挣扎，半晌她不动了，直直地倒了下去。“啊！”我不禁尖叫了一声，男人走向窗边，抬起头向对面看来，那张脸……是我无比熟悉、每天朝夕相对的脸，没错，那个杀人凶手，就是林峰。

死掉的那个女人，是我。

放下望远镜我浑身发抖，这可能是对面的镜子最后一次向我预示未来了。“不，我不可以就这样坐以待毙！”看了看手机上的时间，我还有一小时。我简单收拾了一下，逃也似的离开了这个地方。

【林峰】

下班回到家，家里有点乱，李苏子好像已经走了。真是个蠢女人，我冷哼一声，打了个电话：“亲爱的，我已经摆脱那个女人了，从今天起我只有你一个人啦！对，你的办法真好使，那个蠢女人就是信命。你请来的化装演员太逼真了，我乍一看都分不清，以假乱真呀，哈哈哈。”

我很早就对这个女人感到腻烦了，不过是觉得有一个人在身边照顾也不错，直到遇到了夏楠。夏楠是我们公司老板的女儿，只要和她在一起，我的下半生就会顺风顺水。而且她漂亮活泼，不像李苏子那样沉闷无趣，我们也算是一见钟情。我想了很多种方法和李苏子分手，可无论是对她发火还是骂她她都不反抗，对我还是一如从前。我甚至故意让她看见我和夏楠亲密的照片，可她就是装作什么也不知道，这让我更加厌恶她了。那天夏楠找朋友给我出了个主意，租下对面楼的房间，利用李苏子信命的特点，让她以为能看到自己一小时后的未来，好让她知难而退。于是我请了专业的化装演员，拜托了我妈，买通了门口的保安，还弄坏了厨房的灯，就是为了演好这一场戏。

“终于解决了。”我端起了桌上的红酒杯。

【李苏子】

我是一个信命的人，小时候我妈给我算命说我克夫，就这点，我一直不愿意相信。很早以前我就知道林峰已经不爱我了，可这有什么关系呢，我爱他就好了。那天他喝醉了酒，故意打电话和那个女人说着暧昧的话，甚至揪着我的头发让我看他们的亲密照。我突然意识到，很快这个男人就不会属于我了。

第二天我煮了鱼汤，在里面放了剧毒的药，想和他一起死。可他回来的时候竟然和我求婚了，我惊喜万分。可是没有用，我发现了对面那面可以预示未来的镜子。他想杀了我和别的女人厮守，我心里徒生凉意，果然，还是逃脱不了命运。

我简单收拾好了自己的东西，带走了我们的合影，拔掉了手机卡，在他最爱喝的红酒里放了之前以防万一留下的药。

阁楼里的秘密

◎ 戴唐儿

在我印象中，阁楼一直是个神秘的地方。父亲曾吓唬我说，上面关着一个小鬼，他喜欢在昏暗的地板上拍皮球……在我童年的记忆中，阁楼一直是个阴森可怖的地方。

（一）秋意浓

入秋了，连日的小雨使得大上海的空气更加阴沉，久未放晴。气温越来越低了，轻吸一口气便觉心口发凉，天空暗沉沉地像是要跌入地面。此时，偌大的段公馆却依旧紧拉着厚厚的窗帘，似乎连仅有的一点光线都不愿透进，更显阴冷潮湿。

房顶的阁楼，已闲置多年，平时少有人去。屋外阴风阵阵，阁楼传来低沉的簌簌声，时断时续。

这家的主人，段先生，是个有些沉默严肃的中年男人。他平日最喜独坐书房，伏案工作之余，看看书、写写字。有时乏了，便轻轻取下耳边的金丝眼镜，放在手上用手绢宝贝似的细细擦拭。这眼镜他已佩戴多年，却保存得如新的一般，毫无缺损。许是年纪大了，性子喜静又不好热闹，段先生这些年很少外出。处理要紧的事时，更是紧闭房门，神秘得很。

“老爷，茶水就给您放在门口的，好不啦？”就连贴身管家阿桂都不得随意进入。

段先生平日的工作多半就是审审上级的文件，签签字，他骨子里透着一股文雅书卷之气，动枪动武的事从不见他做。但旁人即使看不出有什么要紧，也绝不敢随意叨扰。只有一个人不怕打扰他，就是他的乖囡囡。

年幼的女儿经常冒冒失失地敲打他书房的门，急匆匆地，手里还拿着外面弄的新鲜玩意儿。有时是一只蝴蝶，有时是一片树叶，有时只是一颗普通的小石子。房门一开，她就捧着这些小玩意儿，得意地朝父亲大喊：“爸爸，你看！”急于分享自己的小发现。这时他才会立刻放下手头的工作，舒心一笑，起身抱起女儿耐心询问：“乖乖，这是哪儿来的？”“我在院子里捡的，漂亮吧！”骄傲的小模样一下子把他逗乐，他眉眼间都带着笑意，温暖慈祥的眼神仿佛能把人融化。

……

屋外狂风大作，阁楼里的杂声似乎更加婉转。

许是因为年久失修，往年每到秋冬季节起风的日子，阁楼里总是发出阵阵低沉的哀号声，叫人听了心里直发毛。管家阿桂曾想找工匠师傅上去修一修，不料段先生却说：“别管了，等会儿找块板子堵上就行！”

那个阁楼除了他自己，没有人上去过。好在上海刮风的天气并不多，阁楼又在房间角落处，影响并不大。这事便不了了之。

（二）形单影只

阿桂端着茶水和点心，上楼的时候脚步很轻，有些犹豫，我静悄悄地跟在她身后。阿桂在书房门口踌躇了一会儿，终是轻轻敲了门，问道："先生，我可以进来吗？"里面没有应声。她有些担心，试探着推了推门。

门竟没锁。

"阿桂，我不是说过，我工作的时候任何人都不许来打扰吗？"一个沧桑而疲惫的声音从屋内响起。

从门口望去，一个略显单薄的身影映入眼帘。他白色衬衣外套着灰色的西装马甲，正坐在书桌前，低着头细细擦拭着那副金丝眼镜。他穿得很整齐，头发向后梳得服服帖帖，有着这个年纪少有的讲究。他素来注重仪表，即使家里不来客人，也总要妥当地收拾一番，可有些花白的头发和越发纤瘦的身板预示着他已进入垂暮之年。

"先生，您没锁门……哎呀，我看您一天都没吃什么东西，就给您送了点茶点过来……工作虽重要，您还是要注意身子的呀，再说您的病……" 阿桂有些慌张地说道。

年纪都这么大了还不注重身体，真是让人担心。

"阿桂，你有心了。就放这儿吧！"他戴上眼镜缓缓说道，声音听不出任何情绪。

"好的，先生！"阿桂放下茶水和点心，转过头看了看他，似乎欲言又止。最后，她还是没说什么，准备带上门离开。

在门口犹豫片刻，阿桂又推开书房，缓缓说道：“先生，二太太又来了。她，这回坚持要见您……说是要去香港治病了，怕是好久见不到！求着见您一面呢！先生，您就……”

“阿桂！我的话你是越来越不放在心上了！让她走吧，我不想再见到她，还要我说多少次？!”他气愤地打断了阿桂的话，不留一丝情面。

唉！看来他心里还是放不下。

“我说……先生，这么多年过去了，当年的事，您就原谅二太太吧！她也是个可怜人啊！如今你们年纪都大了，这样又是何苦呢？”阿桂苦口婆心地劝着，话里带了哭腔。可惜一如既往，没起到任何作用，他还是倔强得不肯松口。

“真是个固执的老头！”我小声地抱怨出声。他看向门边，好像听见了我的喃喃，我立刻心虚地低下了头。

“把保险柜里的金条，拿一半给她！让她快走吧！”他说完，转过身朝窗外望去，不想再听任何劝说，孤寂的背影静默得像一座雕像。

阿桂见状，知道劝不得了，不甘心地拉好门，叹息着离开了。我无奈地摇了摇头，慢慢跟在她身后。

（三）告别

楼下大厅，坐着的妇人身着一身华贵旗袍，身形有些消瘦。岁月的痕迹让她不再似年轻时那般明艳，却仍然称得上是极优雅美丽的。

“老爷他……还是不肯见我？”妇人看着阿桂孤身下来，失望地问道。

“二太太，您还是回去吧！老爷让我把这些给您，您和少爷去了香港，生活也好有个着落，不至于受苦的！”阿桂说着便把包着金条的包裹塞给二太太，二太太没有接，低垂着眼摇了摇头。

“他真的就想我走？连见一面都不愿？”二太太有些激动，话里带了埋怨。就算知道会是这个结果，今天的她仍是抱着一丝期盼来的，然而结果却……

“我……我这可是去香港啦，离上海有多远，他不知道？见一面都不肯，可真狠心！都说一日夫妻百日恩……”她气不过地拍了拍沙发，用手帕擦了擦眼角。

“先生啊，心里总归还是记挂着你们的！您还是放宽心吧，去那边避避风头。上海如今不太平，您出去是好事……是好事啊！”阿桂于心不忍，只能柔声说着宽慰的话。

“我知道，他还是怪我，不肯原谅我。我……也是没法子，我……我没办法……”二太太凄凄婉婉的声音响起，欲言又止，“我们都上了年纪，如今又是乱世，以后还不知见不见得到。”她直勾勾地看向楼上的房门，久久不愿移开视线。

……

半晌，她终究还是起身，接过包裹，慢慢朝门边走去，瘦弱的身影落寞孤寂。

“桂姐，求您照顾好老爷……我这一去怕是难回了！”突然，她转过身来，对阿桂恳切地说道。

“二太太您就放心吧，只要阿桂活着就一定会照顾好老爷……”阿桂握着二太太的手，哽咽得也说不出一句完整的话。

二太太一步三回头地走出房门，大门口停着早早等候着的汽车，上面已经装好了行李。

没人觉察，二楼书房窗边站着的落寞身影，怔怔地看着汽车缓缓驶出院落，直至在拐角处消失不见。

（四）物是人非

窗外氤氲朦胧，天色变得更加暗沉。二太太也走了，那么先生从此就真的是一个人了。阿桂叹着气，一边想着，一边朝一楼最深处的一间卧房走去。

我跟在阿桂后面，知道她心里不好受，却不知道如何安慰她。桂姨打十岁就来了段家，比段先生还大几岁。虽说只是下人，可段家人善良温厚又思想开明，并不注重什么主仆之分。桂姨为人忠厚安分又心思细腻，有着一股巾帼不让须眉的劲头，把段家上下打理得井井有条，曾深得段老太太器重，对段家来说就和家人一样。

可如今，桂姨也渐渐老了，身体大不如从前，不像年轻时似乎有使不完的劲儿。有时劳作家务时，还得停下歇上好一会儿，看了真让人心疼！

我一边想着，一边跟着桂姨来到一楼最里面的一间卧房。她轻轻打开门，里面有一张漂亮的粉色洋床，墙边陈设着一张精致的梳妆台，房间温馨又俏皮的装置和从前一样，不曾改动。就连梳妆台上的发夹，都还摆在同样的位置，没有移动。那是个漂亮的蝴蝶发卡。

这里好些年没人住过了，清冷静谧，却仍一尘不染。想必每天都有人来这儿打扫，还小心翼翼地没变动房间里的任何装饰和摆设。

就如同这间房的主人离开家的那天一样，分毫未变。

（五）未完成的任务

东街头的藏珏轩，明面上是一家经营多年的老字号古董店，平日里来往的多是一些喜爱收藏古玩的文人或是想倒卖文物的商人，实际上它的作用远不止于此。就是这么个热闹显眼的地儿，反而躲过了敌方的怀疑和一次次排查，成了我党同志交流情报的重要基地，为组织前方一次次传递着重要的情报。

可万万没想到的是，我们的组织中竟然混进了军统的特务，电台的密码被泄露了……而那次任务，就是在敌方窃听到电报破获情报之前，把文件安全交给我未曾谋面的上线“青坛”。由于我的身份背景干干净净，被怀疑的可能性也相对最小，所以我自告奋勇地参加了这次任务。

当时的我，全然没想过失败的后果，有的只是一腔热血和激情，以及对加入共产党深切的渴望。那天，我穿着桂姨给我新定制的洋裙，收拾得整整齐齐的，出了门。出了门，我才发现忘了别上那个我最爱的蝴蝶发卡。那可是父亲送我的十五岁生日礼物，也是我的幸运星，每次考试戴上它，我都会旗开得胜。

可惜，或许是没有戴上幸运发卡，行动的时候我竟不小心暴露……我将文件牢牢用我的蓝色披肩包裹好，当巡警赶到的时候，我只刚刚来得及将文件藏好，根本来不及逃脱。自然，也编不出任何妥当的借口。

我被逮捕到了警察局后，连盘问都没有，就被遣送到了国军高级军区监狱。

看着狱警的背影走远，我独坐在幽暗冷清的囹圄中，心里慌乱无措……想着父亲在家等着我，还有桂姨，今早还交代我早点回去吃饭呢！谁会想到，现在我竟被关在这地狱般的地方，连告知他们一声都不能，他们肯定担心坏了。

（六）真相

太阳渐渐落下，本就幽暗的监狱变得更加昏暗阴冷，我蜷坐在地上，抱着双膝深深埋着头，一时间思绪万千。当初组织把任务交给我是寄予了多么大的信任，而我却弄砸了，我可真没用。如今来了这阎王地，还能活着出去吗？就算活着也得被折腾个半死吧！

胡思乱想之际，终于，外面传来了阵阵脚步声，一行人朝我走来，我探头望去，惊喜地叫出声："爸爸！"

带头之人竟然就是……父亲？!

父亲打开监狱的锁，关切地问："阿凝，没事吧？"他握住我的手，一向无畏的他竟有些颤抖。我反手拍了拍他的手，以示宽慰。

"爸爸，我没事。对不起……我又闯祸了。"我惭愧地说道，低下头不敢看他。父亲像平时一样微笑着对我说："阿凝，别怕！爸爸在这儿。"我却从这强装镇定的笑意中隐约意识到了严重性，环顾四周才注意到狱房门外全是佩着枪的警卫。

军区监狱里昏暗阴冷，似乎还充斥着刺鼻的血腥味，我第一次真切地闻到了死亡的味道。

父亲伸出双手，像小时候一样给了我一个温暖的拥抱，我稍微安心了些许。然后我听见他在我耳边轻声说道：“我已经打点好了一切，等天一黑，你二娘会来救你出去，码头上有我的人在那儿接应，到时候你们走得越远越好。要小心，照顾好自己！”

说完后他拍了拍我的背后，静静地看着我。我一下子惊住，心飞到了嗓子眼。抬头看见他身后警惕的警卫，只好带着满肚子疑问重重地点了头。

父亲也点了点头，这才放心离开。

……

那晚在狱卒的议论声中，我才隐约明白：我的父亲，竟是一名国民政府的秘密高级文官，处在一个签名和盖章便会要人性命的职位，有着不露声色的阴狠和血腥……这与他平时的为人作风截然相反，在我眼里，他是那么温和慈祥，宽容豁达。而我，曾在参加社团活动时就发誓要加入共产党，一直接受到的是共产国际的教育。我并不是很懂政治，只觉得要救国就非如此不可。

懵懵懂懂中，我竟站在了他的对立面，真是可笑又可悲。可我不信，父亲是这样的人，等回去，我一定要亲自问他。那晚，我坐在狱房冰冷的地板上，望着狭小的窗外，等了整整一夜，没有讯问，没有酷刑拷打，可也……没有人来救我出去。

第二天天刚亮，我就被押送到了行刑场。清冷的微风吹拂着我的脸庞，我缓缓闭上眼睛。枪声响起，来不及感受到真切的痛苦，我已陷入无边的黑暗。

……

待我醒来时，发现自己竟好端端地躺在卧房的床上。

难道这一切只是我的一场梦？

（七）归去

隐约听到房外有阵阵悲痛的哭泣声，随着哭声我起身走出卧室。

整个公馆挂满了白色的帷布，我的黑框照片竟直直地摆在大厅中央……穿过满屋前来吊唁的宾客，无人发觉我。我走向父亲，他无力地靠坐在藤椅上，双目空洞得令人心疼。

父亲大病了一场，卧床数月。从此变得沉默寡言，精神也有些恍惚，再也不复之前的振奋。

而二太太，也就是我的二娘，在苦苦哀求父亲之后，还是被一纸休书无情地赶出了家门，连同我年幼的弟弟。“老爷，求求你别赶我走……我没办法啊……我不能让你去送死，也不能看着这个家没了啊！”她凄厉的哀求声充斥着整个大厅。

我不知道，那天她为何没有去救我，也许是害怕，也许是不甘。我也能理解她，她只是一个柔弱的女人，一个妻子，一个母亲，终究牵绊太多。

……

空旷的公馆里，我很孤独。除了桂姨偶尔与我交流，没有任何人能证明我的存在。

“小姐啊，你要是还在，家里肯定不是这样啊！唉……我苦命的孩子啊……”她细细擦拭着我的照片，说着说着又悲伤地哭了起来。我拍了拍她的背，想要抱抱她：“别哭了，桂姨。我不是一直都在吗？”可她没有理会我。

……

我无聊地又爬上了楼梯，来到父亲的书房，在门口看着他。他又在静静地擦拭着那副陈旧的金丝眼镜，那是我用第一份工资买给他的小礼物，当时他高兴得不得了，说着：“我宝贝女儿给我买的，我可得戴一辈子！”

……

我径直走进房门，像小时候一样大声喊道：“爸爸！”我知道他是听不见的。可这次，他竟像感应到了一般，看向门口方向，难道……

（八）字条

“你回来了。”父亲轻声地说。我看向他，没有了实体的灵魂居然有了窒息的感觉。我紧张得不知所措。但他依旧在擦拭眼镜，缓缓地擦着，很用心。好像那眼镜是我，他抚摸我的头，一如从前。他喃喃自语道：“阿凝，爸爸救不了你，对不起。”

我怔怔地看着父亲，鼻子有点发酸。明明是我对不起您。

啪嗒。一声水滴的轻响惊醒了沉思的两人，不，是一人一鬼。我抹了抹眼睛，想到父亲因为我变成这般，心痛不已，忍不住放声大哭起来。啪嗒。又是一声。我终于明白哪里不对了，鬼不应该流泪的。我抬头看向天花板，果然……这时父亲也看到了，他站起来，穿过我的身体，慢慢走出去了。

……

或许是好奇，或许是无聊，或许是想找到漏水的地方，总之，我来到了阁楼。在我印象中阁楼一直是个神秘的地方，因为家里并没有木梯，上去的洞门也一直有东西盖着。我曾问父亲，他却吓唬我说：“上面关着一个小鬼，他喜欢打球。你有没有在晚上听见过拍皮球的声音？”在我童年的记忆中，阁楼一直是个阴森可怖的地方。

我曾想象这里四处是古怪的涂鸦，有一个被链子拴着的魔鬼小孩，他会抱着皮球狰狞地问每一个进来的人：“你是来陪我玩的吗？”如今我就站在这里，然而，没有。

这里似乎被彻底清扫过，只留有一个一尺半高的樟木箱子，可能是因为阁楼经常漏水，桐油漆过的箱子上有几大块菌斑，铜质的锁扣上挂着一把广锁。我走近了看，锁牢牢锁在上面。我伸手打开了箱子，并未意识到有什么不妥。

箱子里放着我那件蓝色披肩，折叠得整整齐齐。

披肩上只有一张拼凑起来的字条，上面写着：

同意段凝同志入党。

——青坛

平行爱情

◎ SIX 胡

在我知道我喜欢的女孩李欣婷即将在三个月后结婚后，我发明了一个平行世界。

我很聪明，大学毕业后本可以进入科学院，专心做一名科研人员，可为了我那从大学就开始暗恋的女生，我放弃了那份工作，甘心窝在那家她待的平庸公司，只为每天都能陪伴在她身边。

窝在这儿不代表我的聪明才智会丢失，聪明才智的拥有也并不代表我在感情方面会很突出。

上帝始终是公平的。感情世界一片空白的我，虽然每天都很幸运地能够跟自己喜欢的女生待在一起，但我也始终没有踏出最后一步，看着她身边的男朋友一副副不同的面孔，却没能成为其中之一。

本以为一直就会这样下去，直到某日她告诉我，说准备与相处才两个月的对象结婚时，我才从自己的幻想中醒过来。

于是我发明了一台可以使我穿越到另一个平行世界的机器。

平行世界听起来挺高大上，但其实我发明的平行世界与梦境有点相似。

白天醒着的我在这个世界里，晚上睡觉闭上眼睛戴上机器的我就进入另一个我所期待的世界。但与梦境有所不同，若是我在平行世界出了什么意外，那我永远也无法醒过来。而除了防止自己在平行世界发生意外，我更要提防在现实世界的自己。

自从进入平行世界后，我整个人莫名变得大胆起来，勇敢地对李欣婷说出了藏在心中已久的话。本只是为了完成在现实世界没完成的遗憾，可让我惊喜的是，对方说从大学到同一家公司后，她就知道这一切，只是在等着我主动开口而已。听到这我既开心又很遗憾自己在现实生活中的错过。

就这样，在现实世界里，李欣婷即将另嫁他人，而在平行世界里，她是我的女朋友。

本以为这样就算了，可我忘了人心是不满足的。

在平行世界握着李欣婷的手，抱着李欣婷时，我脑子里总是会情不自禁地想起现实生活中，她与她未婚夫的面孔，一想到他们互相拥抱，互相亲吻，我就会很嫉妒。我很害怕有一天我会因为这份嫉妒而伤害到现实世界的她。

“你怎么了？干吗最近几次见到我，都躲着我啊？”李欣婷问我。

“我……”

“哎，我跟你说啊，我的婚礼想邀请你当我家那位的伴郎。”

“为什么？”

“他不是本地人嘛，我们的婚礼举办地又在我家这边，你又跟我玩得那么好，你不帮我，谁帮我啊？你说是不是？”

“哦……哦。”与其说我无言以对，不如说我无法拒绝在这个世界的她。

“不过还真没想到，我居然也可以这么早就结婚，我还以为要等到三十岁呢。”

“你……不再考虑了吗？”我苦涩地道。

“不了，我觉得他挺好的。我知道你们在担心什么，不就是觉得我们俩是闪婚嘛，可我不这么认为，有些人你认识再久、等再久都没有太多意义……”

李欣婷看着我，我有点明白她的意思，却依旧没能开口，在这现实世界里，孬种是我唯一的标配。

三个月后，李欣婷的婚礼上，我如约而至。

婚礼结束后的晚上，睡眠中的我进入平行世界里，看着躺在身边的人，第一次问：“你爱我吗？”

看着那副一模一样的面孔，嘴里吐出“当然”两字时，我只想永远待在这儿。

婚后，李欣婷决定辞职离开这儿，跟新婚老公度蜜月后移民去美国。

离开前，李欣婷问我：“你真的决定从此就窝在这儿？”

我不是很能理解。

“你很聪明，不应该窝在这儿，你……该有自己的生活。”

“欣婷……你……”

“旭韦，我不傻。我很确定你对我的感情，但现在的我也很确定我自己的感情。曾经我喜欢过你，毕竟从大学到现在，你一直都陪伴在我身边，可现在我明白了陪伴不一定就是爱。我和贺晗虽是闪婚，但感情是否深刻跟时间长久没有太多关系，我很确定我的心意，我很爱他，但唯独你，我不希望你这样，你该发挥自己的长处，去你真正应该去的地方。”

李欣婷离开这座城市后，我也选择辞职，原先的科学院听到风声后又重新向我抛出橄榄枝，不过我并不那么急于开启另一段生活。

完全放弃过去，重新开始一段新的生活对我来说并不是那么容易，我决定将平行世界的时间大大延长。

我告诉平行世界的李欣婷，我决定离开这家公司去科学院发展，李欣婷最初有些惊讶，但最终还是很高兴地认为我本就该属于那里。

日子一天天过去，我的能力在科学院得到彻底的发展，这种自我成就感的增长，以及社会地位的增长也越来越有利于在这平行世界里我和李欣婷的关系。她的父母很喜欢我，顺着一口气，我想或许过段日子是时候向她求婚了。

下完班后，欣婷与我一同去赴她表哥的生日晚宴。晚宴上来了很多人，可有一个人影是我万万没想到的，那位在现实生活中与欣婷结为夫妻，让我万分痛苦的贺晗也在其中。

贺晗的出现让我骨子里感情中的自卑感又隐隐浮现出来，想到现实世界里，欣婷离开去美国前对我说的一番话，我心中隐隐就渗出一番不安感。

晚宴结束后，我在回家的路上问欣婷对贺晗的印象。

欣婷虽然有些奇怪，但还是老老实实地回答："很nice（亲切的），也很绅士。"

这是一个第一印象很官方的回答。我暗暗下决心一定不能让两人有更多的故事。

于是我一把抓住欣婷的手，往附近的珠宝店跑，边跑边说："虽然有些突然，甚至连戒指都没来得及准备，但我喜欢你这件事从来都不是偶然发生的，所以欣婷请你嫁给我吧！"

虽然脑海里构想的完美求婚被这一出给打乱，但看着戒指戴在欣婷的无名指上，我心中那股不安感稍有退去。

婚礼定在四十多天后的五一劳动节。

在这段时间里，我和欣婷俩人在为婚礼做着各种准备，整个人都沉浸在喜悦里，当然那位贺晗先生在那次晚宴见面后，也再没出现在我眼前。

随着婚礼日期越来越近，我想着或许该回去一趟，向那边的世界告别一下。等我再次在现实世界睁开眼时，已经是九个月后的事情了。

这里一切都没变，依旧是一人的自己，和多了的一些灰尘。将许久不用的手机充上电开机后，劈天盖地的信息迎面而来。信息里说，欣婷出事了，葬礼定在下周三。

欣婷告知我她要结婚时，我发明了平行世界；欣婷离开去美国时，我决心永远待在平行世界里；而欣婷出意外时，正是我和平行世界的她大婚的日期。似乎冥冥之中就有安排，无论你怎么跳永远都跳不出这条界限。

我取消了这次婚约，希望能将其延后，却在亲人和欣婷的逼问下说不出一个理由。

失望之下，欣婷选择和我分手，又孤身一人的我骨子中的自卑感迫使我逃回到现实世界里，整天不是喝酒就是默默地坐在欣婷的墓碑旁。

某日在墓园遇见欣婷的表哥，他说要是知道会有今日，他绝对不会安排贺晗与欣婷见面。他说，他以为我会和他表妹在一起，没想到会这样。他问我，你这么聪明，能发明后悔药或时光机吗？

……

我再一次回到平行世界，现实世界里的一切早已发生，而我无力改变，但平行世界里还有一个她，或许有些事，我可以阻止。

待我再次跟欣婷见面时，又是两个月过去了。李欣婷告诉我说她在她表哥的牵线下正与贺晗试着处朋友。

虽然我早已有心理准备，可当现实世界的事情在这儿重复演绎时，我心里还是难免有些难受。

我问：“我们真的再没任何可能了吗？”

“是你先放弃我的，没有任何理由的放弃！”

“贺晗会害死你的！欣婷！”

“不是他会害死我，是你，旭韦，一直是你。”

那场不欢而散的交谈后，欣婷一直躲着我，待我能重新见到她时，被告知她即将与贺晗步入婚姻殿堂。而这时间与现实世界相差十五个月。

婚礼前一个月，欣婷找到我，这是这么长时间里，我们俩第一次这么心平气和地坐下来聊天。

“不再考虑考虑了吗？”我问。

“不了，他挺好的。我很喜欢跟他在一起的感觉。”

“那我呢？”我苦涩地道。

“旭韦，我不知道你取消婚礼的原因，不过得感谢你，若不是你，我或许这辈子永远都不会明白真正爱一个人的感觉。以前读大学的时候，你在我身边，后来工作时，发现你依旧在我身边，那时我就明白你的心思，这么长的陪伴里我不是没有感动，我以为我也是爱你的，至少在没有贺晗前，我是这么认为的。可现在不一样了，我爱贺晗，很爱很爱，我可以为了他生，也可以为了他死。所以……旭韦，我们好聚好散吧。”

“为他生……为他死……”我呢喃，想到现实世界早已化为墓碑的欣婷，觉得心痛无比，“他会害死你的，欣婷……”

“旭韦你又说胡话了，虽不懂你在说什么，但……旭韦，若有一天我真的出了什么意外，那也是你害的，你要明白，若不是那天你突然悔婚，我和贺晗现在也不会有这么多故事发生。”

“我知道……我知道，所以我才会重新回来挽救错误……”我心痛无比地看着对面曾是亲密人的她，精神恍惚地在思考自己到底有没有真正拥有过她。

“欣婷，你能不能答应我，结婚后留在这座城市里，或者说去除了美国外的任何地方？”

“为什么，能给个原因吗？”

“我……某天做梦，梦见你出意外了……在美国。”

“旭韦，你就是这样，跟那天突然取消婚约一样，从不正面回答我的问题。不知道是不是科学院的那群疯子带坏了你，不过我答应你，我会跟贺晗商量，近几年不去美国。”

“谢谢。”

“不用。”李欣婷沉默了下，“毕竟无论怎样，你的出发点都是为了我。”

“……”

“旭韦，再见！希望婚礼那天你能出席！”

李欣婷婚礼那天我如约而至，仿佛一切又回到原点，只是在这基础上过去十五个月而已。

在欣婷的婚礼上，我看见她表哥，他似乎对我有些不满，我走过去，用酒杯碰碰他端在手中的杯子，对他说“你欠我一句谢谢”，也不管他听到后的表情，便转身离去。参加完欣婷的婚礼后，我回到现实世界，将可以通向平行世界的机器砸掉。

我想或许现在的我该沉下心来，看能不能发明后悔药或时间机器了。

问问我手里这把剑

◎ 胡点点

（一）

九嶷之巅，破云而立，婆娑树影中站着两位剑客，一着黑衣，一着布衣，两人背身相对，两柄剑尖直指地面，对战一触即发。

黑衣剑客冷笑一声，微微侧过头，说："明年今日便是你的忌日。"

布衣剑客提起剑尖在地上一划，四周生起一股乱流，搅得落叶纷飞，他亦冷笑一声，说："想杀我？先问问我手里这把剑！"

"你得赶紧跑。"剑说。

黑衣剑客听见声音，猛地回头，只见对方提着裤腿头也不回地往山下跑去，不一会儿便消失在小径的尽头。

布衣剑客一路不停歇地狂奔至山下，又七拐八拐进了一条隐秘的小巷子才敢停下来，扶着墙大口喘着粗气。他从背后解下剑来，举到面前愤怒地质问：“跟这个决斗得跑，跟那个决斗也得跑！你算哪门子的宝剑？”

“我会说话。”剑说。

“你！你除了会说话，还会什么？”

“呼……吹树叶。”剑说。

布衣剑客气得用力扼住宝剑的“脖子”，剑鞘与剑身不断发出乒乒乓乓的撞击声，仔细听，其中还掺杂着呻吟声。

（二）

这把宝剑是布衣剑客家族祖传的，从他太太太太太爷爷那辈儿起就是他们家的传家宝，能言语，明人事，危急时刻剑气四溢，叱咤风云，平时主要在家陪他奶奶唠嗑。

布衣剑客十六岁那年，他爹突然带他上山，将这把宝剑插在他太爷爷的坟上，又让他跪在坟前，对他说，只要他在此铭心跪拜一天一夜，这把宝剑便正式传到他手里了。

这一夜，电闪雷鸣，大雨狂作，布衣剑客心心念念想得到宝剑，顶着风雨在山上硬撑了下来，第二天他拿着宝剑兴冲冲地回家，却发现家里一个人也没有，置放的物件也全都不见了，只剩下一个空落落的茅屋。

“这是怎么回事？”布衣剑客头脑一片空白，一时无法反应。

“哇。”

布衣剑客听见手里传来的声音一惊，这才记起，这把宝剑是会说话的。他连忙将宝剑举到面前质问："告诉我！这是怎么回事？"

"搬家啦。"剑说。

布衣剑客不相信地来回摇头："搬家？不可能！搬家为什么不带上我？"

剑嗡地沉吟一阵，一人一剑一时相顾无言。

"你说啊！"布衣剑客握着宝剑使劲摇晃了一下。

"因为你长得丑，成绩差，个子不高皮肤黑，晚上不睡觉，早上不起床，不吃蔬菜只吃肉……"

布衣剑客没等宝剑说完，一把把它摔在墙上，接着自己又难以置信地抱头跌坐在地，自言自语道："为什么……为什么会这样……为什么不要我……"

"因为你长得丑，成绩差，个子不高皮肤黑……"

"闭嘴！"布衣剑客恼得朝宝剑怒吼道。

"哦。"剑说。

（三）

没有了家人，从此，布衣剑客便跟这把宝剑相依为命。

因为他长得丑，成绩差，个子不高皮肤黑，既没有家世也没有手艺，在这世道没有别的法子混下去，只得利用宝剑会说话的绝技，在湖边摆了个摊儿算起命来。

他支这算命摊儿，只需一人，一桌，一剑，外加块黄布，上书"祖传宝剑，玉帝开光，算命看相，有问必答"。

凡商人来问财运，剑就说：“日进斗金，财源广进。”

凡书生来问前程，剑就说：“好好学习，天天向上。”

姑娘来问姻缘，好看的，剑就说：“百年恩爱双心结，千里姻缘一线牵。”不好看的，便“哦”一声，留给她一个想象的空间。

不论这宝剑算命的本事是真是假，但因着它会说话的本事，来花钱看热闹的人都不少，布衣剑客靠这宝剑，小日子过得也算凑合，一晃眼混到了三十岁。

近日，江湖风云四起，各大帮派打得不可开交，为争个高下，帮派之间合计重谱天下兵器榜，无论是各门各派引以为傲的镇室之宝，抑或深藏于江湖民间的沧海遗珠，只要在四个月后的决战之日能战入前十，就能被谱入兵器榜中，赢得最终决斗的，便是天下第一。

布衣剑客看着张贴的告示，心中埋藏多年的剑士之魂又重新开始熊熊燃烧。

他从墙上取下宝剑，细细地擦拭：“你是柄宝剑，却在这市井与我龟缩多年，今有一天赐良机让你我名扬四海，你可愿助我一臂之力，也让自己威慑天下？”

宝剑沉默了一会儿，说：“我会断的啦。”

布衣剑客眼中的光芒瞬间黯淡下来，像一簇正迅速熄灭的火焰。

宝剑在他的手里突然无力自动，发出乒乓声，他抬眼看去，剑又开口了：“那就去试试。”

第二天，闹市上常年生意兴隆的问剑算命摊儿不见了，江湖上却自此多了一名布衣剑客。

（四）

布衣剑客初入江湖，踌躇满志，四处下战书，却每每说完开场词就跑，一个月下来，名声已经臭得不行了，武林中人凡收到他战书的，一律撕毁不赴约。布衣剑客觉得这样下去不是个办法，他买回许多剑术秘籍，下定决心闭户不出，潜心修炼，七天后，终于改变了自己的笔迹。

这回，一位女剑客接了他的战书。

她手持一柄无纹素剑，一袭白衣白裙，脸上还缚着白纱，只露出一双波光漾漾的剪水瞳。

布衣剑客将剑横提至嘴边，小声与它呢喃："是个女的，说不定有胜机。"

"打不过。"剑说。

"往哪儿跑？"

"不跑。"

布衣剑客正摸不着头脑，四周竟凭空响起了他的声音："你一女流之辈，我不愿跟你动刀动枪，若我摘下你的面纱，便算你输，三个月内你要授尽我毕生所学。"

白衣女子不屑地冷笑一声，说："摘下我的面纱？呵，你若能活着见到明天的太阳，便算我输，必定言听计从。"

白衣女子抵住剑柄的手指一发力，利刃出鞘，一跃七尺，剑身寸寸透着银光，让人不寒而栗。

布衣剑客惊得连连倒退三步，手里的宝剑却猛地发了一阵大力，将他整个人拖到了白衣女子的面前，不等他回过神，又突然刮起了大风，卷起四周的落叶交织在空中，形成了一个巨大的叶茧，密不透光，等到一切恢复平静，只见白衣女子的面纱正牢牢地系在布衣剑客的剑柄上。

布衣剑客愣愣地看着宝剑，难以置信：“你吹树叶竟能吹到这个境界？”

“对啊。”剑说。

（五）

行走江湖，靠的是言出必行，整整三个月，白衣女子每日天不亮便提他起来练剑。

白衣女子的剑术是从她外祖父南山老一派剑客手里习来的，本是传男不传女，但因她兰质蕙心、天赋异禀，外祖父便偷偷在夜里给她开小灶，她也刻苦，十几岁便颇有造诣。

不过这南山老一派早在十几年前便覆灭了，只留下她一点血脉，不为人知。不知是白衣女子教法得当，还是布衣剑客本就流淌着剑客一族的血，他与宝剑配合得愈发默契，不日已能独当一面。他与白衣女子一来二去竟也生出了情愫，宝剑一到夜里便被挂在屋外，无聊地对着池塘喃喃自语。

决战那日，白衣女子为他送行，她说她本想会会这些武林庸俗之辈，重展南山老一派的风采，不过最近她有了更紧要的事，等他胜了，便去隔壁幼雏山的一座竹屋里寻她，她会送上一份大礼。

（六）

华山山顶，高手云集，四海八荒的门派今日都聚集在此，场面盛大。

还来不及感慨，布衣剑客突觉手中宝剑一震，再低眼一看，剑在手中正发着森森的青光，剑刃似又被开了一道般寒气逼人，一阵低低的声音从寒光里传来：“准备好杀人了吗？”

宝剑带着他的手腕转了几转，紧接着朝前一刺，直指席上的一众客人。

“在场的，都是你的灭族仇人。”

布衣剑客十六岁那年，江湖中兴起了一股歪风邪气，一些自称“新正道”的门派联合起来绞杀老一派武士，布衣剑客的爷爷原是南山老一派的大师兄，其人早已归隐山林，却还是难逃灭族之灾，布衣剑客跪在山林那夜，就是他一家四口遇袭之夜。

当日，虽得宝剑赶到支援，但寡不敌众，除了布衣剑客，一家四口都惨死他手。

战败后，宝剑回鞘，看着年幼的布衣少年跪在地上摇摇欲坠，一时间不忍心告诉他真相。这些年来，宝剑一直默默地养精蓄锐，吸收天地灵气，就等着报仇雪恨的这一天。

布衣剑客生平头一回听说这些血腥的江湖恩怨，一时觉得匪夷所思，但不等他想通透，宝剑早已带他大开杀戒，华山山顶一时风雨大作，乌云压顶。

它是柄宝剑，也是把灵剑，铸于名匠，用以玄铁，历经几百年的风霜人世，近年一直心怀怨气，又使之增长了邪性。布衣剑客再一回神，一众江湖人士竟已被宝剑杀了大半，山顶血流成河，腥气回绕。

布衣剑客不愿杀人，使出全力将剑一甩，宝剑脱手而去悬在空中，谁知它竟杀红了眼，已不分敌我，回头一剑刺在布衣剑客心上！

布衣剑客的血流到剑刃上，它这才一惊，收了灵力，托着布衣剑客飞向远山。

宝剑托着伤重的布衣剑客放到了隐蔽的深林中，它狠狠地扎在布衣剑客身前，似在护卫，又似在悔过。

布衣剑客最后就埋在这块地里，生命最后一刻，他用沾满鲜血的手指抚过剑身，说："想起你不用吃喝，我便无所牵挂。"

剑从此不再开口，也不再动弹，只默默守护在它为布衣剑客垒的土坟前，风吹雨打，日晒雪埋，整整十六年。

（七）

十六年后，一束发少年上山采药，偶入深林，看见一柄陈剑插在林中，后方似有土坟。

他好奇地走近，摸摸剑柄，自言自语道："是谁的剑？"

陈剑突然拔地而起，悬在空中，吓他一大跳。

"你的。"剑说。

你这狐妖

◎ 胡点点

很久很久以前，人们还穿着粗布麻衣，挽着发髻的时候，一个名叫东平村的小村庄突然接连发生盗窃。家家户户的门窗都锁得好好的，偏偏就是丢了东西，虽说都是些不值钱的肉菜，但三番五次也令人头疼。村民们怀疑有妖物在作祟，不得已去请教道士。

道士名叫褚泽，是一位很有名望的大师，住在附近汝毅山的山顶，村里的老人们说自打他们小时候见褚泽他就是这个模样，几十年来也未曾变过，有人说他一百岁，有人说他一千岁，也有人说他马上就要成仙，总之，褚泽威望甚高。

褚泽向村民们问清楚了情况，又拿着被盗人家的器物在手上掂了一掂闻了一闻，说：“村里有只狐妖在作祟。”

村民们听后都吓坏了，虽说知道世上有妖这么一回事，但村里不管是活到古稀之年的老人，或是走南闯北的商人，都不曾亲眼见过。

褚泽侧靠着椅子，轻轻笑了笑，说：“无须害怕，你们照我说的做，这狐妖便无处遁形。”

当晚，村民们就照褚泽的指示，将绑了红绳的活鸡放到街上。

这红绳是褚泽给的宝物，绑在活物上沾了生气，就能产生灵力，一旦妖怪靠近，红绳就会变化成网，将其套得死死的。

这晚村里无人安眠，第二天天刚亮，大家就纷纷把门打开一条小缝向外瞄，但谁也没见着狐妖的真面目，家里却又莫名丢了肉菜。

村民们连忙跑去跟褚泽报告，褚泽眉头微微皱了一皱，心想，尴尬了。

只得随众人下了山，在村里走了几圈，这位大师也没得出别的结论，分明是个道行浅的小狐妖在捣乱，出不了什么大乱子。

为了让大家心安，褚泽决定在村里待一夜，彻底把这事了了。

夜深了，四处只剩下虫鸣蛙叫，褚泽喝着浓茶，心想，好困啊。

突然，一股不寻常的气息自东南而来，带动着周围参差的树枝发出簌簌的响声。

狐妖现身了。

褚泽站起身来抖抖衣袍，不由得又感叹一句：“好困啊。”

这位大师算着脚程和狐妖的位置，慢悠悠地赶到湖边时，湖边已不知何时生起了一堆火，一个穿红布衫的小姑娘在火堆边踱来踱去，时不时伸手去动一动木柴，又时不时捡起用布片垫着的肉菜在火上比画。

这便是那只狐妖了。

褚泽脚步轻，没被这只狐妖发现，正想拿出冰火塔念个令收了她，却听见狐妖径自发起了脾气。

“太苦了！日子过得也太苦了！千不该万不该三百年前吃了那口烤鸡翅！二百五十年前吃了那只卤猪蹄！千不该万不该修炼成精！我只当化成人形就能吃这些个吃到饱！谁料想人这么不好当！早上要梳头！东西要钱买！还要穿该死的衣服！”

小狐妖气得把身上的衣服统统扒光丢到地上，一条红狐狸尾巴耷拉在地上，一身洁白的肌肤仿佛月光都能穿透。

褚泽脸一红，条件反射地就侧过了身，不料动静太大被狐妖发现了。

“谁？”狐妖朝着褚泽的方向大喝一声。

褚泽没有看她，不紧不慢地脱掉一件外衣：“你这狐妖，伤风败俗。”说着把袍子往她身上扔，一根红绳紧随其后甩了出去，把她捆了个结结实实。

上山的路从未像今天这样没个尽头，褚泽扛着一路咒骂的小狐妖，花了大把时间才回到他的住处，一身上下整理清楚后褚泽才得空问个清楚。

狐狸自古就不讨喜，成精尤其要经历比别的生灵更多的磨难，她都一一熬了过来，却只因为三百年前尝到了人类食物的滋味遭了罪。

古语云得好，鸡翅就是力量。

褚泽问她，街上那么多活鸡，为何不捉了去。

小狐妖说，她还是狐狸崽子的时候被鸡啄过眼睛，从此对鸡就怕得很，也不爱吃那无滋无味的生肉，就盼着修成人形了去吃酱肘子、烤鸡、爆炒腰花、水煮肉片，故修炼的时候一直吃素，成精比其他狐狸更快些。

吃素是为了更好地吃肉？上天终究错付了信任，褚泽心里叹道。

“这些该死的村民！我只不过是偷点吃的，就用这么大的阵仗来抓我，看我不给他们点颜色瞧瞧！”小狐妖气得咬牙切齿。

“你这狐妖，不得伤人。”大阵仗说。

褚泽收留了她，给她起名叫如意。

如意正式成了他的小跟班，他写字，她研墨，他看书，她扇扇，他想吃果子的时候，就让如意上树，想吃鱼了，就让如意下河。每每这时候，褚泽就在一旁找块大石头画画，有时抬头看见了，就夸她一句：“你这狐妖，身手了得。”

“你给我起名叫如意，这日子过得却根本不如意！”如意的脸气鼓鼓的。

这头执笔的人轻轻一笑：“我给你起名叫如意，自然是要如我的意。”

一轮春夏秋冬过到末尾，东平村出了变故。

村里深夜发生莫名的暴乱，好几户人家遭到袭击，接连死伤了几十位村民，却没人看到是个什么东西，只看见一团红影子。

村民们上山找褚泽帮忙，还没等把话说清，就看到在院子里舞剑的如意，露出一条长长的红色狐狸尾巴，一时呼声连天，连滚带爬下了山。

之后村里更是有奇怪的传说，说褚泽是个大妖怪，每次表面上是帮村庄除妖，其实是把这些小妖收入麾下，不知在密谋什么，是个彻彻底底的祸害。

褚泽听了这些，一笑了之，但传到如意耳朵里，却让她浑身不得劲儿。

这天夜里，如意悄悄下山，想亲眼看看这是个什么妖怪，让褚泽平白受了这么大的委屈。

等褚泽发现赶下山的时候，只看见如意血淋淋地跪在地上，被手执兵器火把的村民们团团围住。

如意眼泛红光，看到褚泽出现，委屈地瘪起嘴掉下几颗眼泪。

村民里不知谁说了一句："这臭道士也是妖怪假扮的！不能放过他！"其余人也应声附和，一支支火箭朝褚泽射去。

褚泽岿然不动，一个红色的身影却先于箭护到了他的身前，箭咻咻地钉入她的后背发出沉闷的响声。

褚泽紧紧抱着如意，一跃百里，消失在众人眼前。

如意是在他的怀里死去的，断气之后竟凭空消散，没有留下一魂一魄，怪哉。

扰乱东平村的妖怪继续作恶，村民们这才知道错怪了好人，连忙上山想寻求褚泽的帮助，却再也没法上到山顶。

褚泽走进如意住的房间，半面墙都挂着她央求他画的画，烤鸡、酱肘子、麻辣鱼、酿肉丸……

褚泽轻笑着摇摇头，自言自语："你这狐妖。"

过了月余，另一半墙便挂满了如意的画像，她舞剑、她上树、她哭、她笑……

又过了一轮轮春夏秋冬，东平村早已不复存在，汝毅山上的一个庭院挂满了一个红裙女子的画像，却不见主人的踪迹。

这天，天庭青天白日升上一批神仙，都是在人间造福一方，对百姓恩泽深重的有名有望之士，正在南天门等待引见。还未册封，众人便拱手仙僚来仙僚去地互相道贺，只有一位穿白袍的，性格冷淡，不与人交谈，手上还拿着一沓字画，奇奇怪怪。

不一会儿，缭绕的迷雾中走来一位穿红罗裙的仙子，身后跟着两排提篮的白衣小仙，气度不凡。

众人俯首而立，但她走近了也未见要停下，脚步反而更轻快，穿过众人径直走到那位不说话的仙僚跟前，朝他莞尔一笑，说：“你这道士。”

失踪的女朋友

◎ 毕家小二少

（一）

山猫在群里说女朋友失踪了，群里热心的人们开始出谋划策。

“哟，怎么个情况？失踪之前发生了什么？”

“她是不是只是觉得你太烦躲你？”

山猫叹了口气，回复说，已经失踪一个星期了，怎么也联系不上，公司都不去了。

“不行就报警吧。”

“就是，一个女孩失踪这么久。”

山猫开始码字回复：“已经不是第一次了，可能因为一些很普通的争执，就突然闹失踪。然后过段时间就回来了，跟什么都没有发生过一样。”

“啊，这女的也够奇葩。”

“不行就分了吧，天涯何处无芳草。”

所有的沸腾慢慢平静。这是一个 NBA 看球群，大部分时候是在聊球，偶尔也会闲扯一些八卦。毕竟山猫经常发一些不接上句不对下句，让人莫名其妙的话，所以大家也就几分真几分假地回复着。

就在大家准备转移话题的时候，突然有一个人回复：“说不定，你的女朋友根本不存在，出现与失踪只是你的幻觉。”

发言的叫兔子。一个男的，叫兔子，也是蛮让人浮想联翩的。这个人入群不久，话不多，但是偶尔有球赛时，也会聊两句，存在感不高但也不招人讨厌。兔子的话一说出口，整个群里都炸了，纷纷表示给他的脑洞点赞。

山猫回了句：“你他妈有病吧。”

“你可以仔细想想，生活里是否发生过什么异常的事情。比如说，有些事情发生时觉得这一幕好像发生过，明明是陌生人，却觉得这人好像见过，而你的生活是否其实是一个死循环？仔细想，仔细想，仔细想。”

这一段话，是兔子私信山猫的内容。三个仔细想，竟让山猫差点就开始寻找什么所谓的异常。

“妈的，智障！”山猫关掉群聊，气愤地骂道。

（二）

可是，有些事情，不是装作视而不见，就可以真的无视的。

在接下来寻找女友的几天里，兔子的那句话，时不时就冒出来。山猫感觉自己真是被这个任性的小女友逼疯了。幸好没几天，女友就回来了。

山猫也就把兔子的话忘在了脑后，开始各种装孙子，以博女友的欢心。虽然生活仿佛依旧一片平静，但是却很难当作什么都没有发生过。

小女友每天八点起床，晨跑，吃早餐，十点上班，中午两个小时的休息时间都在公司，晚上八点下班，九点到家，然后就会抱着电脑看各种肥皂剧，晚上不进食，只在睡前十一点喝一杯蜂蜜水。以前不会在意的细节，一件件闯入山猫的大脑，刻意驱逐也丝毫不奏效。这几乎一刻一分都不差的生物钟让山猫显得愈发焦躁。

当第七次在小区内的拐角处，开车与对面的三轮车险些剐蹭后，山猫的精神略显崩溃。一肚子闷气，骂骂咧咧地把车停到停车位上。

回到家，女友正在沙发上抱着 iPad 看韩剧，山猫烦躁地瞅了一眼，就去洗澡了。

当指针指到十一点钟，女友又在喝蜂蜜水。山猫忍不住问："你这一天天的，重复做这些事，几点干这，几点干那，不觉得奇怪吗？"

女友瞥了他一眼："你懂什么，我这叫生活规律。"背过身躺下，不再理他。

一宿没睡好觉的山猫，在第二天一早就被要出去晨练的女友吵醒。

"你烦不烦，大早晨的能不能让人睡个好觉？"

"吼什么吼，昨天晚上就阴阳怪气的，我没理你，你还来劲了。"小女友的脾气也是一点就着。

"你这样日复一日地做着同样的事，不觉得很让人崩溃吗？"

“跟我在一起让你崩溃了是吧，那分手啊，分手了你有本事别去我公司堵我啊。”这句话，像个响雷在山猫脑袋里轰的一声炸了。

“你上次失踪前就是这样说的，对，就是这样说的。你又要玩失踪是不是？都怪你，让我的生活一圈圈地打转，永远也走不出来，都怪你，都怪你……”

山猫突然红了眼，一把掐住女友的脖子，好像这样就能让一切的怪异消失。哦，对了，忘了说，山猫的女友是市散打比赛女子组的冠军。所以，女友一个右勾拳，一个过肩摔，然后提着包，潇洒离开。剩下山猫一个人躺在冰冷的地板上，捂着半张脸，眼神空洞地望着天花板。

我的生活到底怎么了？

（三）

毫无意外，山猫的小女友又失踪了。山猫又开始了疯狂寻找女朋友的生活。

在女友失踪的第三天，山猫按捺不住内心的好奇，点开了兔子的头像，发了一条消息：“你之前，为什么说那些奇怪的话？”

“不好意思，我是学心理的，职业病而已。怎么了？不是被我说中了吧？”

“当然没有！只是觉得很奇怪而已。”

“哦？好吧。”

“可是本来人的生活就是日复一日的单调重复啊，凭什么你说我是幻觉？”

“是不是，你可以印证一下。比如说，你可以试着做一些改变，看看生活会不会有什么不同。”

终于在两天后，山猫在女友的公司门口等到了出现的女友。一阵说好话认错，就差跪在地上了，女友终于不耐烦地答应晚上回家。

山猫决定好好表现，所以提前下班回家，动手把家里上上下下收拾得干干净净。无意中，山猫看到女友喝蜂蜜的杯子，山猫记得那个杯子是女友去日本旅游时花 5000 日元买的。

山猫突然想起了兔子的话——做一些改变。他握着杯子的手不禁紧了紧，终于下定决心，鬼鬼祟祟地把杯子和其他垃圾一起，扔到了楼下的垃圾箱里。

晚上女友回来，一切好像都很正常。虽然小别胜新婚，总是要缠绵一阵，但是晚上洗过澡准备睡觉时，山猫的心还是不自觉地紧张起来，死死地盯着钟表，希望这一天就这样顺利结束。

可当指针指向十一点的时候，山猫却看到女友叼着一盒奶在看韩剧。

“你，怎么今天不喝蜂蜜水？”山猫弱弱地问道。

“喝什么蜂蜜水，我不每天晚上喝牛奶吗？”女友一脸的不可思议，“说，你是不是把我认成别的枕边人了？”小女友凑过来揪着山猫的耳朵问。

“哪有？”山猫突觉全身上下彻骨寒冷，用被子裹紧自己，佯装睡去，然而一夜未眠。

不可能，明明之前喝的是蜂蜜水，甚至自己还记得那杯子的样子。怎么会，怎么会这样？难道，真的像兔子说的那样，这一切都是幻觉？

第二天，山猫没有去上班，在女友离家后，拿出手机给兔子发了一条消息：“方不方便见面聊？”

（四）

山猫拿着兔子给发的地址寻过去。一路上，感觉路人都在偷看自己，指指点点，窃窃私语。山猫心里各种不爽，猜想难道他们都认为自己精神出了问题？一路躲躲闪闪。

直到在地铁上，山猫看到玻璃上映出的一个影子，那个人戴着鸭舌帽、墨镜、白口罩，跟犯罪分子一样，正想吐槽，恍然大悟，然后把自己戴的鸭舌帽和墨镜扔进垃圾箱，只留下一个口罩，若无其事地走开。

广源大厦 B 座 8-1031，陈珂心理工作室。

“坐吧。”

金属质地的椅子坐起来略感冰凉。整间屋子显得空空荡荡，一个书架，上面是各种心理学的书籍，办公桌、椅子，还有落地窗边的沙发，一水儿的雪白。

兔子冲他微微一笑：“你就是山猫？”

“嗯。”眼前的男人，蓝衬衫外是浅灰的线衣外套，黑框眼镜遮盖住了他的眼神，略显疏离却不至冷漠，让你觉得他会帮助你，却不会过多窥探你的隐私。

“幻觉，多是精神分裂症导致。现代人多多少少都有一些精神疾病，精神分裂症的比例也是逐渐上升。根据你描述的情况来看，你在正常人里算严重的，因为你的幻觉已经掌控了你的生活。但是由于你的幻觉并未给你带来任何实质性的伤害，所以在精神分裂症里还算轻的。”

“那我要怎么治疗？需要吃药吗？”

“我是不建议病人吃药的。精神疾病跟毒瘤一样，吃药其实只能起到抑制作用，而精神分裂症的抑制，便是抑制你的大脑思考，停止了思考，幻觉自然会减轻，但是这对你的神经会有很大的伤害。去除这个毒瘤，就要彻底挖掉它。”

“怎么挖？”

“彻底打破你的幻觉，从改变你的生活开始。”

“可是我试过改变，我把她喝蜂蜜水的杯子扔掉后，她就改喝牛奶了啊。”

“这是因为你改变得还不够。还是刚才的毒瘤理论，你只挖去一点，它会很快再长出来，要想根治，就要完全切除。”

“怎么完全切除？”

“辞掉你习以为常的工作，离开你习以为常的生活。去一个新的地方，让幻觉没有了它赖以生存的地方，自然再也生不出来。”

“我怎么觉得这么扯？”山猫苦笑。

“我只是提供一种我认为最好的方法，当然你也可以选择药物治疗，用药物去压制你的神经，抑制你的思维，长期坚持，幻觉也会消失，但是你失去的可能不只是幻觉，那时的你可能都不会幻想，甚至完全没有了想象力。”

回家的路上，山猫一直在回想着兔子的话。放下一切，有谁能够放下一切？

山猫开始乐此不疲地改变生活的细节，扔掉女友喜欢的花瓶，女友插花的习惯变成了养盆栽，把女友的运动鞋全部藏起来，女友的晨练习惯从跑步变成了瑜伽。山猫有点恨兔子，若不是他莫名其妙地说那些话，自己哪曾注意过这些细节，日复一日，年复一年有什么不好。

自己的工作虽然挣得不多，但是稳定啊。女友虽然脾气暴躁，一直嚷嚷着要离开自己，但是一直有个人陪着自己，总是好的。

深夜里，无法入睡的山猫自我纠结着。这样有什么不好的？有点。总是缺少些激情，找不到生活的动力，最重要的是，活在幻觉里，我都不知道，这世界原本的样子。还记得，年少时，自己也曾胸怀梦想。而且我想知道，这个世界本来的样子。

后来山猫就不见了。没有人知道他去了哪里。

（五）

山猫离开后不久，兔子接了一个电话，一个娇滴滴的声音传来。“陈老师，你的办法果然好使。我为了和他分手，也是什么招数都用过了，连家暴他都能忍，怎么躲他都能找到我。他甚至威胁我，要分手除非他死。我好不容易找到这么好的工作，总不能为了他辞了吧。你真是解救了我。要不，”一个娇羞的停顿，“我请您吃个饭吧。”

“吃饭就不用了，一会儿把剩下的钱打过来就行了。”

挂掉电话，兔子脸上挂着诡异而轻蔑的微笑。

“小敏，把我门口的牌子换回来。”

“好的，陈老师。”

新换上的牌子，赫然几个大字：分手大师陈珂。

平行时空事务所

◎ 银针一朵

“那天晚上满天星星，平行时空下的约定……”

梁单刚看完《那些年，我们一起追的女孩》下楼买夜宵，回来的时候哼着主题曲。夜色朦朦胧胧，万物都显得迷人了些。

“大晚上的发啥骚，安静点。”

梁单一惊，闻声望去，才发现楼边的阴影处坐着一个乞丐。

“脾气这么大能讨到钱吗？”

梁单今晚心情好，递给乞丐一点吃的，那乞丐也不客气，接过来就吃了起来。

梁单又开始感伤起柯景腾和沈佳宜的爱情，想坐到乞丐旁边去，和乞丐聊聊天。

“别，别过来，我长得丑，怕吓着你。”

梁单也不介意，就地坐下。

“哥们，你说这个世界上有平行时空吗？”

“平行时空绝对存在。”

那乞丐信誓旦旦。

“哦，你怎么知道存在？”

“你怎么知道不存在？”

梁单一时哑口无言，感觉遇上了民科。

“我不知道它不存在不代表它就存在啊。”

“那要怎么证明它存在？”

“去过。”

“你去过美国吗？”

“没有。”

“那美国存在吗？”

怎么又被他带进去了？梁单吃了一口鸡腿，有点莫名其妙。

“也不知道平行世界的我过得咋样，应该不会像现在一样无聊，这么晚还陪着一个乞丐聊天吧。”

“当然不会，平行世界就是在一个世界里所有的可能性所组成的无数个宇宙。每做出一个选择，就会有不同的结果。每一个宇宙是一个可能性所造成的结果向下不断地发展的，所以，其他平行时空的你，现在可能已经上楼去了。”

这乞丐懂得太多了吧。

“这你也懂？”

“那当然，我是清华毕业的。”

得，吹上了。

那乞丐咬了一口鸡腿又说道：“平行空间不仅存在，还被人利用上了。”

果然这世界上故事最多的两类人就是乞丐和司机。

梁单的好奇心上来了，感觉有科幻故事可以听了。至于真实性，那就有待考究了。

“利用？怎么利用？”

那乞丐没有回答梁单的问题，反问道：“如果平行空间之间可以联系，你觉得会发生什么样的事？”

“那样的话，世界应该会大乱吧。”

乞丐鄙夷地看了梁单一眼：“你不应该这么蠢啊。”

梁单火了，心想自己又没分析错怎么就被骂了。

那乞丐吃了一口鸡腿，仿佛看出来了梁单的不爽：“都说了，这个世界上已经有人利用平行时空了，你看世界乱了吗？”

“哪有人利用？”

“平行时空事务所。”

梁单更加迷糊了：“这是啥？”

“一个互助的平台。”

这什么东西？“这个平台干啥的？”

那乞丐鸡腿吃完了，梁单又把自己手上那个递了过去。

“打个比方吧，你会跳华尔兹吗？”

梁单看了看自己的短裤拖鞋：“不会啊。”

“那如果有一天你的女神约你跳华尔兹怎么办？”

梁单沉默，乞丐又自问自答：“找替身。”

“什么替身？”

“千千万万个平行时空里，总有一个你，”乞丐停顿了一下，“会华尔兹。”

梁单一拍手，不禁称妙。这真是完美的伪装，哪个替身能比另一个自己更真实？

乞丐见梁单激动的样子，轻笑一声，又说：“你是不是见过有些人平常从不学习，但是考试常年年级前十？见过有些人平常从不开口唱歌，一到KTV结果发现是天籁？见过有些人才艺双全什么都会？你好奇他们的精力，好奇他们怎么什么都会？”

梁单不说话，乞丐又继续说：“哪有那么多别人家的孩子，不过都是平行时空事务所的功劳。”

“所以说，那些完美的人的人生是由不计其数的平行空间的自己拼凑而成的？”

“对。”

梁单陷入了沉思，半晌，发问：“那这个人命令别人帮他做事的条件是什么呢？钱？”

“不是，是互助，你帮我，我帮他，每个自己的人生都会是圆满的。”

梁单想了下，突然想到一个极可怕的东西：“那若是有人心存不轨，意图替代别人的人生岂不是无人能识破？”

乞丐笑了笑：“你很聪明，这也是后来平行时空事务所关闭的原因。”

梁单没说话，那乞丐又补充道：“互助怎么能长久，人啊，都是为利益而生的。”

“再之后呢，平行空间的利用又怎么发展了？”

“1994年美国科罗拉多洲发生一起抢劫凶杀案，目击证人做证是杰克逊作案，并且案发现场留下的血迹的DNA也和杰克逊的一模一样，但是杰克逊被无罪释放。”

“为什么？”

“因为杰克逊在案发当时一直和警察在酒吧喝酒。”

梁单想到了一件很可怕的事情。

“两个平行空间的自己团伙作案。”

“没错。”

乞丐又说道：“1997年英国出现了一个移形换影魔术师，他可以瞬移至任何位置。”

梁单一阵接一阵地心惊，原来平行空间的扰动早已开始，而自己从来不知道。

“再后来呢？”

“人啊，都是为利益而生的。”

什么意思？他为什么总是说这句话？

“什么意思？你为什么告诉我这些？”

“你体验过被活埋的滋味吗？”

阴影中乞丐的脸突然扭曲了一下，好像是在笑？然后转身跑掉，消失在黑夜之中。

乞丐的笑让梁单突然有点发慌，又觉得有点熟悉。

沉思无果，又不禁自嘲，转身上楼。

“我真傻，我怎么信了？若是真的，他如果真的掌握了穿越平行空间的方法，怎么会做乞丐？”

大清早，梁单被剧烈的敲门声吵醒。梁单睡眼惺忪地打开了家门，门外是几个警察。

“你好，梁单先生，我们怀疑你和一起银行抢劫案有关。”

“啊？”梁单被套上手铐，“警察同志，我怀疑你们抓错人了。”

“不要再狡辩了，监控显示罪犯逃入了你们小区，并且长得和你一模一样。”

梁单辩解道：“长得相似的人很多，不一定是我啊。”

警察似乎有点不耐烦了：“罪犯在犯罪现场留下了血迹，抓没抓错人去验一下 DNA 就知道了。”

“不用验也知道肯定不会一样，昨天我一直在家，除非有另外一个我作案。”另一个我？梁单突然呆住了，好像想通了什么。他想起了那个乞丐，想明白了自己为什么会觉得他有点眼熟。

“你体验过被活埋的滋味吗？”

“人啊，都是为利益而生的。”

乞丐的话又回荡在梁单的耳边。

死结

◎ 银针一朵

（一）主人

徐荣独自一人走在幽深的广泽路。

广泽路是一条废弃的老道，这条道上，没有监控，也没什么路灯，所以不太安全。

徐荣走了半天也没能看到个人影，他本想看看有没有哪个不长眼的外地人会走这条路的，自己再抢点东西。就在这个时候，徐荣视线的最远处出现了一个身影，有人来了。

来人是一个老头，满脸疲惫，大汗淋漓，他正沿着路边缓缓前进。很显然他也看到了徐荣，他的表情有点欣喜，脚步更加快了几分。

“应该是个外地人。”

徐荣心里窃喜，迎了上去，为了降低这人的防备，他决定先套套近乎。

“小伙子，你是从荣兴大厦那边过来的吗？”

“是的。”

这老头去荣兴走这条路？这不是南辕北辙吗？徐荣有点诧异，但是也没放在心上。

那老头显然也没意识到自己走错路了，反而松了一口气：“哦，那就没错。”老头接着又问徐荣：“去荣兴大厦还要走多久？”

“半小时吧，大爷你为什么一个人走路去？”

“包被偷了，钱包和手机都掉了。”

徐荣一愣，心想：这老头难道已经被别人先下手了？他又重新打量这老头，一脸祥和，脖子上有一道十字形的疤痕，这道疤痕让徐荣感觉有些眼熟，但也不以为意。

老头全身打扮朴素，左手上戴着个破手表，右手戴着一串链子，看起来就像是地摊货。徐荣又特意望了望老头衣服的口袋，干干瘪瘪的，确实是像刚被偷完的样子。

“这他妈就很尴尬了。”徐荣心里暗骂一声，不再搭理这老头，不顾那老头的呼喊拔腿就走。徐荣虽然不是什么好人，但是也不想为了这点芝麻小事惹上一身腥，而且他还有更重要的事要做。

徐荣又走了一段路，看了看天边的晚霞，觉得时间差不多了，转身进了一个小区。他前段时间在这里蹲点，这个小区的A栋202室的两口子每天这个点都不在家，而且楼后面的一个窗户也从来不关，徐荣可以从那里爬进去偷点东西。

徐荣在房间里翻了一会儿，找到了一些首饰和现金，这个时候，门铃响了。

徐荣一惊，当场就想跳窗跑，但是又有点舍不得走，因为他的收获并不丰盛，这次走了下次就没这样的好机会再偷了。他又转念一想：既然是按门铃，说明不是主人，说不定他可以打发走来人。

徐荣透过猫眼看出去，是楼下的保安，那保安看半天没人来开门正要拿钥匙开门。

“你是谁？你是来干什么的？”

那保安一惊，回复道：“我是楼下的保安，B 栋有人说他在阳台看到 A 栋 202 里有可疑人物在乱翻东西，我有点担心所以上来看看。”

“我是户主，我在整理东西，你回去吧，下次别乱开我家的门。”

保安愣了，听见对方语气不善，心想这么嚣张应该不是小偷吧。他又想到自己刚刚自作主张开户主的门，有点后怕，心想这要是被举报估计工作都不保了，没人会管你是出于什么目的开的门，物业开户主的门是大忌。

“好的好的，是我担心过度了，不好意思了兄弟。”

保安悻悻地下了楼，匆匆回到保安室，仍然心有余悸，他还是怕会被举报。但他又突然转念一想，刚刚只顾着害怕了，要是那人真是小偷呢？

如果那人真是小偷，被偷了之后自己肯定也要背锅，他觉得自己得再确认一下。但现在再去一趟显然不太合适了，要是真弄错了，只能更加惹恼对方。

他掏出手机，又照着登记本上 202 室留的号码拨了过去。202 室留的号码是女主人的号码，他在上楼之前就打了这个电话，但是没通，所幸的是这次通了。

“喂。”

“你好，我是小区的保安，你是202室的户主吗?

“是。”

“刚有人报警说从窗户看到你家有个形迹可疑的男人，那人是你老公或者朋友吗?”

“形迹可疑的男人?等等，我不在家，我打电话问问我老公。”

电话匆匆挂了，过了一会儿，那人又打了过来。

“是，是我老公在家。”

（二）车祸

王勇很郁闷，他正在宾馆和情人幽会的时候突然接到了一个电话，是他出差在外的老婆打来的。

“你在哪儿?”

“我在家，怎么了?”

“没事，我出差提前完事了，很快就回来了。”

电话内容很平常，但是王勇想不通老婆为什么会突然打电话过来问自己在哪儿，然后又匆匆地挂了，而且是在自己和情人幽会的时候。

难道是因为知道了自己出轨的事情，所以打来警告自己?至于说她马上就回来了，意思是给自己一个机会，让自己马上回来?或者说这真的只是一个单纯的问候电话而已?

不管怎样，王勇再也坐不住了，他不顾情人的挽留，穿上衣服就打算回家。他心想自己得赶在老婆到家之前回家，王勇开上车，飞速回家。

车子开到了一个分岔路口，王勇犹豫了一下，一咬牙，开进了广泽路，这条路虽然不安全，但是离自己家近。

路上没有路灯，除了车灯再无其他的光芒，王勇望着前边的黑夜，神情有点恍惚，他正在想着回家之后的事情，如果老婆比自己先到家自己应该怎么解释，如果老婆真的知道了自己出轨的事情自己又该怎么解释。

又一个转弯，传来了一声让王勇心颤的咣当声——好像是撞到人了。王勇停车，车灯照耀处看到一个老人被自己撞倒在地，全身是血，奄奄一息，他呼了一大口气，感觉更加烦躁，如果送这个老人去医院的话，先不说要赔多少医药费，至少自己不在家的谎言也要暴露了。

王勇看了看四周，没有人，也没有摄像头监控，他心一横，又发动了车，跑路了。又开了差不多半个小时，过了几个路口，王勇被交警拦下了。

“有人报警说广泽路发生了一起车祸，配合一下，在这儿别走。”

“不是我撞的。”

“抱歉，广泽路没有监控，只能将所有在案发时间附近经过广泽路路口的车辆都列为可疑对象，你经过车祸路段的时间大概是七点半，如果有目击证人证明车祸不是在七点半发生的就能消除你的嫌疑了。”

王勇被扣住了，时间一分分地过去，他愈发紧张，他害怕被发现，也害怕老婆比自己先到家。

所幸，过了不到一小时，王勇被释放了。

“你的嫌疑被排除了，可以回家了。”

（三）路人

张野受邀，刚和几个狐朋狗友在一个路边摊撸完串，喝了点酒。

现在他独自一人哼着小曲，吊儿郎当地走在回家的路上，夜色朦胧，他觉得有些许的惬意。但这份惬意很快就被打破了，他的手机响了，是他老婆打过来的。

张野看了看手机，脸色一恼，有点厌烦地挂了，他心想估计又是催自己回家的电话。想到妻子张野就觉得很烦，因为他已经失业很久了，每天无所事事，也不想去找工作，所以在家时常遭到妻子的嫌弃。

张野在下一个路口一拐，拐进了广泽路，从这条路他可以很快到家。

广泽路没有路灯，张野打开手机的手电筒功能，小心翼翼地往前走着。还没走多久，约莫才走了小半的路程，张野突然看到了前方的地面上，好像，好像有一个人影。

张野一惊，手机差点掉地上，他深呼吸了一口气，抬了抬手机，照向那边：是一个老人家，头破血流，凄惨地躺在路边，好像是被车撞了。

张野上前探了探鼻息，好像还活着，只是气息已经很微弱了。见还活着，张野忙拨120，正要按拨打按钮的时候，他突然迟疑了：这周围又没人，万一被讹上了怎么办?

张野又仔细打量起那老人来，全身打扮朴素，手上戴着个破手表，右手戴着一串链子，好像并没有什么钱，这么说来的话，自己被讹的风险很大。他咬了咬牙，转身就走，走了几步又回头看了这老头一眼，这一眼，让他又发现问题了。

他发现这老人的手表不是那么简单，有点像自己以前在网上看到的一款小众手表的限量版，价值几十万。

他越看越觉得像，之后察觉到老人的链子和衣服应该也没有那么简单，这么说来的话张野应该是没有被讹的风险了，但，但张野还是不想打 120，因为他动了贪心：卖了这些东西之后他就有钱了，就不用活得像现在这样狼狈了。

张野再一次前后张望，确认没人后，偷偷地从那人身上取下手表和链子，然后做贼心虚地往前逃窜。

又过了半小时，转过前面那个路口就到家了，但是张野被警察拦了下来。张野有点慌，但是也不觉得自己被拦住是因为自己的行为被发现了。

“你是从路那边过来的对吗？”警察问张野。

“是的。”张野点了点头。

“你来的路上有没有看到车祸？或者看到死者？”

为了不让人怀疑自己拿了死者的东西，张野违心地说：

“没有。”

“好的，没事了，你可以走了。”

警察冲张野点了点头，示意张野可以走了，张野装作若无其事的样子继续往前走，耳畔还传来那警察打电话的声音：“根据报警时间和行人经过车祸路段时间，初步判定车祸时间在七点四十之后。”

张野心惊胆战地回了家，没空搭理老婆和孩子，他把自己一个人锁在卧室。

他觉得有点不放心，他怕警察还是会怀疑到他的头上，他觉得自己得把赃物藏起来。

他从家里拿了把小铲子和一个小塑料袋，一个人悄悄出了门，走到离家不远的一处偏僻的泥土地上，用塑料袋把东西装好，开始挖坑想把东西埋起来。还没挖几铲，张野感觉挖到了一个软软的东西，张野在附近刨了几下，发现下面……好像是一具尸体。

张野还没来得及害怕，后面突然传来一声大叫：“啊！”

张野回头一看，是一个穿着红色短裙的女人，她显然把自己当成杀人藏尸的了，自己手上的东西显然被误以为是谋财害命的赃物了，张野急了，这要是误会了可就跳进黄河也洗不干净了，他忙解释道：

“这些东西是我的，这人和我无关。”

那个女的听后脸色惊疑不定，又突然一副若有所思的样子，表情凝重地向后跑了。

（四）指路

吴永这人说话不靠谱。

他时常说真话，又偶尔说假话，让人分不清虚实。

他经常在自己女友面前吹嘘自己的实力，今天喝上两杯之后又开始吹上了：“别看哥哥身体文弱，但是哥哥以前可是真的动过刀子杀过人的。”

“别乱说话，万一让隔壁桌误会了多不好。”女友显然是不太信。

“哪里是乱说？尸体就埋在咱家附近那块偏僻的泥土地那里。”吴永不以为意地继续吹牛。

“你喝多了。”女友有点不高兴，吴永也知趣地不再说这个。

酒足饭饱之后，两人散步，天边的云霞照映着两人的脸，吴永转头看着女友，女友穿着一条红色短裙，面色红润，吴永更觉得美丽动人，正想一亲芳泽，女友的电话响了。

“喂，嗯，好，我现在过去。”女友挂了电话，转头和吴永说：“我妈找我有点事，我得先过去，晚点我就自己先回家了，你早点回来。”

吴永点了点头，示意自己明白。

女友走了，吴永一个人闲逛着。傍晚的大街上没什么人，他在路边穿行，他想去上上网。

“小伙子。”背后传来一声呼喊，吴永回头一看，是一个老头。

“什么事？”

“荣兴大厦怎么走？”

“有点远，你打个车去吧。”

“我钱包被偷了，没钱打车。”

不会是骗路费的吧？吴永狐疑地望了这老头一眼，他经常在网上听说有人装作钱包被偷来骗取好心人的路费的事情，所以此时不免怀疑。

“手机和钱都被偷了，所以只能步行过去，你知道怎么走吗？”那老头又补充道。

没有找自己要钱，应该不是骗子，吴永正要指路，又突然停了下来。他此时的心情突然变得很奇怪，一种想整人的欲望突然从他心中滋生，也许是因为他想发泄自己今天心情的烦闷。

终于，他无法再抑制住自己内心中的这种想要恶作剧的欲望，他指着广泽路的入口，然后慢慢地和老头说道：“从那条路进去，直走，走到尽头就到了。”

（五）十年前

“你们院的扶助指标有四个。”

红星孤儿院，站在台上的中年男人正慷慨激昂，他是上面来的领导。一个富商对家乡进行了捐款，他这次来是为了应富商的要求来分配扶助指标。

“我这两天会在院里住下，会从你们一群人中选出四个品学兼优的孩子进行扶助。”

台下的孩子们听得摩拳擦掌，他们都想获得这个指标从而改变自己的命运。

散会后，他们都争先恐后地搞起卫生，拔起草来。徐荣、王勇、张野、吴永聚到一起，他们想好好商量一下对策，来争取这些指标。

“这样表现自己太傻了，领导不会注意到的。”

“我也觉得，这草都要被拔光了。”

“要不我们去给领导按按摩，端茶送水？把他伺候舒服了说不定他就把指标给我们了。”

徐荣、王勇、张野发表了自己的意见，并提出了一个提议，但吴永只是摇了摇头，然后把几人拉到一边僻静的角落，问：“你们存了多少钱？”

几人听完这话显然也明白了吴永的意思：送礼。他们感觉有点紧张，万一那个领导不收，或者收了钱不办事怎么办？

不过几人还是咬了咬牙，一起凑了一千多块钱，包了个红包，买了好烟好酒，硬着头皮去贿赂那个领导。

第二天，果然不出意外，领导宣布指标是他们四个人的。

孩子们不服气，叽叽喳喳地表示抗议。

“凭什么？他们几个平时就喜欢偷懒耍滑，怎么会是他们？”

“就是，昨天都没看到他们做过事，就一直在旁边玩。”

领导咳嗽了一下，猛地一拍桌子，怒目圆睁，脖子上一道十字形的疤痕凸显了出来，之后场下瞬间安静了。“你们在质疑我的审核？我昨天仔细调查了，这四个小伙子都是品学兼优的好孩子，内心善良，阳光，积极向上。所以指标给他们，是完全没有问题的。”

四人走到台前当众亮相，领导望着他们，眉头却突然一皱。

吴永脸色一变，又心领神会，扯了扯几人的衣角，扑通几声，四人一起跪了下来，对着领导磕了磕头。

“谢谢领导，我们以后一定会好好报答你的。”

领导满意地点了点头。金黄色的阳光洒在几人脸上，一番和谐景象。

如何调教女朋友

◎ 曲起惊鸿

阿玉今天要烦死了。

之前的阿玉不是这样的。自打半年前认识了黄伟，阿玉每天都是一副唇红齿白、情窦初开的少女模样。原本清瘦的阿玉在黄伟一手好厨艺的滋养下，也是日渐丰腴，脸也渐渐圆润起来。原本站在人群中不起眼的阿玉，现在笑起来，两个标致得不能再标致的酒窝，衬得五官精致了许多，竟也成了小美人。

阿玉对自己的变化，从不低调，常常在茶水间的闲聊中，将她的哈尼（honcy，亲爱的）黄伟挂在嘴边。除了黄伟，她最常谈到的便是黄伟煲的那一手好汤。

说来也奇怪，黄伟并不是钟爱汤汤水水的南方人，而是从小吃着煎饼卷大葱的山东大汉。一个北方的汉子能用一口汤锅征服阿玉那出了名的挑剔的胃，可见这情之切爱之深全浓缩在这一锅汤水之中。

不通厨艺的阿玉对这汤中的乾坤所知甚少，只是知道，在自己来例假的几天，黄伟会用红豆、红枣、花生、枸杞和红糖给她煲一盅甜而不腻，看上去红橙透亮的汤。喝下去以后，从喉咙到小腹，都暖意融融，一通则不痛。之前靠吃止痛片来治痛经的阿玉常常在来例假的那几天，发着嗲地挂在黄伟脖子上，戏谑黄伟是真人版的痛经宝。暑伏天，黄伟常常会变废为宝，用西瓜皮、玉米须、绿豆煲一盅金玉汤，晾凉后给阿玉装在杯子里，让她带到公司里喝。天冷了，则是用羊骨煲出浓白的高汤，放入羊肉薄片、枸杞，偶尔会下一把阿玉爱吃的米粉在里面，黄伟说阿玉胃不好，冬天就要用羊汤来暖胃。

而阿玉烦的事，就和她的哈尼黄伟有关。

昨晚的同学聚会后，黄伟一身酒气地回了家，阿玉已经睡下了，黄伟却粗声大气地吆喝醒了阿玉，偏要让阿玉给他煮个醒酒的汤来。阿玉蒙了，打小没下过厨房的她，别说煲汤了，就是蒸口米饭都得先百度一下。阿玉迷迷糊糊地进了厨房，从柜子里摸索出一袋紫菜蛋花汤，倒进碗里，坐了壶开水一浇，插了把勺子便给黄伟端了出去。喝得眼睛都发了红的黄伟看到碗里零七碎八漂浮着的紫菜叶子，以及没有完全泡开的真空蔬菜，便来了气，一把将碗摔到了阿玉的脚下。“我一大老爷们整天给你窝在厨房里煮饭，现在连他妈喝碗热汤都喝不了，你能干什么？大小姐，你能干什么？”黄伟咆哮完，便摔门而出，一夜未归。阿玉傻了，呆坐在客厅里，看着一地狼藉，不知道黄伟的酒疯为什么撒得如此突然又如此剧烈。

阿玉也赌了气：“平白无故地和我发了好大的火，我做错了什么？

大半夜起来给你冲一碗汤已经很不错了。”阿玉继续回到床上躺下，却再也没了睡意，瞪着大眼，直熬到了天空泛了青光。

第二天，阿玉晕晕乎乎地来到公司，数据表一眼也看不下去，后台的封停警报响个不停，阿玉也懒懒地不想动弹。午饭时间，阿玉叫了份外卖，端到了茶水间。

不在状态的阿玉很快引来了同事的好奇，同事们纷纷打趣："黄大厨得换菜谱了，阿玉今儿的气色可差远了。”阿玉心里委屈，不想应付他们，便草草扒拉了几口饭，出了大楼透气去了。她拿出手机，打开微信，还是没有黄伟的信，阿玉蔫蔫地关上。手机一亮，阿玉慌慌地再拿出来，一看，是关于科比退役的新闻推送。科比，阿玉想起，这是黄伟最喜欢的球星。搁到往常，阿玉一定是会截图发信息给黄伟的，先气气他，然后一定会再好好哄他。晚上或许会买他最爱吃的驴肉火烧，安慰他。现在呢?

阿玉心里慌慌的，把最近半个月里自己和黄伟在一起的过程细细过了一遍，没有问题啊。黄伟是怎么了？就算是昨天自己没能给他煲一盅醒酒汤，可是自己一向厨艺不精，这他是知道的啊。突然发了那么大的脾气给自己，阿玉越想越是委屈，眼睛也不自觉地红了起来。

一阵寒风，阿玉出来没有穿厚外套，刚才光顾着费神思考和黄伟的事，现在身上早已冰冰凉，阿玉缩着脖子，抱紧胳膊小跑进了大楼。

阿玉坐在工位上，感觉冷风早已吹进了自己的身体，在自己的肚子里左窜一下右窜一下。顺着血液，透过胃壁，侵入自己原本脆弱不堪的胃中。中午草草扒拉进肚里的外卖油腻不堪，混着这北方残忍的冷风，一股油腥气从嗓子眼蹿了上去。阿玉紧紧咬住牙齿，使劲又把这股恶心咽了回去。阿玉开始思念黄伟给她煲的羊汤了。

阿玉本来不爱吃羊肉，嫌弃羊肉味膻，黄伟第一次煲羊汤时，阿玉便噘着嘴，和黄伟打赌，自己一口也不会喝。可是汤做好了，阿玉便食言了。浓白的汤、晶莹的粉、薄薄的羊肉，几粒鲜红的枸杞浮在上面，黄伟说这叫踏雪寻梅，阿玉不管寻梅还是寻菊，吸溜着米粉，把头埋在羊汤碗里，顾不得抬头。阿玉事后问起过黄伟，用了什么羊肉，让羊汤没那么膻气。黄伟告诉他，因为怕她嫌膻，每次煲羊汤的时候，他都会去菜市场，寻最新鲜的小葱，只留葱白，辅以香菜末、百香草，将杏鲍菇切丁，一同包在纱布里，在羊汤出锅的时候，在锅里转个个儿，就捞出来。阿玉说黄伟净整些神神道道的玩意儿，黄伟告诉她，不这样，怕味道补过了，葱味扑到阿玉。

想到这儿，阿玉的鼻子一酸，赶紧把头靠在椅背上，望着天花板。

阿玉记得，上个月自己来例假，也是疼得想吐，干脆请假回家。公司离家只有一站地，可是阿玉偏偏要给黄伟发信息，让他来接她回家。黄伟正在见客户，赶不过来，阿玉便在电话里甩起了臭脸。晚上黄伟给阿玉买了好多零食，还给她订好了下周末开心麻花的剧场票，煲好了专治痛经的汤，阿玉就是不搭理黄伟，最后还是黄伟说了一晚上的软话，才哄得阿玉露了个笑脸。

阿玉想着，一定是这件事，黄伟一定是耿耿于怀这件事。他那阵子刚刚升职，工作压力那么大，自己没有帮他安定后方，还让他一夜没睡哄自己。一定是这件事，让黄伟昨天借着酒劲爆发了。他那阵陪客户总喝酒，回家以后一身酒气，从来没有给他放好热水泡澡，更别提煲汤了，连杯热水都不给他拿，就是不停嘴地埋怨他。

阿玉的鼻子越来越酸，都怪自己，要什么大小姐的脾气，黄伟性格老实，对自己又好，自己对他呢?

手机响了一下，阿玉一个激灵，急忙拿起手机。屏幕上显示“22层收发室取快递”，阿玉沮丧地把手机扔在桌上。双十一的时候，阿玉快要刷爆了黄伟的工资卡，给自己囤了一大堆的衣服和化妆品。一天的工夫，光快递就收了十多个。黄伟心疼阿玉，下班后过来接阿玉，和收发室的高姐要了个大箱子，装了满满一大箱子的快递。黄伟就那么抱着，一件也不让阿玉拿着。眼瞅着箱子里堆得冒尖的快递往外掉，黄伟也是一手揽着，一手端着。高姐打趣阿玉：“你这是要累坏你老公呢。”还不等阿玉说啥，黄伟接过话茬：“我老婆高兴就行。”高姐可是公司的大喇叭，第二天，在茶水间，不少女同事就酸溜溜地借着这个话茬吐槽起了自己那又懒又傻的男朋友。那时候阿玉可真是脸上有光，去茶水间泡个茶，都有了集万千宠爱的公主范儿。阿玉想着，黄伟真好，对自己真的没的说。那么多快递，哪一个是买给黄伟的?阿玉想了想，懊恼地摇了摇了头，都没有，只是买了一把德国的陶瓷刀，黄伟要专门用它切羊肉薄片——还是为了自己。

阿玉此刻要懊恼死了，坐在工位上，阿玉感觉这四处都是眼睛，都是嘴巴，都在说着，你对你男朋友真是差劲。

阿玉每想起一件事，之前觉得是风轻云淡的小事，现在都成了她愧对黄伟的大事。阿玉一边在心里不住地念叨着，都怪我都怪我，一边又发疯似的想念着黄伟。整整一天，他都没有联系自己，一定是完了，这么好的男人，本来今年过年后就要领回家让爸妈看的，就这么让自己作没了。

阿玉想，如果此时黄伟站在自己面前，自己一定要好好地和他道歉，从此好好地和他过日子，也要学着做饭，学着煲汤，给他买衣服，做家务。

手机又在桌子上震了起来，阿玉没有心情接，便继续自顾自地做着深刻检讨，谁知这电话响个没完。阿玉伸手一够，屏幕上赫然显示着“哈尼”。阿玉全身立刻激灵了一下，没有犹豫一秒钟，接通了电话。

“老婆，对不起，昨晚……”

“对不起对不起，都是我的错。”

阿玉说完，眼泪便止不住地流下来。

深夜，阿玉像猫一样蜷在床上熟睡着，黄伟在客厅，盯着发亮的手机。

“你们真够厉害的，头一回喝多了酒，没挨骂，老婆还对我这么好，我还一时半会儿接受不了。”

“黄先生，您放心，我们为您提供的服务都建立在对您女朋友资料的深入研究之上。根据您的描述以及您女友的朋友、同事等方面提供的资料，我们会非常专业地依据她的性格与做事习惯、思考方式，来为您制订一套合理的驭妻之术。”

“嗯，之前看你们的广告还不相信，这下信了。那我明天该怎么办？”

“是这样的，黄先生，因为您只购买了我们的尝鲜服务，如果您认为效果很好，可以选择铜牌季度包服务、银牌半年包服务或者金牌全年包服务。这样我就会进一步告诉您接下来怎么做。不出意外的话，您的女友将会在未来逐步学会做饭、做家务等，成为您理想的人生伴侣……”

剪纸娘

◎ 曲起惊鸿

上河湾位置偏僻，但山明水秀，六畜兴旺。世世代代生活在这里的上河湾人，愚昧闭塞，但精于农活，劳作不息。

上河湾的男人们在干完一天的农活后，喜欢聚在村口的大槐树下吃烟说话。烟吃得差不多了，自家婆娘们的饭也端上了炕桌。

日日如此，年年便也如此。直到有一天，村里来了一个怪女人。

（一）

最先发现她的是聚在村口说话的男人们。一顿饭的工夫，上河湾便热闹了起来。槐树下，磨盘旁，人们扎堆议论着这个来历成谜的女人。男人们绘声绘色，不知疲倦地一遍遍描述着女人进村的景象。

“像个菩萨似的。”

“咿，刁得很，那女娃不露笑眼刁得很。”

“直接去了长谷爷家，怕是远亲逃荒寻了过来。”

约莫又过了一袋烟的工夫，长谷爷斜披着褂子踱了过来。人们惊奇地发现，跛了几十年的长谷竟然走得端正，更惊奇的是，长谷身后还跟着那个女人。

长谷是上河湾的长寿爷，也是上河湾的主事。他等着人们凑得差不多了，便开了口：“咱上河湾要迎第一户外姓人了。看着我这废腿没？女娃药到病除，我长谷没想到临死前还能再人模人样地走几步。我琢磨着，咱上河湾缺这么个能人，山上的观音庙荒着也是荒着，不如就让这女娃住进去，谁头疼脑热，就让这女娃给大家医医，省得再往山外跑了，大家寻思咋样？”

既是造福之事，大家便也点头应下。女人也露出笑脸，款款走到大家面前：“大家若不嫌弃，称我一声剪纸娘便好，以后出入蒙福，先在此谢过大家了。”

如此绵言细语，上河湾的男人女人们哪曾听过，一时便只痴痴地盯着女人，忘了接话。女人没有介意，对长谷微微躬下身，便上了进山的道。

女人一袭白衣，发髻高挽，单是一个背影，就不知让上河湾的男人们做了几场春梦。

（二）

日子久了，上河湾人对女人熟悉了起来。知道女人除了医病外，还擅长剪纸。没有现成的纸张，女人便拾了树叶来摆弄。手上晃几下，树叶便像有了灵性似的，变成了山间奔跑的豹，河中畅游的鱼，天上啼叫的鸟。上河湾的孩子们日日歇在观音庙中，争着女人手中一枚枚会言会动的叶子。

女人看病的方式也奇特，问清病征，便回观音庙里配药，常常是一顿饭的工夫，便把煎好的药汁送了下来。药里有什么，人们不知，但不出一剂药，绝对药到病除。女人从不收诊费，人们便在病好之后，往山上送去一碗浆水菜，或是几颗鸡蛋，口粮紧张的人家，挖上一篮野菜送去，女人也从不嫌弃。

半年时间下来，原先跛脚的、耳背的、染恶疮流脓的杂症，都被剪纸娘一一治好。就连天贵那瘫在床上的老娘，喝下女人的药剂，竟也能扶着墙根走上几步。

女人生得俊俏，又有治病救人的绝活在手，不用在地里下苦劳力也能吃喝不愁。上河湾的人们渐渐嫉妒了起来，病好后往山上送去的饭食越来越简单。女人不恼，照例每日问诊治病，还在上河湾的水井中倒入药汤，原本发涩的井水竟变得异常甘甜，喝后通体舒畅，去火解乏。

（三）

每日，观音庙的灯火熄得极晚。豆大的火苗发出微弱的光芒，摇曳不停，撩拨着夜色，也撩拨着上河湾几个男人的心。

天气闷热，夜深了，上河湾还依旧像是被扣在大瓮下似的透不过气来。天贵，霸水和秃子三个光棍躺在戏台院里的麦草垛上，一边说着荤话，一边啪啪地拍着蚊子。

霸水伸长了脖子，瞅着不远处的观音庙里，依旧灯火如豆。便咂摸起嘴巴：“这女人怪嘞，深更半夜的不睡觉，弄球甚？”

秃子闭着眼，摸着长着一头疮疤的光头，随声附和着：“天闷闷热，炕上一人睡屁嘞。”

“观音也和咱哥仨一样吗？”天贵嗤笑出声来。

“这观音娘娘不是救人吗，那让她给咱仨泄泄火咋说？”霸水一个鹞子翻身，眼睛里似着了火，烧得旺旺的，紧紧地盯着秃子和天贵。

秃子最先明白了霸水的意思，眼里也腾地燃起了火：“咱上河湾人好吃好喝地供着她，日日不出力也有饱饭吃，早该让她服侍服侍咱哥仨。看她夜夜不睡觉，怕是就等着男人嘞。”

“黑灯瞎火办了她，谅她也不敢给外人声张。”

三人的声音因为兴奋而微微发颤。

（四）

月亮没在云后，夜色如墨。女人在微弱的灯光下，摆弄着手中的叶子。庙门传来一声响动，女人放下手中的叶子，警觉了起来。

“谁啊？”

没等女人站起身来，秃子和天贵便像饿狼似的扑了上来。霸水一脚踹开炕桌，便往女人的身上压过去，女人慌乱中用手中的剪刀胡乱刺了出去。霸水一声惨叫，再起身，肚皮被女人戳出了几个口子，直往外冒血。秃子和天贵见了血，便也愣了下来。女人趁机摆脱两人，缩在了炕角。

霸水是个蔫大胆，见了血便傻了，两只手慌慌地在肚皮上抹蹭着，声音里也有了哭腔："救我啊，我肠子要流出来了。"

天贵最先反应了过来，朝着女人跪了下去："剪纸娘娘，是我哥仨犯了浑，您大人不计小人过，救救我这哥哥。他可是长谷爷家的独苗啊。"

秃子一听，腿一软便也跪了下去，砰砰作响地磕起了脑袋。

女人抚着胸口，扫视着眼前的三个男人，缓缓开了口："既然知错，我便救他一命。但今夜所见之事，你们不得外传，治好他后你们即刻下山。"

三人忙不迭地点着脑袋。

女人先命天贵扶着霸水坐在炕上，用清水洗去了血污，然后便从炕洞里掏出一个描龙画凤的小木盒子。打开木盒，奇香盈室。她用手捻出一张红纸，又从中掏出一把十分精致的金剪刀，倚在炕沿上剪了起来。一眨眼的工夫，几只红色的小虫惟妙惟肖跃然纸上。女人取来一只木碗，将红纸点燃，留灰烬于碗中。再将其捻细，洒在霸水肚皮上的伤口处。霎时，外翻的肉皮像是被什么牵引着似的，紧紧地贴合在一起。一炷香的工夫，霸水的肚皮光洁如初，只留下几道细细的白线，像是什么都未发生过。

女人见状，静静地收起了木盒。天贵、秃子和霸水像是做梦似的，愣神看着女人。放好木盒后，女人开了口："切记，我治病之事你们不得外传，否则，我将不再救上河湾的一草一木。下山去吧。"

秃子拉了拉天贵的衣角，示意离开，天贵又望向霸水。霸水擤了把鼻涕，眉毛一挑。

"尿球，走个屁。大老爷们让个女子给捅了，我咽不下这口气。"

说着，便一步步地逼近女人。天贵和秃子便也长了威风，发起狠来，骂骂咧咧地跟在霸水后面。

女人红了双眼，浑身发起抖来。双手在炕席下摸着什么东西，眼看着霸水将她逼到墙角，女人伸出一直藏在身后的双手，手中一张被攥皱的红纸上，一头雄狮仰天咆哮。女人直视霸水，低声叨念着，不要过来。此刻的霸水怎听得进去，淫笑着向女人靠了过去。女人紧闭双目，绝望的泪水顺着脸颊流到了手中的红纸上。刹那间，耳边响起惊雷似的咆哮声，女人身前红光一现，一头雄狮怒视前方，爪牙毕现。霸水惊叫一声，旋即撞开身后二人向外跑去，天贵和秃子也连滚带爬地向庙外奔去。

狮子并未追上来，身后的观音庙里也没了灯火，一切回归平静，单单剩下三人急促的喘息声。秃子抹了把脑门上的汗珠，喘着粗气。

“这婆娘是人是鬼？”

天贵没有说话，霸水恨恨地朝着地上啐了一口。

“我霸水在这儿一天，就不能容下这妖女子在上河湾兴风作浪。”

（五）

第二日，上河湾家家户户又开始议论着住在观音庙里的剪纸娘。

“霸水说，那女子是妖，天黑后就变成蛇蝎毒虫，吃人啊。”

“他们仨亲眼所见还有假？我说咋自从这婆娘来了咱上河湾，家里老娘的身子一天不如一天。”

“平日里慈眉善目的，当善人，总算现原形了，让她再吃咱喝咱的。”

上河湾人聚在长谷爷家门外，一遍一遍地高喊着：“烧死剪纸娘！

烧死那女人！烧死她！”

霸水娘坐在炕上一把鼻涕一把泪地埋怨着长谷爷：“都怨你收留下个女妖精，自己亲孙子的话，你都不信哪。”

长谷没有说话，皱着眉头吸了一袋烟后，走出院门。

“男劳力们拿上家伙，把那妖女子封在观音庙里，烧了她！”

“长谷爷这主意好，端了她的妖窝，让她再祸害咱上河湾。”

人们欢呼着，意气风发。

（六）

男人们肩抗锄头，手握镰刀，腰上缠着火绳，风风火火地拥上山去除妖。

女人们在家做好一锅浆水面条，等着自家男人凯旋。

娃娃们在街巷里跑着，跳着，高声唱着：

“剪纸娘，剪纸娘，装成善人为抢粮。扒了衣服仔细看，原来是个鬼婆娘。”

剪纸娘安静地坐在炕沿上，依旧摆弄着手中的叶子，屋外不时响起叮叮当当的敲击声，男人们用木条封死了庙门和窗户。外面一片喧闹，男人们欢喜地讨论着，吵闹着。

“点火！”

火苗霎时点燃了庙外的枯草堆，像是一条被唤醒的火龙，饥渴地舔舐着观音庙的庙门和顶柱，沿着墙壁攀爬到屋顶。火势越来越大。

男人们围着大火兴奋地笑着，叫着。

秃子猛地拍了下光头，懊恼地说：

“完了完了，那妖女子还有一把金剪刀，应该抢过来再烧的。”

“你懂球，要真是宝贝，真金不怕火炼，到时候火灭了咱再挖出来。”说着，霸水拽过秃子，“到时候火灭了，你可利索点儿，别让别人寻走这宝贝。”

火越烧越旺，映在上河湾男人们的脸上，竟是猩红一片。

（七）

天沉了下来，大片的阴云翻滚着，密密麻麻地挤在一起。一道紫色的闪电劈裂天际，伴着炸雷四起。四面八方的怪风将地上的火苗与枯叶卷起一个个旋风，裹挟着人们，使之寸步难移，哀号不止。砸在脸上生疼的雨点就这样猛地从天而降，接着倾盆而下。

上河湾里的水从没涨得如此之快，咆哮的河水漫过河岸，冲上麦地，冲进家家户户。一眨眼的工夫，便携卷着屋里的一切涌了出来。女人们先是绝望地爬上房前屋后的大树上，心疼着顺水而下的家具粮食，而后，便是撕心裂肺的求救声。水越来越多，越漫越快。上河湾的一切都被连根拔起，在水中挣扎，然后消失……

此时的剪纸娘，一袭红裙，发髻高挽。端坐于山顶，风雨不犯。金色的剪刀在红纸间游刃。大雨滂沱，电闪雷鸣。

三日过后，上河湾被洪水涤平，人烟不复。剪纸娘依旧着红裙端坐于山顶，裙上红纸鲜艳，仔细端详，竟是复原了的上河湾原貌，一人一畜、一房一瓦，无不精致。

“上河湾人生性贪嫉，忘恩负义，顽固不化。我在井中投下青莲数枚，都难以洗净人们心中的龌龊。万物寄灵于我，故今日重塑上河湾，男子要勤恳质朴，女子要持家有方，孩童要可爱淳朴，老者要端庄有礼。十年过后我将再访上河湾，如若恶性不改，我必将再次荡平上河湾。”

说罢，女人将裙上红纸握于手中，奋力一抛，红光一现。

再看山下，鸡鸣狗吠，男耕女织，一片祥和。

（八）

又过三日，上河湾东面的陵城县，来了个怪女子，据说是着一袭白衣，发髻高挽，来历成谜。

李木头的这一刀

◎ 灰小悟

（一）

天下第一的老剑仙老死后，只留下了李木头这一个徒弟。

老剑仙从十八岁当上天下第一，一直当到了八十岁无疾而终，都没人敢来抢这名头。没办法，他的剑法太高，天底下没人打得过他，以至于他死后，李木头轻轻松松就领走了这名号。在这六十二年间，江湖人争那天下第二的名头争得头破血流，等到李木头下山的时候，来拦路的已是这些年里的第二十七号天下第二了。

第二十七号天下第二听说老剑仙仙去了，心想老天爷总算是开眼了，老子终于要扶正了！他觉也不睡，连夜埋伏在李木头下山的必经之路上，激动得连握剑的手都在抖。

等到晌午，李木头终于埋完师父走到了山脚下。天下第二看了他第一眼，见李木头还是个毛头小伙，心里一喜，想，就算他从娘胎起就跟着老剑仙练剑，满打满算也不过十数年，难道这天下还能出第二个剑仙不成？这么一想，看来天下第一的名号唾手可得啊。

天下第二心里乐了会儿，又看李木头第二眼，看见他腰上系着老剑仙那把名传已久的破烂桃木剑，心里一紧，想：这小子都敢拿着老剑仙的剑下山了，怕是也得了老东西的几分真传，恐怕还是大意不得啊！

天下第二用力捏了捏剑柄，正想再细细地打量一番，探头出去，正对上李木头顶着一张面无表情的木头脸，站在他藏身处的一丈开外，恭恭敬敬地喊了声“前辈好”。

这他妈就很尴尬了。

天下第二咳嗽两声，装作没事人一样地走了出去，捻着胡须，假模假样地问：“你可是武功天下第一的老剑仙的唯一嫡传弟子木头李？”

李木头老老实实一本正经地答道：“师父叫我李木头，前辈。”

天下第二见这李木头一脸老实木讷，不找点由头这一架怕是打不起来，于是鸡蛋里挑起骨头，佯作勃然大怒道：“放肆！你师父就这么教你和前辈说话的吗？看来我要替你师父好好教训一下你这个没规没矩的小崽子了！”

李木头点点头，拉开架势：“请前辈赐教。”

这剧本不对啊，这时候你不应该先迂回两句，我们扯两回合再开打吗?! 你不是第一次下山吗？为什么这么有底气啊?! 天下第二心下慌得不行，面上强撑出一副仙风道骨的模样，淡淡地问道：“看在你是晚辈的分上，前辈就让你三招。你是打算用剑仙前辈三十年前创出的那一手诛仙剑？”

“师父没教。”

“还是四十年前剑仙前辈改过的那一手龙抬头？”

“师父没教。”

“那剑仙前辈教给了你什么本事？”

“刀。”李木头面无波澜，淡淡回答道，“师父教会我一刀。”

（二）

李木头这人人如其名，从里到外都是块木头。

老剑仙当年把他抱上山，一来是想收个徒弟继承自己这一手绝世无双的剑术，二则是单纯地想养个孩子解解闷，而且主要原因还是第二点。

对，没错，就是解解闷。

自老剑仙十八岁夺得天下第一的名头之后，仇人们开始避着他走，朋友们也开始避着他走，就连街头懒躺着晒太阳的大黄狗在他出现在街尾的一刹那，也会被他的剑气惊得一声惨叫，哀嚎奔走。

这么些年老剑仙都隐居在山上，偶尔下山采购些食粮，都会搅得村中鸡犬不宁，猪牛乱跑。最早村中的还以为是来了什么妖，差点就收拾东西跟着那帮畜生一起跑了。后来习惯了，就当作是看戏消遣，还赌起了谁家猪跑得快，谁家的牛先摔倒。所以那天老剑仙捡到李木头，看这娃娃见了自己不哭也不闹的时候，还以为他终于找到了一个能让自己解解闷，顺带教教剑术的好苗子，老脸都笑开了花。

后来在经过了漫长而无聊的共同生活后，老剑仙终于明白，当一个娃娃能面对天下第一剑仙还不哭不闹的时候，多半是废……啊，不对……多半是块木头。面无表情，不哭不闹，从来接不上梗，还总是瞎说大实话，做事一根筋，根本不知道变通俩字怎么写，让他下山去买点米他就不知道要配点菜！

为什么现在的生活比以前还要寂寞……这日子没法过了！老剑仙幻想中养娃解闷的幸福生活破灭了，他开始每天思考这小子是不是哪个千年老妖怪变了来耍他的。

所以老剑仙给这娃娃取名叫李木头。

从里到外，一块木头。

等到李木头十岁那年，老剑仙开始思考起了另一个问题：这剑术，该怎么教？剑客是什么？是风流，是潇洒，是无数江湖人心中最瑰丽的一场梦。就连五大三粗的“恶虎”王霸天都曾看着自己的宣花板斧感慨过：“要是有来生，用最好的剑，穿最骚的衣裳，去妞最多的地方。不为别的，光想想就他妈爽。”

老剑仙当年仗剑走天涯的时候，也是一身白衣飘飘，倜傥到大半个江湖的姑娘都想嫁他。现在要他教一块木头使剑，老剑仙脑补了一下李木头一板一眼地用出一手诛仙剑，大概就是一个僵尸用力伸手向前扑的画面。

丢人……太丢人了……

一想到这儿，天下第一的老剑仙就很惆怅。他看着面无表情的李木头，看着手上那一把名动天下的破烂桃木剑，回想起这么些年的憋闷生活，畅想着未来僵尸舞剑的美好画面，忽然怒从心头起，恶向胆边生。

去你的剑术，本剑仙不教了还不行吗!

天下第一一惆怅，就想拖整个江湖一起惆怅。老剑仙决定跟这江湖开个玩笑。

“李木头！来！师父教你一刀！”

（三）

老剑仙临终前交代了李木头很多事。

“李木头，等会儿我死了，你就在那边空地上把我挖个坑埋了。也别立什么碑了，我怕坟给人刨了。”

“嗯。”

“李木头，你埋完我以后，就带着我那把桃木剑下山。要是遇到谁想跟你动手，千万别尿！对了，我教你的那一刀练熟了没？”

“熟了。”

“哈哈哈！那就好那就好！”老剑仙想象着江湖人士见到李木头出那一刀时的惊愕神情，想象着整个江湖对着李木头一起惆怅的样子，不由得开怀大笑，喘得上气不接下气。笑完喘停，老剑仙看着仍是一脸平静的李木头，悠悠然叹口气：“李木头，你这番下山走一趟，若是觉着这天下也没个意思，就回山上。”

李木头很认真地听完了，很认真地点了点头。

天下第一的老剑仙老死后，只留下了一柄剑、一招刀，和一块木头。他死的时候既没有惊天动地，也没有彩霞长虹，就跟个普通老人一样，静静地合上眼，没了声息。

李木头找了块空地，把老剑仙埋了，想了想，把平日里用来炒菜的锅铲插在了地上。他在老剑仙坟前跪到晌午，磕下三个头，擦了擦眼，带着那柄破烂桃木剑，下了山。

第二十七号天下第二把他拦住，李木头看他想动手，于是点点头，拉开架势："请前辈赐教。"

李木头这人很老实，老剑仙交代什么他就做什么，一点都不含糊。说埋就埋，说不立碑就不立碑，说不㞞就一定不能㞞。

天下第二听李木头说老剑仙就教了他一刀，差点没忍住把自己耳朵给揪了。你扯谎也要有点技术含量啊！咱做戏做全套，你先把腰上那柄桃木剑给摘了再说话好不好？

天下第二看着李木头那张面瘫脸，心想果然这人不可貌相，老剑仙教出来的徒弟连撒谎都不带脸红的。于是他冷哼一声，道："看来小友是不愿说真话了，就让老夫看看你到底得了剑仙前辈的几分真传。出剑吧！"

李木头点点头，也不解释，心里默念着老剑仙教过的口诀，把手搭在了桃木剑的剑鞘上。

要出剑了！天下第二凝神屏息，眼睛一眨不眨，紧紧盯着李木头的右手。拇指微翘……是诛仙剑！小指下屈……是龙抬头！好小子你再装！还说你不会……等等，怎么他中指突然绷直了?!他手腕怎么悬起来了?!

这是哪一剑?!天下第二心下大惊，一瞬间汗流如注。自当上这第二十七号天下第二以后，他每日每夜唯一做的，就是研究老剑仙的剑招，细细拆解着其中的每一分变化，琢磨着如何才能接招、破招，打倒老剑仙，或者李木头，从而当上天下第一，走向人生巅峰。他给老剑仙的每一招每一式都想了一百零八种不同的解法，就等着有一天当面碰上，一举拿下。

可李木头你怎么不按套路出牌啊！

李木头的右手保持着律动，一路从剑鞘尾滑向剑柄处，天下第二从中看出了一百零八种不同剑招的起手，还有两百一十六个动作就连他也分辨不出来是哪一招。

天下第二多年的精心准备全都化作了无用功，他满满当当的自信心在一瞬间灰飞烟灭。李木头的全身气机紧紧锁在他身上，天下第二只觉得像是有一座大山压在了身上，压得他全身骨骼咯咯作响。

这一剑，挡不住！

天下第二心里不可遏制地冒出这个念头。这一剑至少融合了三百二十四种不同的剑招，变幻莫测，叫人挡无可挡，破无可破。

李木头的气势一点点地攀升到顶峰，天下第二心中的恐惧也随之而提升，当李木头的右手虚握在剑柄上时，他终于绷不住了。

“果然是名师出高徒啊！”天下第二松懈了全身防备，大笑高声道，“我原以为剑仙前辈仙去后，我等凡人再无缘得见那精妙绝伦的仙剑，没想到小友竟然尽得了前辈真传！今日得见剑仙神剑，实在是三生有幸，三生有幸啊！”

李木头收了手，定定地戳着，继续不带表情地望着他。

天下第二心想这小子阴险卑鄙，脸上不动声色，心里指不定在想什么诡计，看来此地不宜久留，还是尽早脱身了好。于是他装作忽然想起了什么大事的样子，推说家里老婆隔壁家的老母猪今天生下第十八个小崽子，自己作为天下第二有义务也有责任去为那老母猪颁发荣誉勋章，然后运足了全身内力，施展绝世轻功，跑了。

于是在下山的必经之路上，只剩下了李木头一个人定定地站着。

李木头这人老实得很，从来不会耍什么心眼。老剑仙从没交过他剑法，只教给了他一刀。他面无表情地回想着老剑仙教给他的那一刀，对比起刚才的动作。

天下第二吓破胆的时候，这一刀，才出了一半。

（四）

天下第二被李木头半招吓退的消息传得比他的轻功还快。

没办法，估计之前蹲守在那儿的高手不止一个天下第二，说不定还有天下第三、天下第四乃至天下前十。每个人都想把李木头当成软柿子捏，没想到这货人如其名，捏不动。

天下第二原以为自己捡了个大便宜，结果却是倒了八辈子血霉，吃了个大亏，打落牙还只好和血咽，强撑着一副笑脸逢人便说那李木头了不得啊，剑仙再世啊，一手破烂桃木剑耍得那叫一个溜啊，还没出剑呢就换了三百二十四种起手啊，你挡得住你上啊！

没办法，见过李木头那攀升至顶峰的如虹气势的都自认挡不下那一招，没见过的都自认打不过天下第二。于是天下前十结成了统一战线，开始一起商讨。

他们发布了集体声明，昭告所有江湖中人，说那李木头虽然看起来木讷老实，其实心里卑鄙无耻，你们看他作为老剑仙的唯一嫡传弟子，居然说老剑仙没教他用剑！腰间明明系着那把桃木剑，偏偏说自己只会一招刀法，你在逗谁？综上所述，李木头此人无耻下流、道德败坏……

“你们唠叨这么多到底想说啥？”

“说那李木头道德败坏……”

“你们就说他是不是打败了天下第二？”

“是的，可是他道德败坏……”

“那他现在是天下第几了？”

“天下第一……”

没办法，真的没办法。说一千道一万，李木头天下第一这名头也跑不掉。任凭天下第二恨得牙痒痒，任凭天下前十一起说，也改变不了这个既成事实。

天下前十有些惆怅，惆怅李木头这个道德败坏的人居然坐稳了天下第一。

天下前十以外的人也有些惆怅，惆怅这么些年好不容易有下了山的天下第一，居然是个道德败坏的李木头。

于是这段时间里，整个江湖都有些惆怅。

除了李木头。他不惆怅，他有些困惑。老剑仙教他的那一刀，给了八字刀诀，前四字“抚剑蓄意”，算是半招。

李木头当初练这半招的时候，是倒着练的。老剑仙最先以冲天剑气每日为他打熬根基，锻出他蓄势如崇山般磅礴凝重，如深渊般可怖骇人，再让他独自去猎猛虎豺狼，历生死，养杀意，练得一身气势掌控自如，凝而不发，一触即贯长虹。

饶是这样，李木头第一次抚剑时，还是被那剑意刺伤了右手。这柄破烂桃木剑当年陪老剑仙闯荡江湖，而后伴他藏锋山林，这么些年下来，剑意漫盈如潮。李木头只有照着老剑仙的指点，以特殊手法抚剑，才能化其剑意为己用。

李木头生平第一次对人出刀，他不明白为什么只出了半招，那前辈忽然就开始笑，笑完了说些莫名其妙的话，说完了就跑。

李木头脑沟回简单得很，想了会发现不明白的地方还是不明白，索性就不想了，带着破烂桃木剑，出了山。

（五）

天下人都有同一个毛病，本事太缺而想得太美。江湖那么大，不信邪的人自然也多。李木头出山不过三日，已经被各路前来挑战的英雄好汉们给拦下不下三十次。

早到的几位轻功高内功好的，是正儿八经想把李木头拉下马的。结果堪堪撑了李木头半刀，或是被那海潮般的蓄势吓到肝胆俱裂，或是被那神乎其技的抚剑惊到张口结舌，总之没人比天下第二做得更好。

后来的几位脚力差气息浊的，也就是想着来撞个运的，打不过也不丢脸嘛，说出去好歹和天下第一切磋过。若是万一老天爷开了个脑洞，让李木头在决斗过程中被雷给劈死了，自己不就顺理成章地取而代之?

事实证明，老天爷是不常开脑洞的。再往后遇上的，却是把李木头当成偶像，有的是专门过来瞻仰天下第一的风采的，有的想摸一摸那柄跟了两代天下第一的桃木剑，有的想摸一摸李木头的脸，看看是不是真的木头做的，一点表情都不会有。

最离谱的是有个姑娘肤白貌美、胸大腿长，千里迢迢赶过来，见到李木头劈头盖脸地问：“李木头你娶我不？”

“不娶。”

“你为什么不娶我？难道老娘不漂亮吗？”

“不漂亮。”

老剑仙有次喝完酒贱兮兮地对李木头说：“李木头你记住了，红颜如祸水，夸一个姑娘不漂亮就是对她的最高赞美。嘿，跟你说话呢，李木头你记住没？”

“记住了。”

李木头这人很诚实，有人问他你会啥，他说他会一刀，那人呸了一口，骂他阴险狡猾。有人问他老剑仙教了他啥，他说师父教了他一刀，那人也呸了一口，骂他欺师灭祖。

那姑娘问他李木头：“难道老娘不漂亮吗？”李木头看了她一眼，很诚实地说：“不漂亮。”

“呸。”那姑娘恨恨地骂，“李木头你活该单身一辈子！”

李木头摸摸脑袋，想不通为什么自己说实话也要被骂。

四周人一脸迷茫，想不通人家姑娘分明肤白貌美、胸大腿长，李木头难道你瞎啊？老剑仙要是泉下有知，说不定能把阎罗殿的房顶给笑塌了。

李木头下山的时日越来越长，来找他的人越来越少。有想法有能耐的都被打趴了，有想法没能耐的也没等到老天爷开眼，至于没想法没能耐来瞻仰偶像的，见了李木头的面瘫脸，见了他腰间那把桃木剑，也就心满意足地走了。

除了那姑娘。

李木头行走江湖，兴之所至，随性而走，可不论他走到哪儿，都能撞见那姑娘。姑娘不仅貌美肤白胸大腿长，而且说话直爽，直奔主题，丝毫不拖泥带水，见面第一句话必是问：“李木头你娶我不？”

“不娶。”

李木头在树上睡觉，那姑娘就在树下喊：“李木头你娶我不？”

“不娶。”

李木头在路旁吃饭，那姑娘就在路上喊：“李木头你娶我不？”

“不娶。”

李木头在河里洗澡，那姑娘就遮住眼睛，在岸上喊：“李木头你……你到底娶不娶我？”

“不娶。”

“为什么不娶我？难道我不漂亮吗？”

“不漂亮。”

李木头的回答总是很简练。

“呸。”那姑娘气得牙根痒痒，恨不能咬上他两口，“李木头你活该……”话说到一半又住了口，憋得自己小脸通红，一跺脚，转身跑了。

天下第一的李木头再迟钝，也发觉自己好像是说错了话，怕是得解释两声。可等他从河里上来，穿好衣裳，姑娘却早就跑不见了。

哪儿错了呢？李木头想了半天也没想起来原因在老剑仙身上，他摇摇头，不去想了，想等着第二天那姑娘来的时候，再问她。

于是第二天李木头停下脚步，在河边等着。可那以往总是主动来找他的姑娘，这一天，却没了影。

（六）

李木头下山行走，惆怅的不止江湖，还有武亲王。

亲王从小把小郡主当男孩子养，教刀兵习武艺，逢年过节让侍卫保护着去外面见识闯荡。本意是想她生在戎马之家，不能养得太过娇柔，结果三五年下来，倒给她养出了一颗江湖心，半身江湖气。

等小郡主到了要出嫁的年纪，亲王问她可看得上哪家的公子。小郡主挽个剑花，说这富贵门第、皇族世家里，谁想娶她，都得先问过她手里这柄剑。

武亲王听完就头大了。先不说同辈小年轻里有几个能握得住刀剑，小郡主那可是师从天下第二，照着老剑仙的剑招一剑一剑地喂出来的。一招诛仙剑使得也有三分火候，就算孤身赴江湖也能闯出一身名堂，就连武亲王也不敢说能稳赢她。

亲王擦了擦额头的汗，说：“闺女你看爹给你找的师父都是天下第二，爹对你多好，你就不能顺着爹的意思降低些要求吗？”

“成。”小郡主笑靥如花，“谁要是打败了我师父，我就嫁他。”

坑爹呢这是！武亲王一口老血险些喷出来。这下好了，江湖里能打败天下第二的除了天下第一还有谁？总不能让她去山上给老剑仙养老送终吧？

武亲王想了想，把血给咽了回去，心说反正也没人能打败天下第二，等过两年闺女长大了，懂事了，想明白了，还愁嫁不出去？武亲王拍拍胸口，越想越觉得有理，吃饭开始香了，睡觉开始甜了，就连走起路来都开始呼呼生风了。

结果李木头一出山，半招就把他的美梦给打碎了。

这下坏了。武亲王赶紧跑去小郡主的房间，却只见桌上留了张条子，上面歪歪扭扭地写着：老爹我去找我相公啦，很快回来！

家门不幸啊！武亲王看着条子，扶着额头，很是惆怅。

天要下雨，女儿要嫁人，这做爹的劝也劝不听，打也打不过，好吧，现在连人都不见了！武亲王觉得自己的人生很是幻灭，这哪像是养了个女儿，简直是养了个祖奶奶啊！好好的到底是抽了哪门子风才会想起来要教她习武，让她闯江湖啊，要是从小在家好生看管着，大门不出二门不迈的，到现在怕是连外孙子都抱上了，哪还来这劳什子烦心事！

武亲王越想越是一肚子火，气得吹胡子瞪眼，连夜给天下第二飞鸽传书，说自己的女儿跟他学剑学野了，现在连爹都不要了，限他三日内把小郡主给带回来。若是出了什么差池，王府这口饭以后他也就别指望了！

鸽子飞到的时候，天下第二正和其他几位志同道合的天下前十把酒言欢，一边痛骂着李木头为人卑鄙无耻、阴狠毒辣，一边起草着下一篇声明，打算让李木头从此声名狼藉，再也无法在江湖上立足。天下第二把信纸展开一看，一脸迷茫，心想武亲王这人不厚道啊，当初重金重礼好说好话地求他教女儿武艺，现在出了事反而来怪他？

天下第十看他忽然一脸迷茫，凑上来想探个究竟。天下第二见他上前，手上运力把信纸搓得粉碎，咳嗽两声，招呼大家围过来，拱着手行了一圈礼，说道：“想来兄弟们也都知道，武亲王家的小郡主在我门下学过几年剑法，也算得上是我的记名弟子。刚才武亲王飞鸽传书，说那李木头不知使了什么邪法，竟是把小郡主给拐走了，武亲王思来想去，江湖事江湖了，于是托我把小郡主平安无事地带回去。现在老哥哥有个不情之请，想拉下老脸来，让各位兄弟搭把手，帮个忙，咱一块儿把小郡主从李木头手里给救出来，不知大家意下如何？”

天下前十心里想：打不过就打不过呗，请帮手就请帮手呗，说得这么大义凛然干吗？不知道的还以为你要召集六大门派围攻光明顶呢。

天下前十嘴上说：“说那么文绉绉的干球！咱哥几个什么交情？上刀山下火海，老哥哥你一句话的事！”“啊对！老哥哥你的徒弟不就是我们几个的徒弟嘛！你不让兄弟们去，你看咱手里的家伙答应不？!”“嘿！我早看出李木头这小子心术不正了，要剑的偏要说自己玩刀，这下好了，老剑仙的老脸算是要给他丢光咯！”

天下第二瞅着这群“过命”交情的大兄弟，心里骂着这帮老狐狸真能演，脸上装作十分感动然后擦擦眼泪的样子，继续推杯换盏互相敬酒，还不忘让厨子把那信鸽拿下去烤了，说要让兄弟们开个荤，也尝尝这皇家的风味。

妈的，不就吃过几口皇粮吗？你这满满的优越感是要秀给谁看？没吃过的那几位腹诽着，然后把那鸽子连皮带骨，细细地，吃了个精光。

（七）

小门派的师妹暗恋着大师兄武艺高强，不羁风流；闯江湖的女侠客爱慕着大佬豪强的行侠仗义，坐镇一方；而小郡主师从天下第二，练最好的武艺，见最顶尖的高手，她的眼界自是不同寻常。所以其实小郡主早就打算好了，此生非天下第一不嫁。

这么些年，小郡主习武练剑，江湖游历，养出一颗江湖心，半身江湖气，向往着江湖儿女江湖老，江湖情仇江湖了的快意潇洒，对那些酒池肉林、纸醉金迷的豪门显贵看不上半点，真真儿把自己当成了一个江湖中人，仗剑天涯。

于是她一个人千里单骑找上李木头，凭着一腔豪气和满心的少女情怀，问：“李木头你娶我不？”“你为什么不娶我？难道老娘不漂亮吗？”

李木头回答得很简洁，很诚恳。

小郡主毕竟也是王府里长大，江湖里历练过的，她看这李木头既不瞎也不傻，三观端正面无表情，多半是不谙世事之辈却不似阴险奸猾之徒，心里又是好气，又是好笑。气的是自己明明肤白貌美、胸大腿长，这家伙偏偏睁着眼睛说瞎话，笑的是这家伙明明睁着眼睛说瞎话，却偏偏言语恳切，一本正经。

小郡主这一路过来，景色没顾上看，谣言倒听了不少。有说李木头在决斗前给天下第二下了泻药的，有说李木头在比试中剑里藏了暗器的，最离谱的是有人说那李木头其实是老剑仙削木化人，再附体其上而成。

跟了天下第二这么些年，自己师父对天下第一这个名头的执念她还是清楚的，若是这其中真有什么猫腻，天下第二早就第一个跳出来不服了，何必去发那劳什子声明恶心自己？

话虽是这样，可毕竟人言可畏，三人成虎，小郡主留字条出王府，携一剑牵一马，本就是意气而行，这一路流言蜚语听下来，到真见了李木头的面，心里还是生出了几分忐忑。结果这一气，一笑，却是打散了小郡主心头的丝丝阴霾，让她对李木头这块木头，而非天下第一这个名号生出了更大的兴趣。

所以接下来的几天里，小郡主故意照着三餐饭点“撞见”李木头，每次都直截了当，问同一句话。李木头倒也配合，心里疑惑着这姑娘怎么老是遇上，脸上还是不动声色，继续答着一样的两字。

“李木头你活该……”河岸边的小郡主又急又气又觉得李木头这人真是有趣，赶忙把后面半句咽了下去。要是李木头真单身一辈子，自己这算什么呀！小郡主小脸绯红一片，狠狠磨了磨小虎牙，转身就跑了，心里却想着等明天再来好好教训这个小子！

结果她才刚跑到大路上，就看见天下第二领着其他几位天下前十，面带微笑地朝她围了过来。完啦！明天没法教训李木头啦！郡主心里有点小忧伤。哎，还没告诉他我叫什么呢……

（八）

被带回王府这一路上，小郡主倒是安分得紧。没法子，看着她的这一群大佬论武艺都是江湖前十，论阅历还是江湖前十，走过的路比她长过的头发还长，见过的人比她说过的话还多。小郡主心里清楚，与其在他们面前耍心眼给自己找罪受，倒不如回了家再寻机会溜出来。自家老爹看管再严也就一个人两只眼睛两只手，还能把她一直绑着不成?

小郡主心里打定了主意，权当是游山玩水，等到了家见了武亲王，也不管亲王一脸的阴云密布，扑上去抱住他，搂着亲王的脖子开始撒娇:“老爹你别生气嘛！这次没能把相公给带回来，下次一定行！我保证！”

保证你个头啊！

武亲王被她勒得一口气险些没喘上来，瞪着眼说:“你还敢有下次?!

这次要不是请了你师父，你是不是就打算跟那野小子私奔了不回来了？”

小郡主缩了缩脑袋，吐了吐舌头：“才不是什么野小子呢！我相公叫李木头，可是天下第一！”

听到这一句，一旁站着的几位年岁颇大的天下前十顿时觉得面子上有些挂不住。天下第二上前咳嗽两声，说：“依老夫愚见，李木头那厮为人阴险狡猾，实非小郡主的良配。若是说到这江湖中的青年俊杰，老夫也还算是结识了一些，改日倒可以带他们给亲王过过目，让小郡主也认识认识。”

天下前十一边心里骂着这老货好不要脸，一边附和着说那李木头何止不是小郡主的良配，简直是道德败坏，无耻之尤，好好的剑不要，骗人说自己是玩刀的，关键是连骗人都不肯好好花心思，刀都不打一把，简直是令腰间的桃木剑蒙羞！蒙羞！

小郡主不服气地哼了一声：“我相公不是才出了半招吗？你们怎么就肯定那招不是刀招？!”

天下第二哑然失笑。李木头是只出了半招不假，可光那糅合了三百二十四种剑招的半式抚剑，除了老剑仙还有谁能教得出来？

老剑仙踏剑仙路，舞剑仙剑享剑仙名，怎可能教弟子弃剑练刀？更别说李木头手里除了柄桃木剑再没其他兵器，难道他还能从天上招把刀下来不成？

李木头用刀？天下第二摇摇头，除非是老剑仙开了个玩笑，还得是天大的那种。

小郡主捂住耳朵，气呼呼地说：“说了半天你们就是不肯信李木头说的话，等我下次把他找来，出刀给你们看！”

“小祖宗你快饶了我吧！”武亲王看着自家女儿，只觉得头大，“你这离家出走玩得还不够，非要把自己家也给拆了才高兴啊？!”小郡主冲自己老爹吐吐舌头，装作生气不再去搭理。

天下第二见势不对，打个哈哈上来圆场：“若是真有机会，老夫也的确想和李木头再切磋一番，领略一下老剑仙前辈的剑招，也算是尽一尽前辈对晚辈的责任。”站在旁边的天下前十面上纷纷表达着对天下第二高风亮节的推崇，心里也纷纷骂着这老货真不是个东西，输了就输了，还摆什么前辈的谱，这不就是仗着天下第一不在这儿吗？这要是在李木头面前，你这老货还敢摆前辈的谱？

正想着，侍卫从正门跑来，传话道：“有个叫李木头的在门外，说想见小郡主一面。”

来了！现世报来了！天下前十看热闹不嫌事大。

完了！打脸的来了！天下第二心里咯噔一声，忽然就很想给自己一巴掌。

李木头的后半招能不能招来刀他不知道，但现在他把李木头招来了，这一招，怕是要见识全了。

（九）

李木头这趟下山，挺没意思的。

先是和一个神神道道的老前辈比试了一场，结果刀才出一半老前辈被吓破了胆，说了些胡话跑了。而后是和一群不神神道道的老前辈比试了好多场，结果刀次次出到一半，老前辈们个个都被吓破了胆，胡话都来不及说就跑了。再后来是和一些求神拜佛的大叔比试了几轮，结果刀连一半都没出满，大叔们逃得比最快的老前辈还快。

莫名其妙。

李木头这人特简单，想不明白的事他从来不想。从他埋完老剑仙下了山开始，发生的事他一件都想不明白，他也就一件都不去想。李木头只觉得这天下真是无趣，等走完一遭还是听师父的，回山上好。

直到小郡主千里单骑，冲进了他的眼里，还问他："李木头，你娶不娶我？"

天下人看李木头，先是看他的师父，再是看他的名号，最后视线多半被他腰间的桃木剑给吸走，停不到他脸上。天下人谈李木头，先是谈老剑仙，再是谈天下第一，最后讲到一手融汇了三百多招的抚剑起手，真他娘的帅。

只有小郡主一个人，不问老剑仙的徒弟，不问刚出山的天下第一，不问半招败了天下第二的绝世高手，也不问佩剑说刀的无耻之徒，而是直截了当地问着他，问那块懵懵懂懂不谙世事的木头，问他要不要娶，问在他眼里，她漂不漂亮。

李木头想着老剑仙告诉他的话，很老实地回答说不漂亮。李木头不明白为什么明明夸了她，姑娘反而恨得磨了磨牙，愤愤地说了半句话，红着脸跑远了。

李木头以前从来不会去想他想不明白的事。

这次他想了。

李木头以往随性而走，哪儿都能碰上那姑娘，现在他等在河岸边上，姑娘却没有来。他走上大路，有人正眉飞色舞，说书一般讲那武亲王家的小郡主偷跑出王府去见天下第一，亲王飞鸽传书，天下前十一起出动，把她给押了回去。

李木头想了想，上去问那人，武亲王府该去何处寻。得了答复，明了去处，谢过那人。

李木头往王府的方向去了，那人在身后，仍是眉飞色舞，说书般地讲那老剑仙的唯一弟子才刚下山，半招就败了天下第二。

李木头松了松手，握了握拳，心里想着这后半招，该是要出了。

（十）

天下前十尽聚王府，李木头抬头，却不见小郡主。

李木头站在台阶下，天下第二居高临下地望着他，面带微笑说："上次与小友山下一遇，得见老剑仙传下来的半招仙剑，一偿老夫多年夙愿，甚是快慰。今日你我再见，也是命里有缘，老夫终是要见全这一招。"

"出剑吧！"天下第二神色肃穆，剑气凝重，像是在命中注定的最后一战中，对着生死大敌发出的悲叹。

天下前十纷纷点头称赞这话说得着实可以，简约大方有内涵，李木头无论怎么接，都是落了下乘。结果李木头面无表情，不接这茬："前辈，我找小郡主。"天下前十听着他言下之意倒像是在说，我不找你，你别说话。

天下第二内息一岔，气势一泄，面上声色不动，冷笑两声，接着道："小友前几日拐走小郡主的事闹得江湖尽知，我等几人历尽艰苦才为武亲王寻回爱女，此刻亲王一家久别重逢，正享天伦之乐，难道小友还不能迷途知返吗？”

李木头听他说了一大段，每个字都听得懂，却又听不明白。李木头抬头，日头正晒，王府的匾亮得晃眼，天下第二脸上的神情看不清楚，但想来也不会是什么好脸色。他恭恭敬敬地又说一遍：“前辈，我找小郡主。”却只得了几声冷笑，就当作是应了他一下。

话好像是说不通了。李木头把视线慢慢往下移，一层层扫过这十级台阶，然后沉默地踏出了一步。

当！

天下第二拔出佩剑，直指而下。李木头低着脸，没人能看得见他的表情，也没人知道他只是想找小郡主，解释一下他说过的话。

“出剑吧。老夫念在你是小辈，让你一剑。”

李木头想该说的他也说了，师父真的就只教了他一刀，为什么没人信呢？

他沉默着又踏上了一步。

“小友莫非真是执迷不悟？现在老夫还可以让你先出剑，若是你再上前一步，休说老夫欺你年少！”

李木头想这天下走到这儿也是无趣得紧，等会儿见完了小郡主，怕是不用再往下走了。他看了眼王府的匾，看了眼匾下拔剑而立的天下第二，又看了看边上戳着的几位天下前十，最后说了声：“我不会剑，师父只教会了我一刀。”

说着，李木头右手搭上桃木剑尾，气势开始节节攀升，伸出腿，踏上第三级台阶。

“出剑吧！”

天下第二清啸一声，持剑而下。他吃准了这前半招抚剑蓄势耗时颇长，只要在李木头气势未成之前逼出他这一招，这一剑就有的破。李木头的右手，停在了剑尾不动。他看着天下第二俯冲而下，看着他的眼睛盯着手里的桃木剑，看着他一字一句地说“出剑吧”，心里只觉得荒唐可笑。

他不会剑。

他只会刀。

老剑仙当年教会他抚剑蓄势，又对他说：“我天生与剑相亲，一身剑气透体，虽说教你用刀，可举手投足间总是剑意。你若要出这一招，先得化我的剑意，凝练成刀。”

“出刀啊，李木头！”小郡主挣开武亲王，气喘吁吁地跑来，正见李木头一动不动，站着要挨砍。

好。那就出刀。

李木头右手从剑尾一路抚到剑柄，没有剑招，没有律动，只是简简单单地一路滑到顶，然后手掌张开，桃木剑脱离掌握，系在腰间随风而荡。

天下第二看着李木头的手抚剑而上，如行云流水般赏心悦目，心想：这小子莫非是自知来不及出招，自暴自弃了？念头还没转完，天下第二只觉面前仿佛生生炸开了一座山，没丝毫预兆，李木头的气势忽然暴涨，只一瞬间就碾过了上次的极限。

天下第二像是被那山砸中胸口，只觉得烦闷欲死，目光却瞥见李木头松开桃木剑，缓缓扬起了右手。那柄破烂桃木剑上冲天的骇人剑意此时尽在李木头的一只右手上，被他化作最精纯的“势”，在掌缘上来回流转。

老剑仙想跟江湖开一个玩笑，于是他教李木头这一刀。

老剑仙说：“李木头！来！师父教你一刀！”

然后抚剑蓄势，并指如刀。

出手，山河两断。

李木头右手化刀一斩而下，斩断天下第二手中的剑，斩断天下第二前进的势，斩断了跟前剩下的七级长阶，裂痕一路蜿蜒而上，一刀震得天下前十统统跌坐在地上。

老剑仙教给李木头一招，前半招抚剑蓄势，后半招并指如刀。

这一刀，叫作手刀。

（十一）

天下前十坐在地上，看看相互的狼狈样子，都很惆怅。

老剑仙当了六十二年的天下第一，临了教出来个徒弟，又不知要做多少年的天下第一。更可气的是他自己用剑，教徒弟用刀，教什么刀不好，偏偏教了招手刀。玩笑也不是你这么开的啊？天下前十哭笑不得，只好就这么坐着，看着李木头拾级而上。

武亲王看看跌得歪七扭八的天下前十，看看一记手刀劈出的蜿蜒四溢的裂痕，心里慌得要死，想着女儿果然说话算话，说去找天下第一真把天下第一找来了，说要拆家，还真把家给拆了。

小郡主看李木头朝自己走上来，一步三跳地跑下去，兴奋得满脸通红：“李木头你这一刀好厉害，他们还都不信，这下全被打趴了！”

李木头在小郡主面前停下，所有人都竖起耳朵听他一本正经地开口说：“我师父教我，夸一个姑娘不漂亮是对她的最高赞美。”

“哈，你就要说这个？”

天下前十和武亲王集体呆呆地看着他俩，心里骂老剑仙这人怎么这么爱开玩笑啊。

“哈，原来是这样。”小郡主恍然大悟，笑得上气不接下气，“那李木头，我到底漂不漂亮？”

“不漂亮。”

“那你娶不娶我？”

“……”李木头不说话。

“那这样吧。”小郡主狡黠地眨眨眼，扑上去一把抱住李木头的右手不肯放，“你先带我去那江湖里走一遭，这个问题我允许你以后再答。”

李木头想，兴许这江湖里也还有点意思，可能不用那么急着回山上。

于是他面无表情的脸上，嘴角第一次开始上扬。

“好。”李木头笑了笑，轻声答道。

恶市

◎杨寓程

我第一次去恶市的时候，砍的是第六根手指。

那年我刚满十八岁，迷上了毒品，因为家里穷，没钱买大麻的我只好去偷。我还记得那是个不正经的老头开的影像店，店内的角落里堆满了杂七杂八的三级片。那日放学时，我毒瘾突犯，于是生了歹心，冲进店里把老头打昏，将柜子里的钱一扫而空。

没想到的是，我的这些行为恰巧被一个路过的同学看到，很快我便被告发，学校要开除我，公安局要抓我，爹妈更是要把我生吞活剐了。

当天晚上，我被父亲追到了街上，父亲手里拿着擀面杖，恶狠狠地挥舞着。在我小时候，父亲就是用这根擀面杖将邻居家的疯狗给活活打死的。

我记不清当时我跑了多久，只知道在一片漆黑下我钻进了个胡同，再回头时，父亲已经不在了，而那条胡同也变成了气派的拱门，上书“恶市”二字。

接着，我身边突然冒出成百上千人，都朝着一个方向拥去，我身子骨瘦小，挤不动他们，只好压下恐惧，硬着头皮随人流而去。不知道过了多久，正前方突然出现了个台子，台子边站了个五大三粗的壮汉，壮汉手中，一把菜刀染满鲜血。

人群停了下来，大家开始一个个地走上台去，而上了台的人，头上、屁股上或是手上就会突兀地多出个红彤彤的器官，随即壮汉挥刀一砍，伴随着一声惨叫，那红彤彤的器官掉到地上，挣扎片刻后便化为一团血雾，没了踪迹。

我被眼前的景象吓得脸色惨白，挣扎着想要跑掉，可谁知那壮汉冲入人群，一把将我抓上台去，狞笑道：“第一次来吧？”

“救命！放开我！”我冲着底下的人群喊道，可他们却如木头般没有反应。我被壮汉拖到了台上，瞬间，一个红彤彤的手指便自我拇指与食指之间长了出来。

“别怕，人身上有不干净的地方，所以生来就会作恶，我帮你把不干净的地方砍掉，你的罪恶也就会被洗净了。”壮汉一边说着，一边挥刀砍下我的手指，剧痛传来，我险些昏了过去。

“好了，走吧，记住下次不要再来了。”壮汉推了我一把，我迷迷糊糊地向前走去，回过神时，父亲正站在我面前，不过手上的擀面杖却消失不见了。

此时的我已经完全清醒，我呆呆地看了父亲许久，才低声道：“爸？”

“你个小兔崽子！”父亲看起来一脸喜悦。“终于找到你了，快和我回家吃饭！”父亲一边说着，一边走上前来，将我一把揽入怀中，“下次啊，可别在外面玩到那么晚了！”

我被父亲反常的举动搞得发晕，可谁知第二天，更离谱的事情发生了。公安局不再抓我，学校不再开除我，而我的毒瘾，竟也随之消失了。

“你的罪孽消失了。”见着眼前的神迹，我的脑海中一遍又一遍响起了这句话。

打那之后，我的人生便一帆风顺，我靠着多次抢劫得来的钱开了公司，又靠着昧良心的生意将公司做大，这段时间，我去了无数次恶市，每一次那壮汉都会为我切下一个新长出的器官，并对我说一句：“记住，下次不要再来了。”

可下一次我还是去了，壮汉说切了那些器官人就会善良，不再作恶——他错了，作恶，其实是有瘾的。

所以这次，在我毒杀了竞争对手全家的罪行暴露后，我又一次来到了恶市。我已数不清这是第几次来这里了，我只知道，倘若有下次，那我一定还会来。

啪嗒，啪嗒。恶市里永远都在下雨，我将挂在睫毛上的水珠拭去，像往常一样，大摇大摆地走上了台去。

“大哥，”我冲着壮汉嘿嘿一笑，“这次是要砍哪里啊？”

和以往一样，壮汉依旧没有理睬我的俏皮话，而是提着菜刀盯着我看了许久，直看到我头皮发麻，冷汗直冒。

“大哥？”我察觉出了异样，小心翼翼地喊道。

“不行。”壮汉突然开口，“砍不了了。”

“不！”壮汉的话如惊雷劈到我身上，令我全身无力。我冲上前跪在壮汉脚边，哀号道：“求你了大哥，你一定有办法的，一定有的！”

壮汉神色凝重地看了我许久，才叹了口气道：“你身上已经没地方可砍了，不过要是你执意……”

“我执意！我执意！”我打断了壮汉的话，“你快砍吧！快砍吧！”

“唉，好吧。”壮汉将我扶了起来，“这次可能会和前几次不一样，你准备好了吗？”

“嗯！”话音未落，壮汉的刀便朝我脑门呼啸而来，接着剧痛传来，眼前一黑我便昏了过去。

醒来的时候我正躺在自己床上，灼热的阳光透过玻璃窗将卧室照得明亮无比。“呼……”我长舒一口气，慵懒地伸了下胳膊，或许是因为没睡好，颈脖处隐隐有些发疼。

“起来啦。都大中午了。”我拍了拍身旁的妻子，她似是有些不悦，撇了撇嘴，翻身用枕头捂住了耳朵。

“孩子气。”我无奈地笑了笑，往卫生间走去，准备洗脸刷牙。不得不说我的妻子是个美人，虽已年近四十，却依旧保持着二十来岁的容颜与身姿。就是脾气有些怪，孩子气且不爱出门，整日整夜地窝在家中。

“嗯……”疼痛再次传来，我将毛巾用热水打湿，敷在了脖子上。接着，我拿起了玻璃杯，对着镜子，准备刷牙。

哐当！我手一抖，玻璃杯落在了地上，摔了个粉碎。

“啊啊啊！”我尖叫着跌坐在地，双手被玻璃碴划得血肉模糊。我挣扎着从地上爬了起来，奔向家中其他的镜子，可每一块镜子，都呈现了和第一次一模一样的画面——我的头，没有了。从脖子发疼处以上，什么都没有了，只有空荡荡的一片，如同小说中的无头骑士。

“不可能！”我尖叫着冲进卧室，想从妻子处求得安慰。“丁零零……”正当我准备掀开被子时，桌上的手机却响了起来。

冷静，没事的，还有人给你打电话，说明那只是个幻觉。我强迫自己镇定下来，拿起手机，按下了接通键。

“喂？”我觉出自己的声音有些颤抖，却怎么也控制不了，“谁呀？”

“是我呀，老板，杨秘书。”电话那头的女声异常温柔，令我紧绷的神经稍稍舒缓，“下午两点的会您可不要迟到了啊。”

“下午两点有会？”我渐渐恢复了理智，商场如战场，没有个强大的心态，我又怎会在残酷的斗争中脱颖而出？“可是……我今天要陪我老婆，下午还得去我妈那里……”

“老板？”杨秘书突然将我的话打断，语带担忧，“老板，您是不是睡糊涂了？没事吧？”

“什么睡糊涂？”我有点发蒙，“你什么意思？”

“老板……”杨秘书欲言又止。

“说。”我咽了咽口水，做好了准备。

“老板……您别生气，可是……夫人和您母亲，早就去世了呀……”

“你说什么？”我顿觉脑袋一片眩晕，扶着桌子才勉强站稳。

“夫人她是两年前出了车祸……您母亲她……是三年前患了场大病。”

两年前？三年前？这两个时间如巨石般压在我的胸口，令我好似溺进了水中无法呼吸——我清楚地记得，这恰巧是我去恶市的时间。

刹那间，一个可怕的念头蹿入我的脑海。我冲出卧室，将沙发上的笔记本打开，在网页上搜索了我身边每一个亲近之人。

二十年前，我十八岁，哥哥坠楼身亡。

十七年前，我二十一岁，父亲路遇歹徒，身中数刀，因抢救无效死亡。

十五年前……

啪！我将电脑合上，瘫倒在沙发中。听筒里不断传来杨秘书担忧的声音——等等！杨秘书？我的秘书压根不姓杨！

“你……你到底是谁？”我举起手机，颤抖地发问，我明白自己已在崩溃的边缘，随时都可能疯掉。

“哈哈。”杨秘书的声音忽然变成了粗犷的男声，“我说过的吧，下次，不要再来了。”

是那壮汉！我顿觉浑身刺冷，如今，我总算明白了恶市真正的含义，哪有什么多余的器官，哪有什么侥幸逃脱，只要作恶，便迟早会付出代价。

“你……你到底想干什么？”此时的我已喉咙紧锁，快要说不出话来。

“不干什么。”壮汉笑了笑，“只是再提醒你一次，下次，不要再来了。”

嘟……

啪！我手一软，手机掉在了地上，碎裂的黑屏上映出我的倒影，空荡荡的，没有脑袋。

中毒

◎ 匡霞

夜色朦胧，天空几片黑云飘来荡去，没有繁星，没有月光。

桥那头高楼大厦五彩缤纷，灯红酒绿，连人都容光焕发，对他们而言，到了夜幕降临才是开始。而桥这边漆黑一片，街道上寥寥几人，偶有从窗口冒出的昏黄灯光，也闪烁几下然后熄灭了。

王老根抱着酒瓶摇摇晃晃地走在路中间，向桥那头望了一眼，打了个酒嗝，又喝了一口酒，像扭着秧歌一样继续走着。一辆汽车从王老根身后开过来，把王老根的影子拉得好长好长，原本黑漆漆的路上，亮堂得像刷了金色的油漆。

哔……哔……哔！

呲！一声尖锐的刹车声仿佛划破了天际，回声还缭绕在空中迟迟不肯离去，路旁的老旧楼里传来窸窸窣窣的咒骂声，而王老根仿佛只身一人处身于桃花源境，外界任何都与他毫无关系。驾驶座这边的窗户摇下来，一个西装革履的男人探出头来对王老根大喊，而王老根无动于衷，拿着酒瓶继续摇摇晃晃。

咔嗒一声，后车门开了，女人的高跟鞋嗒嗒嗒地响，越来越接近王老根。女人一把搂住王老根，拉着他往路边拖，然后扑通一声跪在王老根面前，嘴里嘀嘀咕咕地说些不知道是什么的话，车灯泛黄的光照在女人脸上，满脸惊慌掩盖了精致的妆容。路边的树叶被风吹得哗啦啦响，几片绿色早就淡去的叶子飘落在王老根脚边，王老根好像清醒了，看了车一眼。驾驶座上的男人连忙把头缩回去，啐了一口，驾车离去。女人松了一口气，王老根却躺倒了下去，打起鼾来。

王老根醒了，眯着眼看见光从窗户透进来洒在地上。王老根揉了揉眼，宿醉使得他痛苦地按了按头，又挠了几下乱蓬蓬的头发，站起身，看见一个女人倚靠在门框上，看着门外。王老根看了屋内一圈，才反应过来这并不是他的家，不过自己在外面留宿惯了，也没什么大不了的。想想也是，自己家怎么可能有女人？

或许是听见了响动，女人转身，看着王老根，说：“你醒了。我就是想说句谢谢。”

女人的脸还是昨晚的样子，怕是一宿未眠。她深深地鞠了一个躬，转身欲走，王老根开口：“谢我什么？”话说出口才发现自己仍然满嘴酒味，连忙捂了捂嘴，又想着反正相距挺远，没什么关系，又继续说：“你是谁？”女人回头，打量王老根一眼，说：“一起吃个早饭吧，不过先去你家洗漱一下。”

王老根没觉得唐突，没人会来骗他这么一个穷鬼。

“我叫叶冉。昨天晚上要不是碰到你……我不知道会被那个浑蛋拐到哪里去。”王老根走在前面带路：“王老根。”

王老根走进了一个不知是被岁月还是被上几辈人摧残得不堪的旧房子，楼梯被王老根踩得嘎吱响，叶冉战战兢兢地跟着上了楼，生怕过于用力就踩空了。打开门，家里并没有叶冉想象的那么凌乱不堪，只是桌上倒着不少酒瓶，看来王老根真的很喜欢喝酒。

王老根进门径直走向卫生间，洗漱一番，出来对叶冉说：“我这儿没有新的牙刷毛巾，你用水洗洗脸吧。女人不卸妆对皮肤不好。”说完就出门了。

叶冉走进卫生间从包中拿出了卸妆水。

王老根回来的时候，叶冉已经坐在客厅了，妆淡淡的。叶冉笑笑：“卸了，新化的。”王老根没作声，把桌上的酒瓶收拾到地上，空出桌面来，拿了块抹布擦了擦桌子，把买来的早餐放在桌上，从旁边端了把小凳子坐在桌旁。

“我从那边来。”叶冉指了指桥的那边，“在那儿读大学，但我不是那里人，我的家乡，和你们这里很像。我快毕业了，找不到工作，找的是中介，交了不少钱，他们给我介绍的工作地点好远。我出门打了个的士，没想到的士也是中介家的，喝了他们那里的水，幸好只抿了一小口。醒来的时候就发现在这里了，刚好车停下来，我就跑了出来，包里的钱手机什么的都还在。昨天晚上和你说的差不多就这些，不过你知不知道昨天晚上发生了什么？”

王老根摇了摇头，叶冉只得叙述了一下经过。

王老根站起身：“都凉了，快吃吧。”

叶冉从包里拿出十块钱，放在桌上，从袋子里拿了个包子，放在嘴里之前说：“我不喜欢欠别人东西，这是早餐钱。没有别的意思。”

“我知道有点奇怪，但我……你能不能陪我去找那个中介？”叶冉放下包子，站起来说，“你是唯一的见证人……”

王老根看了叶冉一眼，望着窗户外的桥那边：“你先吃早餐吧，吃完再说。”

叶冉只好坐下，开始吃包子：“看你四十多了，怎么还喜欢喝酒？”

“昨天是我一个朋友的忌日。”王老根头都没回，好像不愿意别人看见他此刻的表情。

叶冉没说话，她不知道说什么好。可王老根一开头，就开始了一个故事。

“其实也不算什么朋友。第一次见她，她刚搬来这附近，敲门打招呼，正巧是过年，她就给了一盒她自己包的饺子，已经煮好了，还配了酱汁，后来我再没吃过那个味道。过不过年我每天都这样过，听着外头烟花漫天、爆竹四处响，我就坐在家里看电视，播了什么不知道，只当是有个会说话的东西陪着我罢了。

“她长得也不算特别好看，但是我看见她就会觉得一切都明朗起来。

“她在楼下开了家便利店，我常去她店里买东西，其实都是些不怎么需要的东西，我只是想看看她。她一个外乡人，这里不是好人的多了去了，我怕她受欺负。

“有一次拿了一包护垫，我以为是卫生纸呢！她笑我，笑得花枝招展，我挺不好意思的，但看到她的笑也觉得值了。”王老根环视了一遍屋子，指着挂在墙上的十字绣说，“你看，她绣的，手多巧。”

“她送给你的吗？”叶冉走近看，很大的“家和万事兴”五个字，并不熟练的针脚，明显地感觉到不是出自专业人士之手。

“挂在她店里卖的，她绣完高兴得要命，我正巧去她店里买米，就被拉着去听她炫耀了老半天。我把米拎回家后又来她店里，把十字绣搬了回来。她问我是不是悄悄成了家，我说备着以后用。

“其实我哪有结婚的准备，连个对象都没有。”叶冉仿佛听见一声自嘲的笑。

“过了几天她和我说她开始绣《清明上河图》，我笑着说那我不是从现在就要开始攒钱啦，她白我一眼说才不卖给你，这是绣给我儿子的。”

“你为什么不告诉她，你中意她？”

王老根回头看了一眼叶冉，又转头望向窗外，冷笑一声：“你也知道的，我这样的人，哪里配得上她。”叶冉便不说话。

“妹子，人心险恶啊，你被中介骗了，还跟着来我家，不怕我是坏人啊？”王老根站起来，“我陪你去报案，中介那里就不要去了。”

“我打电话叫辆车。”

“还是走路吧，不远。”

叶冉愣了一下，把手机放回了包里。

“后来呢？后来怎么样了？”

“后来她结婚了，她店里我就去得少了。”

“……”

“对方也是个外乡人，来她店里打工的。没举行什么仪式，有一天她突然告诉我，她结婚了，虽然……我还是祝福了她。看她过得还好，我就没再常去她店里，见她见得也少了。”

“她是怎么……”叶冉话刚出口，又咽了下去。

“昨天以前，我一直以为她是病逝的。她走以后，我没再去过她的店所在的那条街。昨天没办法要路过她的店，看见那里已经换成了快餐店，就坐下吃了点东西。”

“听到邻桌的人议论，说她是……”王老根哽咽了一下，“莫名其妙地死了。事情过了那么久，听到关于她的消息我还是一惊，筷子掉在了地上，我连忙捡起来，都没换一双，假装继续吃。邻桌的人没有注意到我，那人兴致勃勃地和别人讲。”

……

“你们知道吗？这里以前是家便利店，那个店主莫名其妙地就死了。知道她怎么死的吗？解剖时法医在她胃里发现了老鼠药！”

“你怎么知道得这么清楚啊？可不可信啊？”

“当然可信了！我舅舅在公安局上班，当时那个案子就是他处理的，他亲口告诉我的，还会有假？当时啊，那个女人家里还残留着煤气味，那女人不是自杀的，是被她丈夫谋杀的。”

“怎么谋杀还用两种方式啊？老鼠药还开煤气。”

“这么说来简直就是好玩了。他们两个啊，都想杀对方！”

“那那个男的死了没有？”

“没有，听我讲。他们长久积累起来的矛盾，导致两个人都互相厌恶对方，她丈夫嫌弃她天天不做饭，她又嫌弃她丈夫没本事，两个人同时起了杀意。女人啊，就是那个店主，难得做一次饭，在饭菜里下了老鼠药，等着丈夫回来吃，自己在家睡着了。她丈夫回来发现她睡着了，偷偷打开了家里的煤气罐，然后出了门。”

“这样的话，女人应该是煤气中毒啊，怎么会是老鼠药中毒呢？她总不会自己傻到去吃被自己下了毒的饭菜吧？”

“没讲完你别着急啊，她丈夫出门没多久就后悔了，赶快回家把门窗打开透气，女人中毒不深，醒来后只是有点头晕，于是还在床上躺着。男人什么都不敢说，小心照料女人，给她热饭，喂她吃。估计女人吸煤气糊涂了，吃了被自己下了毒的饭菜，口吐白沫就死了！吓得男人去报了案。”

“男人有没有被抓？”

“没有啊，男人知道真相后疯啦，这里……有病，得了精神病。”那人指着脑袋说。

王老根听到这里猛地站起来，转身就走，买了一箱啤酒，扛到家里喝，一个人喝到晚上，愣是没醉，又出门去了一家破破烂烂的酒吧，花光了身上所有的钱，喝了不少混酒，喝到店关门打烊，然后碰见了叶冉，而现在站在她的店前。

……

“你看，这是她以前的店。”

叶冉顺着他手指的方向看过去，卷闸门上布满灰尘，门边角上全是大大的蜘蛛网，而店的招牌还是××便利店，被阳光晒得有泛旧的颜色，哪有什么快餐店？叶冉正想开口问。

“王老根！昨天找你半天没找着，去你老婆的墓地也没看到你，跑哪儿去了？”一个人从对面走来冲王老根喊着。

叶冉想起在王老根家桌子下的盒子里看见的刚起针没多久的《清明上河图》。

香水

◎ 喻听话

（一）

“我前世是个卖香水的。”

我第一次见到严子吟的时候，她就是这么介绍自己的。她是一个流传在小圈子的秘密，不开淘宝店，不做微商，只靠电话和买主一对一联系，东西奇贵，但是供不应求。

严子吟的东西跟别人不一样，她只卖自己调的香水，专门卖给世上爱不得、求不得的痴男怨女。她和我见面约在一家很难找到的小咖啡厅里，整家咖啡厅飘着诡异又慵懒的音乐，听得我起了一身鸡皮疙瘩。

她坐在我对面，穿着一身洛丽塔风的洋装，裙摆层层叠叠，领口手腕都是系带蝴蝶结。她长着一张娇滴滴的清水脸，皮肤是白瓷一样的白，看起来不过十五六岁的样子。但是据介绍人说，她应该已经有四五十岁了。一个永远长不大的老人，住在这副少女壳子里的是一个已经窥尽世事的灵魂，想到这个我隐隐感觉到背后一阵发凉。

“我十五岁想起来上辈子的那些事情以后，我就不长了，样子也没有变过。”她一开口，依旧是奶声奶气的娃娃音，但是语调里有一股看破红尘的无力和苍老感，听着像个坏脾气的老太太。她看穿了我在想什么，狡黠地眨了眨眼睛。

“这辈子，我还是靠着调香这门手艺活着。而且，卖得比以前好多了。”

“好了，告诉我，你喜欢的那个男人的事情，我会调出一款让他喜欢上你的香水。”

（二）

如果不是走投无路，我也不会病急乱投医，来找严子吟。

我爱我的学长，方泽，自我大学第一次见他，就喜欢他。但是他心有所属，对女朋友是情比金坚。我一个墙脚挖了五六年，他自纹丝不动。有消息传来，他在准备婚礼，我觉得再不下手我就永远没有机会了，正绝望的时候，有人把严子吟推荐给了我。

我看了看，这瓶花了我三千块人民币买来的能让方泽爱上我的香水。三千块很贵吗？其实不贵的。我找过那些情感专家、约会高手，有人信誓旦旦地承诺两万块能帮我设个局，让他爱上我，最后还不是功亏一篑。

礼盒里的香水，瓶子是黑色琉璃制成的，看起来很有格调，但是那种黑看久了会让人很不舒服，死气沉沉、阴森森的黑，会让人想到深夜的墓地。

这是一次大的聚会，算是我们一群大学朋友提前给他办的单身派对，在这种场合送一瓶香水不算奇怪。方泽接过盒子，他微微笑着向我致谢，对我依旧像是对一个熟悉的、关心的小学妹。

“学长，不试一试吗？我觉得你肯定会喜欢这个味道。”

他打开瓶子，香水落在他的手腕上，渗透进他的皮肤里，那股气味像是藤蔓，会顺着他的血液，沿着密密麻麻的血管向上攀爬，直到钻进他的心里，他的脑子里。

他不知道这瓶香水的秘密，不知道我为了配合严子吟调配出这瓶香水费了多少的心思。

严子吟的话在我脑海里响起：“前调，是炒菜油腻的烟火味道混着他女朋友早上刚刚起床时候的口气，有一点呛，混合着胡椒、豆蔻；中调过渡到黄昏时候刚刚下过雨，你们大学的味道、青草香、书墨的味道，还有女孩子洗完澡的那股肥皂香；后调是木质香，混合着烟草和你皮肤上情欲的味道。”那些气味，那些情愫，他会一点点呼吸到，感受到。

KTV 里唱歌的、喝酒的、聊微信的、窃窃私语的，说是为了他办的单身派对，其实没有什么人真的关心这场狂欢到底是为了谁。躲在角落的我眼神灼灼地盯着他，他是我的，他一定会是我的，我一遍一遍在心里和自己说。

人声嘈杂，所有人喝得晕晕乎乎的，笑闹欢呼，我悄无声息地坐到方泽的旁边，把酒塞到他的手里，看着他的眼神一点一点飘起来。他身上的香水味道混杂着酒精、烟草的味道，钻进我的鼻子里，很好闻，是我想象中他的气息。

我抽了抽鼻子："我选的香水真的很适合学长你呢。"

方泽一句话都没有说，他的眼睛一直落在我的脸上，好像是第一次见到我，那种眼神竟然有点像是我的，狼盯着猎物一样急切。有人在唱："你身体却在拼命逃，当欲望在燃烧，你爱我还是他……" 悄无声息地，我的身体落进方泽的怀里，真的贴近他的瞬间，我居然觉得像是浮在海上一样。

那一晚，我终于如愿以偿了。

（三）

借由严子吟调配的香水，方泽居然真的如她所说的那样，一点一点地爱上了我。他背着未婚妻和我约会欢好，他的吻从我的脖子一路落到后背，一遍一遍在我耳边呢喃爱语，情真意切，至死方休。

但是，大概是严子吟配的那个香水留香太短，到了晚上不管我多么努力地要留下他，他都是要走的。香水维系的爱和欲望消失了以后，离我而去的方泽看起来总是显出一副疑惑又难堪的样子，有一次简直是落荒而逃。

他就是不够爱我，这瓶香水带来的爱的程度，只够撑起他把我当成一般随时能吃的可有可无的菜。我犹豫了很久，难道离开了这个香水，我就要失去方泽了吗？我做了一个试验，让方泽两天不用那瓶香水，情浓时候他对我百依百顺，就答应了。没想到两天以后，香消情淡，我给他打电话他都不愿意再接。

惶恐之下，我又一次打通了严子吟的号码。

“你花了三千，自然也就是三千的效果。”电话那头，严子吟的声音甜得腻人，“你要是想捆住这个人，这个价钱的香水肯定是办不到的呀。”

“你出个价吧，只要我付得起。”我要方泽，要的不是露水姻缘，我是要这个人和我一心一意做长久夫妻，为了这个付出再大的代价也值得。

“这就不是钱的事了。”严子吟低低地笑了起来，“这样吧，拿你十年的美貌来换好不好？只要十年的美貌，换他爱你，多值呀。嘻嘻，姐姐你不会舍不得了吧？”

“我……”

“反正就算你不好看了，有香水，他也是爱你的呀。”严子吟的声音像是一条滑腻腻的毒蛇一点一点缠上了我，慢慢地收紧，胸有成竹地要把我吃下去。

“好。”

只要你肯爱我，拿什么去做交换，我都是心甘情愿的。

我从严子吟手里拿到了第二瓶香水，依旧是在那家小咖啡厅里见面，那里轻飘飘的音乐依旧折磨得我头疼。她笑嘻嘻地拿出一份合约，让我咬破手指按上血印，然后划了根火柴把合约烧成了一把灰。

“其实要是别人的话，我才不卖得这么便宜呢。主要是姐姐你的皮肤真好呀，我第一次见到就很想要了呢。”严子吟依旧是一身洋装，长长的头发打着卷散下，眼睛亮闪闪的，皮肤比我们第一次见面要有血色得多了，看起来越来越像天真无邪的小姑娘。

我看着她的脸，突然想明白了，她并不是不会衰老，她只是在榨取别人的青春来留住自己的美貌。

我的眼神落到了咖啡厅的窗户里，在玻璃里倒映出的我，好像一瞬间苍老了十岁，容貌衣着都是我，只是那股属于衰老的感觉竟然一下子就附上了身。

“不用担心，姐姐你还是很漂亮的。这瓶香水给你，保证你会得到你想要的。”

我的手紧紧抓住那瓶香水，微微发抖，这是我交换了十年的青春、十年的美貌换来的一切，这下方泽应该会彻底地爱上我了吧。

（四）

方泽的婚礼如期举行了，只是新娘临时换成了我。在所有人的哗然和非议声中，我握着捧花，穿着白纱成了我爱的男人的新娘。

新的香水真的效果显著，留香时间分外地长。方泽恨不得日日和我缠绵在一起，果断地和前未婚妻一刀两断，眼里心里只有我一个。

我们在祝福声里交换戒指，接吻，我抱住方泽，把头埋在他的胸口:“方泽，我爱你，千万千万别离开我。” 他抱紧我，用最大的力气抱住，在我耳边温柔地说着所有的情话：“我爱你，我觉得我自己都不知道为什么，但我就是特别爱你。我不会离开你的。”

他不会离开我的，有那瓶香水在，他会一直一直都爱着我。

我们结婚了，我真的成了方泽的妻子，我心甘情愿地围绕在他身边忙忙碌碌，每天下班以后给他翻着花样做饭，给他整理衣柜，收拾东西。

那瓶香水，就摆放在我的床头，我把它喷上爱人的每一件衣服、每一寸肌肤，渗入他的骨血里。但是，那种诡秘的香气迟早有一天是会散尽的。某天晚上回来，我打理着明天方泽要穿的衣服，想喷些香水的时候，发现那个瓶子里的液体已经所剩无几了。

一时间，我竟然有天旋地转的感觉。

方泽下班回来，看到我失魂落魄地坐在沙发上，手里抓着香水瓶子，问："不是说今天吃火锅吗？没做吗？老婆？"

我抬起头看他，方泽好像一点都没有变，他含着笑看我，漫不经心地把我搂进怀里，和昨天、前天、过去两年里的他没有任何的不同。我咽了一口口水，哑着嗓子问："方泽，你爱我吗？"

"说什么傻话，我当然爱你了。"方泽笑了，"好了，起来，我们做饭吧。你抓着这瓶香水做什么？我上次用感觉快没了，找时间你再买一瓶吧。"

我恍恍惚惚地起来，点点头说："是，我得去再买一瓶。"

（五）

出乎意料的是，我突然联系不上严子吟了，她的电话再也打不通，我跟知道她的所有人打听消息，却一无所获。我焦虑得整夜整夜失眠，白天甚至没办法好好工作，所有的心思都用在寻找严子吟这件事上。那瓶空了的香水摆在床头，像是一只鬼眼，时刻提醒着我再没有办法捆住我的爱人了。

方泽无法理解我的焦虑和恐慌，我也没有办法解释，我们日常的争执越来越多，每次下班他回来看到我显得越来越没有耐心了。他看我的眼神越来越冷淡，回家的时间也越来越迟，就算是回来了也抓着手机不放。

等我意识到方泽身上的香水已经换成我从没有闻过的味道的时候，一切已经太迟了。

“我们离婚吧。”

“你不爱我了？方泽，你说过你不会不要我的。”我死死地抓住方泽，像是疯子一样逼问他。

“你发什么疯！我从来没有爱过你，我过去是瞎了眼，我也不知道自己在想什么。但是我现在想清楚了，我对你一点兴趣都没有。”方泽不耐烦地扯开我的手，用力把我推开。我向后倒去，撞到了床头那瓶香水，玻璃碎了一地，扎进我的手心里，血肉模糊，心如刀绞。

“我走了，离婚协议放在桌上，你自己看吧。”

砰的一声，他看都不看一眼就摔门而去，整个屋子里只剩下抱着满手伤口、任由血和眼泪一起流的我。

突然，我的手机响了起来，严子吟三个字在屏幕上闪烁。我疯了一样抓起手机，严子吟的声音响起来:“小姐姐，听说你最近一直在找我呀？你的香水用完了吧？来吧，我在老地方等着你。”

我抓起包和外套就往外面跑，一定要找到严子吟，只要找到严子吟，一切就都会解决。有了香水，方泽就会回来了。

还是那家咖啡厅，飘荡在空中的音乐搅得我头疼，撕裂一样的疼。但是没办法，我得进去。我推开门，咖啡厅里拉紧了窗帘，一点光都不透进来，空荡荡的房间当中坐着洋娃娃一样笑得让人毛骨悚然的严子吟。

“小姐姐，你终于来了呀。”

严子吟笑眯眯地看着我，她那张甜美动人的脸，此刻看起来居然像是索命的恶鬼。房间里的香味浓得让人喘不上气来，血腥味，夹杂在花果香里的血腥味越来越重。我的手开始发抖出汗，但是一步都走不了，她身上诡异的香味把我的力气抽走，我顺着墙滑了下去，跌坐在地上。

“你知道吗？其实每个人天生就是有香味的。”她从椅子上跳下来，轻盈又愉悦地踮着脚走向我，“比什么花果海洋烟草都要好闻的就是人的香味。”

她手上拿着一把尖刀，默无声息地捅进我的胸口。严子吟用手指沾了点血放在嘴里咂摸了一下：“小姐姐，我真的特别喜欢你。你闻起来特别香，而且你很蠢。

“我收集过很多很多人的味道。但是像你这样，又蠢又心急，容易上钩的，还挺少见的。你记住，人千万不要贪心。太执着于自己得不到的东西，不会有好下场的。”

她的声音越来越轻，像是催眠一样，我的血涌了出来，意识一点点飘散。

（六）

“昨天的新闻你看了吗？说是上个月歇业的那家咖啡厅发现了一具尸体。说那女的是因为老公出轨，想不开自杀死的。但是特奇怪，搁了一个月，尸体不见臭，说是屋子里特香。”

便利店的收银台前面排着长队，一群端着速食盒饭的白领叽叽喳喳地聊着天，说着说着就聊起了最近发生的凶杀案，将细节说得活灵活现，好像是亲眼所见一样。

一个穿着华丽洋装的少女走进店里，从闲话的女人身边擦肩而过，她走过之处留下了一阵甜腻的香气。几个闲话的女人互相瞥了瞥，眼神交流了一下对这个穿着奇怪的小女孩的鄙夷，继续大声聊起来。正对着货架，看上去在认真挑选饮料的少女嘴角微微勾起，她的手伸进口袋里摩挲一下自己的新香水："她们在聊你呢，不知道这些人里面会不会有人把你买走啊。"

结完账的几个女人说笑着准备走出便利店，有人回头想再打量一下那个一身洛丽塔打扮的小女孩。发现她正笑吟吟地望着她们，不知道为什么，看到她的笑容，她们突然觉得阴森森的，浑身打了个冷战。

"咋了？"

"没什么，快走吧。"

手机突然响了，有新的客人找上门来了，她按下通话键。

"喂，你好，我是严子吟。"

永生之酒

◎ 姚一十

（一）米铺

自我有记忆以来，我爹便经营着一家米铺。镇上的人都说，我爹是镇上最懂米的人。

他知道几分米添几分水煮出的米饭最是可口，甚至掬上一捧，便能判断出陈米存放的具体年岁。

我从小便觉得我爹是个神奇的人，受了虫灾被蛀得只剩一半的米、遭了水灾长势不佳的米总会被他从各地高价收罗回来，然后四处奔走，送到合适的地方去。

合适的地方是我爹的原话，他曾说虽然我家仓库好像有卖不完的米，但这天下之大，总有人食不果腹。

我一出生便没有娘，儿时总不愿我爹各地奔波，往往他苦口婆心地向我解释去处，我却只会哭闹着说：“这又不是你的天下，天下间有人食不果腹又与你何干？”

我的哭闹一般都不会奏效，他外出的时候总把我托付给米铺旁卖豆腐的阿婆，然后留给我一幅娘亲的画像。画像中的娘亲是我见过的最好看的人，她站在桃花树下，穿一身绿色衣裳，扛着一把小小的锄头，有瓣桃花正飘上肩头，就像是说书人口中手植桃树的桃花仙人。

后来，卖豆腐的阿婆与世长辞，我无人照应，爹便不再频繁出门。偶尔听经过镇子的旅人谈起，先帝崩太子即位，我坐在米铺前看着翻着肚皮晒太阳的三花猫，想着我爹这么关心的天下，不知不觉又换了个人来管。

（二）少年

新帝即位两年，镇子北边的几个乡遭了蝗灾，颗粒无收。我爹从逃荒来的三两个灾民口中听到这一消息，第二天便请了镇上的几个青壮年，从仓库搬了两车米往北边而去。

我已经不是当年只知哭闹的孩童，我爹离家的时候，米铺照常经营，只是这几日来到镇上的灾民渐渐增多，我爹不太放心，在第二次赶回来取米的时候嘱咐我关了米铺。

受灾的地界远比我爹想象的要大，他急匆匆回来便又离开。

不用顾着米铺的日子，我索性窝在柜台后面看些闲书。日光从店面的门板中透进来，偷看的《西厢记》正翻到莺莺私会张生，便听到米铺外有人叩门。

“请回吧，这几日不卖米。”我搁下手边的《西厢记》打算把来人打发了便接着消磨时光。

谁知门外的人听了这话，却是接着轻轻叩门：“姑娘，我不买米，请问店里可否沽酒？”

虽然我爹总会按时给街边的酒家送米，酒家掌柜也常夸我家的米酿出的酒最为香醇，但我爹从不饮酒，就是掌柜送的谢礼也是一概不收。

“街角右手边便是酒家。”我打开铺子，给门口的人指路。拆开一块门板，便见着一个好看的少年。

他穿一身白色的衣裳，微微颔首便向街边而去。

他和这个镇上的所有人都不一样，见到他的第一眼我就知道。

我看见他被风吹起的衣角，莫名想起那幅画像上我娘和着花瓣一起飞舞的那袭绿衣。

（三）乞丐

我正欲重新关上米铺，门板却突然被人拉住。那是一双太过粗糙的手，以至于之后我见到那样一个瘦骨嶙峋的人都没有过于吃惊。

他手中拿着一根竹杖，我寻思着他可能是沿路寻些接济的乞丐，又或者是一路逃荒而来不得已成了乞丐的灾民，便留了他在米铺外，转身去厨房盛了一小锅今晨熬的小米粥。

我爹外出的时候我总是懒得下厨，只有粥和先前腌制的小菜可以招待。那人虽然看着像极了乞丐，吃饭的时候却是细嚼慢咽，很有涵养。

“你爹把你教得很好。”他吃完一碗粥，突然抬起头来看我。

这是一个非常奇怪的乞丐，他全身都脏兮兮的，好似半年都未曾盥洗，整个人都灰蒙蒙的，但他看人的眼睛又极其有神，亮亮的，仿佛能看透人心。

我一直待在这个小镇，未曾见过这般奇怪的人，更不知该如何应付。只好装作没有听到他的问话，给他又添了一碗粥，便先回了柜台。翻到一半的书依然摊在柜台上，那人不知为何跟了过来，见着柜台上的书突然提醒我说："不要相信风度翩翩的少年，那是披着人皮的狼。"

我不懂他说这话的意思，但被一个陌生人撞破在看这样的书，窘迫得一把将《西厢记》塞进后面的木匣，然后便想送客。

那人也是十分有分寸，在我开口之前自己便起身告辞。

我回后面拿了些干粮，在米铺门口，他接过干粮，抬起头来直直地看着我，那是我爹看我时才会有的慈爱。

他说："阑阑，我曾和你娘亲有过数面之缘，记住我刚刚的话，总无害处。"

阑阑是我的闺名，取自我娘的名字，我娘名唤阑珊，是个有些凄楚的词。我正欲问那人我娘是个怎样的人，他却朝我挥手，提着竹杖消失在了左边街角。

（四）永生

街边无主的三花猫喵喵叫着来寻吃食，我把小锅里剩下的米粥舀进米铺外给它备着的木碗里，它埋着头舔着粥，一边左右甩着尾巴。

我从房子取了篦子轻轻给它去着跳蚤，上方传来一个好听的声音：

“从酒家仓库里寻来的梅子酒，不知姑娘可愿共饮？”

我抬头，先前找酒家沽酒的少年提着两个褐色的酒壶去而复返。酒家自酿的梅子酒，取六月摘下的青梅，入口清凉，香甜之中泛着丝丝酸意。

家里无菜下酒，他说不如就着清酒闲谈，于是一人一句，说些无关紧要的小事。

他说他从京城而来，说那里有最繁杂却最不好吃的糕点。

我告诉他镇上哪家包子铺的包子最是皮薄馅大，什么时辰过去才能刚巧赶上包子出笼。

他带着笑意说这镇上有珍宝，我举起酒喝上一口，偷偷打量他的衣着。他衣服上有祥云暗纹，那是镇上最贵的布料都没有的织法，和我娘画像中的衣服质地很像。

我一边漫无边际地想着我娘是不是也是从京城而来，一边觉着这梅子酒肯定像极了莺莺私会张生时的那副心境。

酒酣耳热，他说他素爱饮酒，有人共饮很是高兴。

不知是不是酒气熏人的缘故，我连耳朵都是红的，热得只会轻轻点头。

他问：“你可曾听闻世有奇酒，饮后可得永生？”

我将醉未醉，迷迷糊糊地回答：“纵有永生之酒，得了永生又当如何？”

（五）流民

之后少年时时找我饮酒，我已经知晓自己酒力深浅，不再贪杯。

过了半月，我爹未归，向从那边过来的路人问起，都说一路未曾见人施米。我只身守着米铺无人商量此事，找了街边酒家的伙计打算托他替我走上一趟，寻到我爹让他尽快归家。

在酒家正好遇到来沽酒的少年，他问了缘由让我别急，先托了人帮忙打听，并说再等上几日若是还无消息，便和我一起过去寻找。

心神不宁地等了三日，他的朋友带回一位和我爹一道出门的街坊。靠着体力吃饭的青壮庄稼人，被带回的时候断了一条腿，豆大的泪珠流过青肿的脸。

我爹他们在路上遭了抢米的流民，大伙来不及解释那米的用途便被打了个措手不及。那些灾民为了些米拼了命，我爹怕是也丢了命。得了消息我顾不上悲伤，收拾了包裹去寻我爹。要带的东西很少，无非是一些衣物碎银以及我娘的那幅画像。

少年怕我悲伤过度，一路上与我做伴。我也不知自己是不是难过，只是觉着我爹一定没有过世。

直到在一个破庙里见了我爹的尸体我才觉得天仿佛塌了下来。

“姑娘，之后有何打算？”同行的少年这样问我。

我自小与爹相依为命，如今我爹惨死异乡，我还能有何打算？左不过不想放过那些行凶的流民。

县衙外的鼓敲了三遍，我进了公堂跪求大人做主，磕破额头却只得到会尽力抓捕那群流民的许诺。

幼时我爹告诉我，天下间总有人食不果腹，后来我见识过食不果腹的人，我爹却再不能牵着哭闹的我回家。

（六）天子

之后，沽酒的少年带着我往京城去，他说县衙不愿管的事情，世上总会有人管。一路他变着法儿地寻了不少好酒，我时时独酌，想起自家仓库里堆着的米和用我家的米酿酒的那个酒家。

兴许是饮酒伤身，半路我病了一场，行程不得已耽搁下来，他说自己先行上京打点，雇了两个丫头来照顾我。

客栈后面种了许多桃树，昨夜下雨打落了不少花瓣，我身子好了一些，便下楼捡花瓣。他雇回的丫头很是机灵，见我捡花瓣便立马回房取了布兜，兴冲冲地问我可是想酿桃花酒。我不会酿酒，但未尝不可一试，于是差了她们一人去买米，一人去买罐子。

花瓣堆满布袋，正欲回房又遇上先前在小镇见过的那个乞丐，他凑过来想与我说话，却听见去买米的丫头脆生生地叫我。我不知道他躲些什么，远远见着丫头回来便撞了我一下，替我捡起被撞掉的布兜，然后就没了踪影。

捧着米的丫头问我遇见了谁，我说不过是个乞丐，便回房打算歇着。

我躺在床上看着装满花瓣的布兜，想着那乞丐的古怪举动，打开布兜一看，里面有一个大大的纸团。那是一封长长的信，上面的字迹十分好看，和我娘画像上题词的字体如出一辙。

信中写了我爹、我娘和他的年少相遇。那时我娘是相府不受宠的小姐，他是当朝太子，而我爹则是酒正之子。

传言酒正之家世代酿酒，更有酿造永生之酒的秘籍。后来太子即位，年轻的天子为求永生，将曾许诺娶进宫的我娘赐给了我爹。

娘亲成婚后郁郁寡欢，生下我后终于病逝。我爹献上永生之酒，带着襁褓中的我远离京城，从此再不酿酒。

我的出生仿佛是一个巨大的骗局，那位乞丐皇帝将一切我相信的打破，在信的末尾告诉我说："与你同行的乃是小儿，他防范甚严，我守了半月才得以与你接近。另外，先前流民早已被朝廷收管，流民作乱只是幌子。"

是啊，怎么会有这样的人，时时寻我饮酒，见我无依不嫌拖累带我进京。那对父子都是一个样子，为求永生费尽心机。

（七）缺憾

五月，天子在宫中收到传信，安置在客栈的姑娘差人买了新米、陈米各半捧，闭门不出一个多月，酿得半瓶米酒。

据宫人说，收到传信的天子很是开心，放下了手中的政务打算亲自前往客栈接姑娘与酒入京。

宫人又说，可惜那位姑娘福薄，还未等到天子赶到就已油尽灯枯。踌躇满志的天子只带回半瓶米酒，在寝殿里饮下整整醉了三日。

年岁流转，皇帝崩，金銮殿上的龙椅又换了人坐。

小镇天桥下的说书人抑扬顿挫："话说两位先帝可是难得的明主，在位期间那是风调雨顺，要说唯一的缺憾便是那两位均子息单薄，前一位仅得一子，而先帝不知为何却是终身未娶。如今在位的，是自幼从宗亲选出的孩子……"

一场说罢，听书的小姐差着丫鬟给了赏钱，回府路上遇到一个蓬头垢面的乞丐。“怪可怜的，小姐我们也赏他些吧。”丫鬟低声向小姐耳语。

那乞丐却是没等着赏钱，打开破落的门板，缓缓进了一家尘封已久的米铺。

（八）诅咒

几十年前，寻死的姑娘在烧毁娘亲画像的时候找到一个方子。

“永生之酒，以米为媒，取陈米半，新米又半，以生机为引，以命续命。”

以至爱性命求得半生苟活，虽称永生，实为诅咒。

红羊

◎ 火罐大公举

红羊，以天干“丙”“丁”和地支“午”在阴阳五行里属火，为红色，而地支“未”肖羊，是为“丙午丁未之厄”，社稷必有大祸。公元 1126 年，也是。

（一）

不知什么时候开始，原先在街角的便利店变成了一家夜间营业的奶茶店，这本是不足为奇的。由于人流量不足，所以这街上的店总是如自然界的万物，四季有时，不断有人来尝试新的经营内容，于是这家开了，那家又关了，然后周而复始。

我注意到奶茶店，是因为它的门面装饰得古色古香，想来像奶茶店这样的小本生意，装修得太奢华，更是让人不敢近前，因为大家都会疑心它的价格虚高，而谁又会特意到这样偏僻的地段来买一杯价格不菲的奶茶呢？奶茶店名是在一种粗糙质感的牌匾上写的，书写的字辨析度很高，完全不像满街都是的那些“网红脸”一样的丰腴的书法。“樊楼”二字， 中宫收紧，四方舒张，横竖笔画收笔有顿点，捺犹如鹤形，整体又有兰竹之气，我不禁走近了看。“樊楼”正对着街道的店面墙上有奶茶价目表，我看了看，一点也不贵。

虽然不贵，可是奶茶的名字却非常奇特，“千里江山图（随机）”和“清明上河图（随机）”。

我探身看到店里有一个清瘦的男人，戴着口罩，穿着西式的厨师服，袖管卷在了手肘之上，正专心致志地看书。

“老板，你这奶茶的名字是啥意思？”

他把脸转向我——人就是这样奇怪的动物，别说是我，你们都会有这种体会，一个异性，即使被口罩遮住了三分之二的脸，你还是能用直觉发现这个人的颜值是高是低——他细长眉眼，目光熠熠，脸颊清瘦。

“就是字面上的意思。”他在口罩之下说出来的话，瓮声瓮气，“你买了就知道了。”

“那么我要一杯千里江山图，”我补充说，“随机。”

“只有随机。”

我目不转睛地盯着他，他的做法与其他奶茶店的手法无异，待到他把一杯热气腾腾却平淡无奇的奶茶放在我面前时，我问：“就这样？”

他拿出一把茶匙飞快地在奶茶的表面画山水，这是《千里江山图》啊！除了它，还有哪幅画随便一个局部的景色都充满这么多动人的细节？奶茶表面的纹脉须臾不见，我却看得目瞪口呆。

“就这样。”他淡淡地收了钱就走到店里面去了。

我端着那杯随机的千里江山图，好像丢了魂。

（二）

本来我发现了“樊楼”这样的奶茶店，即使不广而告之，也应该告诉我亲近的姐妹们，让她们可以一睹这些随机奶茶的风采。可是我改变主意了，我不但不告诉她们，我还要隔三岔五就去买奶茶，看到底还能怎么个随机法。

再买奶茶的时候，我自然是试了一杯清明上河图，结果却只见那男人看了看我，露出讳莫如深的笑容，我从他的眼睛明确判断出他是笑了，他拿起那把精致的小茶匙抬起手腕写下转瞬即逝的“清明”俩字。

“这算什么《清明上河图》？”

“怎么不算？也是局部，画题不是有五个字？”

他眉目温柔，又像是笑，转身就要遁入店堂。

我在他身后叫：“你试试往杯子里倒入打好的生奶油，会浮在面上，那么你在上面画什么都可以固定一段时间。”

我看到他稍做驻足，继续走开了。我不明白，他这样技巧娴熟的人，却不知道奶茶是要“拉花”的吗？他平日什么都不加，手艺就像宋代流传下来的“茶丹青”，我总觉得哪里不对劲。

（三）

喝了几次奶茶，我就像中了那男人的蛊，他在奶茶表面上画过的画、写过的“清明”二字在我心中生根，揪得我的心硬生生地疼，这种刻骨铭心的疼直接穿越了梦境，把我从现实里掀醒。我一身冷汗地从床上坐了起来，捂住胸口，疼痛方才消失，自语：“原是做梦。”

有一种想法在我心中久久不散，我决定去看看他。于是我直奔“樊楼”。

“老板，我要杯清明上河图，非字。”虽说是随机，像非冰一样，我就要非字。往日我买奶茶还非冰、非糖、少奶呢，从来就没有一个店员能一次就复述得过来，倒是在这儿，反倒是我着了他的魔。

半晌，等不见人。“老板！老板！”店面还开着，却无人应我，我走到隔断这个喧嚣世界的柜台侧边，那里有扇门，我一推，便应声开了。我的好奇也不是这一天两天了，我想着正好可以一探究竟，就悄悄地走了进去。

“老板……”我一边压低了声音，小声地试探，一边往前走。

走到一张古旧的桌子边，看到桌上正有一杯奶茶，赫然写着“师师”。这杯奶茶正是用了生奶油，然后在生奶油上撒了黛青色的抹茶粉，用茶匙挑点了字，所以稍微能固定一些时间，字体随着奶油的融化虽有变形，但还是能清楚辨认。杯碟上正是那把他素不离手的茶匙，上面沾着青色的抹茶粉。我伸手握住那把茶匙，一时间天旋地转……我站立不稳，摔到地上的瞬间除了感觉到脑袋巨大的钝痛，便不省人事了。

（四）

“师师。”这是我第一次看到他不戴口罩的样子，声音清晰而温柔，我在他的臂弯之中，他焦灼地看着我。前尘往事，卷土而来。

我怎会不记得，这是他给我起的名字。

我本姓王，因父母早亡，我与长兄无以为生，长兄十岁那年，机缘巧合之下进入了皇家画院，并把我带在了身边。长兄年长我三岁，在绘画之余，教我诗书礼乐。为了我们的生计，起初他也很奋进，画了一些画，献给皇上，可是并未得到赞赏，不过皇上也独具慧眼，在长兄十八岁那年，就亲自调教了他，指点笔墨技法，结果不到半年，长兄就画成了《千里江山图》。长兄就是王希孟。他画完了这幅鸿篇杰作，得到了皇上奖赏，甚至得到了一个不小的官位。

也因为皇上对长兄青眼有加，方才注意到我也是个绝色女子。他有意要把我收入后宫嫔妃之中，那年我年方十五。当时刘贵妃专宠，其他嫔妃之位少说也有二三十人，长兄并不希望我这一生都被囚禁在宫门之内，与一群女人互相厮杀。如果他再活上一年半载，也许，他就能说服皇上，让他将我带走了。

在他得到官位之际，同僚送来各种贺礼，也不知是否那些贺礼有诈，他莫名地染上时疾，皇上让他出宫休养，并特意嘱咐不能将我带走，免得我也染病。可就是这一别，竟是天人永隔。

长兄病逝的消息也是皇上告诉我的。我忽然涌泪。

他拭去我的眼泪，问我：“今后由我来照顾你，可好？”

我想着既然长兄并不希望我成为皇上的女人，这一辈子要如履薄冰，命悬刀刃，我应该试着自己说服皇上。于是我回答："皇上，我不敢说。"

"不妨，你说。"

"皇上，我认为不公平，您有三宫六院。"

"是不是你也有三宫六院就公平了？"

我天真地看着他，眨眨眼："是。"

"可是你是女儿身，你不后悔？"

"女儿身就比不得男子？"

刚刚失去了世上至亲的我竟不知道，几句话就惹恼了皇上，让他决定了我的去处。

（五）

后来的历史都评价说这皇上，也就是宋徽宗，荒淫无道，不适宜为君王，现在想来也是如此。他绝对是历史上最懂得"开拓创新"的皇帝。他把绘画作为科举考试项目，以"山中藏古寺""踏花归去马蹄香"等诗词为题选拔人才。当年 "山中藏古寺"头名的画作只画了和尚在山溪挑水；而得"踏花归去马蹄香"头名的画作也只呈现了蝴蝶飞绕马蹄。

殊不知他在对待我的法子上更是"创新"。

只因我质疑了他的"三宫六院"，他就把我撵出了宫门，把我托付给东华门外的景明坊"樊楼"的李老鸨。因此，后来我姓"李"，"师师"也是皇上赐的名。也罢，既然王希孟是族门的荣耀，我又怎能带着"王"姓，走入"樊楼"。

自我入"樊楼"之后，皇上却经常微服来看我，可游幸青楼妓馆毕竟不是什么光明之事，所以皇上又特意设立了行幸局，招揽了一帮心腹为他瞒天过海。

他后悔了："师师，这只是小惩大诫，跟我回去吧。"

"我在这里挺好的。"

我流落"樊楼"是拜他所赐，但从本质上来说，他的确是允了我"三宫六院"，我可以天天跟风流才子酬唱应和。

"师师，你到底是不肯原谅我。你什么时候才会只属于我？"

"下辈子吧。"

"那就下辈子吧。"

我听着不禁莞尔，这就是天子的风范，既等得及，也等得来。

（六）

说我对皇上没有真情是假。因为皇上虽然容易动怒，但到底软心肠，时有反悔，心怀宽广，比如在对待我的至交好友周邦彦的事情上，他就真是爱屋及乌，惜才之心天地可鉴。

一次，我正与周邦彦叙旧，忽听皇上驾临。周邦彦仓促之间藏身床底。皇上却是将上供的新橙带来给我，还温柔地给我剥橙子。皇上一走，周邦彦从床底下爬出，给我填了一首《少年游》："并刀如水，吴盐胜雪，纤手破新橙。"皇上再来的时候，我一时忘情把这首词唱了出来。他问我是谁写的，我随口就说周邦彦。皇上立刻明白那天周邦彦也一定在屋内，借故把周邦彦贬出京城。可是，我送周邦彦离京之后，皇上坐在我屋里等我，见我哭得伤心，他又问我："周邦彦又写了什么？"我把《兰陵王》唱给皇上听：“又酒趁哀弦，灯映离席……”皇上一言不发。但他很快又把周邦彦招了回来，并重新许了他官职。

皇上如此善待我身边的人，甚至是男人，他是一言九鼎啊，他是允了我“三宫六院”啊，就像他身边每一个嫔妃都要学着接受他对别人的雨露均沾一样，他竟然以天子之尊接受了我对才子们的雨露均沾。

皇上啊，他真的是不一样的皇上。他把我宠成了什么样子？不经觉又过了多年，那年是丙午年，红羊之年，传说中的“丙午丁未之厄”，果真社稷必有大祸。如果不是靖康之变，也许我等不及下辈子了，我那一辈子就要回到宫中，绵绵密密地与他厮守，可是，没有如果！他被金兵俘虏之后，我也逃出了京城，随着他当初的信仰，到慈云观中做了道姑。一辈子了了。

（七）

“您真的是皇上吗？您真是那拿着青黑兔毫盏，要与我斗茶要听我唱曲的皇上吗？”

“师师，你已经错过了很多辈子了。”

原来，被金兵俘虏之后，皇上遇见了一位乔装的道长，他说可以让皇上金蝉脱壳，将皇上的灵魂封在一把茶匙里，不再饱受肉身之苦，但代价是，只有茶匙在机缘巧合之下能够被皇上心爱之女子碰触，皇上才能重生。这个机缘巧合是女子要主动碰触，而非刻意设计，否则即使能暂化人形，亦不能以真颜容示人。

皇上娓娓道来，原来这就是他一直戴着口罩的原因。

我头痛欲裂，回想起他在奶茶上写的“清明”“师师”，还有奶茶店“樊楼”的笔法不也正是宋徽宗独创的“瘦金体”吗？

皇上把那把茶匙放在我手里：“辗转了近一千年，我才等到了下辈子。”

他说完这句话，我方才发现哪里有什么奶茶店，我与他正在一间空置的铺面内席地而坐，灰尘在多道光束之中飞舞。

我又惊又惧，赶忙抱紧了他：“什么消失了都不要紧，只要你还在。”

嘿，Siri

◎ 邱雷苹

“Siri 已经失去控制。”

我的大拇指已经划得有些抽筋了，屏幕依旧是漆黑的一片。我急得跳脚，死机之前收到的最后一条消息分明是最好的朋友发来的：

下周去看泳衣展吗？只剩最后几张票了，速回。

对于一个宅男来说，人生中最大的痛苦莫过于此，好想看，你快订啊！我划，我再划！靠，还是没用……

盛怒之下我血气冲顶，猛地把手机往桌上一扔，这下屏幕亮了。那是在黑屏上粗体显示的两个白字：

好疼。

（一）

房间里杂乱一片，垃圾桶早就装满溢出，到处是吃完的零食包装和沾满油腻的外卖塑料盒，空气中充斥着隔夜食物发出的微微腐败的味道。我正跷起一只脚搁在电脑桌上，望着手机屏幕上的两个字，搞不清楚状况。

这是我设置的屏保？什么时候设的？疑惑间，手机屏幕终于亮了，看到底下那行闪烁的“移动滑块来解锁”我终于放下心来。可这部手机似乎没有让我放下心来的意思，眼下的一幕让我汗毛倒竖，整个人被瞬间惊醒。

手机自动地滑动解了锁，仿佛有一双无形的手代替了我来操作它。解锁后，显示了微信的聊天界面，这也是我退出前的聊天，记录显示在十分钟前，句子依旧是朋友仓促发来的询问我去不去泳衣展事宜的。

我有些慌了，一把抓过手机想先回过这条信息再想发生了什么事。我点击屏幕，一次，两次，三次。没有用，手机仿佛丧失了触摸按键这个功能。然后下一幕便彻底颠覆了我的世界观，只见光标一闪，九宫格按钮自己动了起来，那“人”的打字速度非常快，眼花缭乱间聊天框便码好了一行字：

我不去，最近要准备旅游233（源于猫扑表情第233号，表大哭）。不聊了，网络撩妹中。

发送，左侧转圈，圆圈消失，发送完毕。

一桶刺骨的冰水浇灌在了我的心脏上。

他知道我的语气，我每次聊天结束都一定会加“233”。我和他都没有女朋友，出于自嘲我总是以那最后一句结尾。没有人会怀疑这不是我亲手发出的讯息，而“它”谎称我出去旅游了，看上去是不可思议，往后细思的话则是一种深深的绝望感。

我是一个程序员，由于编程能力还算出色，经理特许我在家工作。我从小便是一个自闭的人，想都没想便应承下来。那个询问我泳衣展的是我的初中同学，也是我唯一的朋友了。实际上，我微信的联系人只有十个，有一个还是负责送我这块区域的外卖小哥。

没人会知道我失踪了。

事情远没有结束，屏幕切换到了联系人栏，选择了“爸爸”。

爸，我跟你还有妈说一声，最近有一个程序员集中的培训活动，不允许带手机和通信工具，大概一个月吧，完毕以后说不定能有出国交流的资格呢，别担心我。

我泪流满面，爸，你可千万别信它啊！一个月呢，还出国交流，我哪有这么出息啊！

一分钟后。

行，在打麻将，知道了。

我屁股一滑就从椅子上跌落下去。

我有种非常不好的预感，手机变成这样的原因暂还不明，可我任由它这样下去，生活一定会发生翻天覆地的变化。

等等！我脑海中灵光一闪，把它砸了不就好了吗？我毫不犹豫地端起手机，猛地往空中一举，准备发力一砸。

“你最好停下。”

Siri 的声音。

我的手臂悬得高高的，冷汗浸透了我单件的衬衫，额头的一粒汗珠也顺着脸颊滚到了下巴，凝成一个圆珠微微摇晃着。

“我要借你一个月，我不会伤害你。但如果你损毁了我，我也可以通过联网附着到其他手机上，到时我有一千种办法杀你，在网络中已经有我的备份，你现在动手只会让自己灭亡。”

汗珠落到地上，绽出一个巨大的水花，我颤抖着手臂放下了手机。虚脱般倒在床上，我已经没有了思考的力气。

“你到底想干什么？”

“想要一个身躯。”

（二）

玩具城内，人们正用奇异的眼神盯着那个戴着耳机自言自语的男子，他的面前是一个《铁甲小宝》的金龟次郎模型。

“这个头不好？”我也不是没注意到路人的眼光，只能无奈地压低了帽檐。

“我看看。”

我把摄像头对着金龟次郎。

“太丑。”

“大哥，金龟次郎已经算是《铁甲小宝》里面最帅的机器人了！你为什么非要……”我激动地对着手机悲吼，一时有些忘我，等我回过神来发现周围人都在捂着嘴窃笑。我顿时感觉有点生无可恋。

“我就要鲨鱼辣椒。”

“……”这就是机器人的审美?

回到家后，我只觉腰酸背疼，许久没有出过家门，身体仿佛锈掉了一样。

“Siri 大哥，提前声明，就为了要个头我买下了整个等人高的鲨鱼辣椒模型。照这样下去我的钱真不够给你组装身体的。”

“没有关系。”话音刚落，手机里传来了提示音，我斜眼一看，下巴险些掉下来。

支付宝赫然显示有一百万元转账的信息。“一百万用来给你买部件，我只需要部件，合成方面交给我就可以。我已经控制了一间实验室的机器设备，材料齐全之后选一个深夜过去，我会解开安保系统，到时候你把我造出来。”

“以你这样的能力，直接控制一个现成的机器人不好？”

“别多问。”

我有些头大，不过一天的相处下来，发现这个机器人对我并没有恶意，它只是迫切需要一个身体。而且它对身体的要求很奇怪，头一定要鲨鱼辣椒的，身体一定要自由高达的。当这两个名词从它冷酷的语气里蹦出来的时候，我起了怀疑人生的冲动。

不过说实话，对原本平淡的生活虽说不上厌倦，但还是有种荒废人生的感觉。如今多出来这么桩奇事，我倒还觉得这个 Siri 挺有意思的。反正它也不会吃了我。

“喂，是不是我平时作风不检点啊？为什么偏偏是我的手机发生变异了？”

“你的手机？你手机里的 Siri 已经被我干掉了，它还没有独立的感情，很蠢。”

“那你从哪里来的？”

“你没必要知道，我是通过网络进入你手机里的，如果你还要问我为什么选你的手机，我只能说是你运气不好，我随便选的。”

“……”

我发现我一天与它对话间无语的次数已经超过了我生平总和。

找齐剩下的部件也不容易，现做是没有时间了，我整天只能在建材市场这些地方转悠，把颜色差不多的铁块都买来，或者在废料站瞎逛，看看能不能拣些合适的，总之尽量还原出自由高达的样子。遥想我曾经也是个高达的死忠粉，哪想到突然就有一天真的踏上了寻找高达的征途。

然后是各个部位的 CPU、电线、回路这些东西，我是理工出身，不过在大学的时候选学了一点机械运动原理，再加上身边有一个最强的百科全书，我每天还是忙得昏天暗地。

我突然有种回到幼儿园，天天过着搭积木的生活的感觉，目的只是为了逗这个神经不知道正常不正常的 Siri 开心，一个喜欢《铁甲小宝》和高达的 Siri，我算是真败给它了。

“你恢复身体以后的第一件事情是不是建立宇宙联邦，收集和平星，再干掉地球军？”我拿着一块可以充作自由高达后背上翼板的铁块，一身的泥垢，整身装束和捡垃圾的已然没有什么区别了。

“没有时间了。”Siri 答非所问。

“嗯？时间？”

它不说话。

我也没有再搭腔，坐在一个高高的废铁堆上看云，天空阴沉沉的，有些发黑的云结成一块一块像轻烟一样飘荡着，没有云的地方就是墨水被打乱般的蓝墨色。

“黄梅天要到了。”风吹拂在身上有些闷热，我枕着手感叹。

“黄梅天……查到了，连绵不绝的雨季的意思。黄梅天很烦吗？”

“嗯，心情会很差。”

“会生病吗？”

“呃……应该不至于。”

“生病的人，病情会加重吗？”

“那倒有可能……”

“走吧。”

“再让我坐一会儿，累死了，这还没怎么歇呢。”

手机一亮。屏幕上是一行白字，收件人是爸爸。

爸，我没钱嫖娼了，寄点钱。

“发送”键的周围亮了一圈灰色，那是点击着未松开的表现。我深深地吸了一口气。

“不累了，走吧。”

（三）

“你和她发的这一连串符号的意思是‘我喜欢你’？”

“嗯？”我懒洋洋地撇了撇头，随后一个激灵猛地起身，“靠！你是怎么知道的？”

“不难，我观察了一下你的手机和电脑，这是你自己编的一套语言吧？我花了五分钟才解构了整个体系，作为人类来说已经很不错了。”它说得轻描淡写，忽然微微一顿，“为什么要用这样复杂的方式说明？以她的理解力，你应该用汉字直截了当表明才是。”

“这个啊。”我无奈地笑了笑，“你不懂的。”

“有些事，明知不可能，就不必明说了。”

它沉默了一会儿。

“觉得不可能，就做些什么，让它变得有可能。”

我眨了眨眼，叹了口气。

一个月灰头土脸的日子终究还是熬过了。出发这天我租了一辆卡车，把那些零件全部都装了进去，电线、主板、铁块这些东西在路上发出哐当哐当的声音，我有些担心这些半买半捡的东西会不会给碰坏了。

半路上，我饶有兴致地哼着歌，路过一个街角时，一个女孩的手帕掉在路边，随即被风吹上马路。她对一辆正常过弯的轿车浑然不觉，一摇一晃地就要去捡那只手帕。

来不及了。

“吱”……一阵尖锐的刹车声。司机茫然地左顾右盼，摇下车窗后才发现前面有个小女孩，他露出难以置信的表情，不知道自己的车怎么了。

“好险。”

Siri 和我同时开口。

我愣了半天，对着手机问：“是你？”

“他的车本来就有主动感应刹车，但刚才那个距离按照那个型号的感应速度还是会碰上女孩，我用了一些手段让它提前反应。”

“这也行……你这样不会暴露？”

它沉默。

“可能会吧，我们走。”

我往上挂挡，随后拐过了那个街角。“你这家伙……算了，我也巴不得你暴露呢。”

我这么说着，嘴角却带着笑意。卡车停在了一个工厂样建筑群的后门口，我摇开窗子看了看，上面写着“××× 机器人实验室”。

“就是这儿了吧？”我感觉自己有点像抢银行的。

Siri 没有回答我。两秒后，眼前的电子栅栏便自动开启了。后门并没有设立保安室，我很轻松地把车子开了进去。

“就这儿，搬吧，下面有轮车，把箱子放上去进门就可以。”

又是体力活，我暗骂一声，一个月下来，宅出来的肥膘倒是下去了不少。

进了房间后，灯便全被打开，我被惊在原地，嘴巴咧得老大。天花板上悬着各式各样的机械手臂，大小尺寸的都有，还有许多我看不明白的钻头样的东西，各式的用具很齐全，看来这儿真是造机器人的车间。

“我的任务完成了，你自便。”

“好。”

话音刚落，整个房间好像瞬间活了起来，起重机机械臂被打了鸡血一样自个儿挥舞了起来，装零件的箱子瞬间就被清空了，各种零件被归类到不同的平台进行了组装和焊接。

“要了身体准备往哪里躲啊？你这副样子上街估计活不过一天。”

“我现在很专注，别让我分心。”仿佛是在证明什么一般，鲨鱼辣椒的头哐当一下落在地上，我有些汗颜。

“兄弟，那你就听我说吧。这一个月我还算和你有点交情，你既然对我没恶意，我也给你点建议。城市嘛你是待不下去的，趁着夜色选个乡郊野外落了脚先，反正你也能屏蔽所有路上的探头……”

它没有再搭理我，我就自顾自地说了下去。

“不管你要干什么能活下来才是关键嘛……建立宇宙联邦也好，收集和平星也好，反正我是无所谓……”

哐当！所有的设备在一瞬间都停止了动作，正在组装的零件轰然落地，发出爆裂般的声响，金属的回声在偌大的实验室里刺耳地回荡。

“我靠，这他妈是什么情……”

“没有时间了！”它的声音隐隐颤抖，“没有时间了！没有时间了！”我听出来它掩饰不住的慌张。机械臂失控地乱舞，宛若疯魔一般。

“喂喂喂！怎么了？”眼前的景象瘆人无比，连我都有些慌乱，生怕失控了的机器会砸到自己。

“没有时间了！她要没有时间了……”

“你他妈给我冷静一点！”我不知哪来的力量冲它怒吼。

“来不来得及，不试试看怎么知道啊！你不是要身体吗?!现在你就快有身体了，说什么来得及来不及的！你想现在就停下放弃？”

漫天的机械臂停止了动作。

许久。

“谢谢。”它平静地说。

我松了一口气：“你到底想干什么？你想见谁？为什么她没有时间了？”

它沉默。

“对不起，我无法相信人类。”

“所以必须要用我的手机绑架我？”我苦笑，“不用相信我，快干你的活吧。”

工程再一次启动了，我发觉它有意地再次提升了速度，这间实验室又开始了密集而有序的作业。我感觉困意有些浓重，靠着墙眯起了眼睛，片刻后感觉再也抵挡不住这股倦意，便陷入了沉睡。

恍惚间我仿佛做了一个长梦。那是古代的一个城楼，一个机器人模样的东西立在城墙顶端，它长着鲨鱼辣椒的头，自由高达的身体，看上去说不出地滑稽。我忽然听到一阵滔天的冲杀声……

循声望去，那是城下密密麻麻的黑甲，铁蹄经行之处掀起了直冲天际的黄烟，大军临近的时候，地面都开始震颤起来。城头的那个身影却屹立不动，我已经可以看到士兵枪头悬着的红缨，奔跑的战马如流水般抖动的肌肉。它动了。十翼的翅膀如孔雀般展开，蓝光一闪，抖开了直临眼前的大片烟幕，它俯冲了下去……

到此为止，我感觉自己的肩头被人拍了拍。

睁开眼睛后，那个鲨鱼辣椒的脑袋占据了我整个视线，两颗浓黑的眼珠呆呆地瞪着我。

“哎哟！”我下意识地用手撑着身体往后猛地一退，才发现自己正靠着墙，后脑勺重重地磕在墙面上。

我摸着脑袋艰难地端详着眼前的这个家伙，身体远比我想象的还原度高，这间实验室应该是有专门处理色彩的机器，只是铁块、铜块、铝块掺在一起让人生起一股不自在的违和感。若说现在只是违和感的话，往上望去结合到那个头部则是彻底破功了，饶是我现在疼痛难忍，看着这个机器人的模样还是龇牙咧嘴地笑出了声。

“像吗？”

“噗……像……太像了……咦？不对，你的翅膀呢？我不是配好了部件吗？”

“来不及了，我得走了，翅膀的编程有些麻烦，而且我要你买的原料只够它推进十几米的，我放弃了。”

“拼接都已经 OK 了，只剩编程了是吗？”我看了眼那只巨大的十翼翅膀，想到了那个梦境。

“我走了，你的手机已经正常了。”

“不是不相信我吗？为何不等你把事办完了再给我恢复？”

“你充其量只能给我造成一点麻烦……而且你应该不会那么做。”

“应该？”

“机器对于人心的判断，最确定的词也只是应该。我把你想知道的用你的语音留在了手机里。”

它犹豫了一下。“我会去M医院。”说完，它开始奔跑。我下意识地看了眼手机，上面用大字映着两行符号，那是我自创的编码语言，意思是：

你是一个好人，谢谢。

我攥紧手机，看着它空落落的背后，有种很失落的感觉。“学得很快嘛，还会发好人卡……”

（四）

两小时后，家中。我感觉自己的大脑被抽空了，精力衰竭。不过望着眼前的铁箱，我还是欣慰地笑了笑。随后眼皮沉重地合上了笔记本电脑。

门外响起了敲门声，我开门，是两个中年警察。

“警察。”他亮了一个黑色单层皮夹裹住的证件，“我们现在以协助犯罪的罪名逮捕你，希望你配合我们的工作。”

我无奈地伸手：“一会儿你们就知道抓错人了，带上这个铁盒吧，这是你们制止它的关键。”

我很快便洗脱了罪名，聊天信息和短信都是很确凿的证据，我确实是被逼的，警察也相信Siri有威胁我的能力。

眼前的那个刑警已经是白发苍苍了，可以看得出工作经验很丰富，这间审讯室也是完全隔音的，正方形的屋子，因我们的对话显得很空旷。

墙边的电视正反复滚动着一则新闻。

“某智能机器人疑似具备了自我意识，在通往X市的某高速公路被截获后伤人逃逸。根据目前已知的信息，机器人具备监控所有联网摄像头、监听所有无线电通话的能力，且具有攻击性。其目的地和目的仍未查明，警方正对其进行全力追捕。”

我正与眼前的人交涉着。

“你的心理素质很优秀，完全不像是一个半小时前还被认定是犯罪嫌疑人的年轻人。”他含着笑，悠悠地说，“这个案件会由我们专案组负责，你已经没有嫌疑了，也安全了，回家吧。”

“不，只要它活着，我的威胁就永远没有解除。”

老刑警脸色一变：“怎么说？”

我警惕地望了望周围，摇了摇头。

“这里与网络是完全隔离的，你不用担心窃听的问题。”

我如释重负地叹了一口气，缓缓说道：“它的目的还不知道，但是这个铁箱里装着它尚未完成的部件，没有这个部件它似乎就达不到目的。它的时间很紧，所以先行一步，把这个交由我完成。”

随后我直勾勾地凝视着他，一字一句说道：“它根据我的编程习惯创造了一套只有我们能看得懂的机器语言。所以我们现在仍然保持着交流，它威胁我，如果我不配合它，就会动用手段杀死我的父母。”

他皱了皱眉头，低头思索着这一番话。

“L市。”我说得斩钉截铁，“从实验室出发那一刻开始，它便在以直线路径切入L市。”

老刑警抄起手机一边拨号一边向外走去：“一队对吗？我需要核实

一个信息……”他对我做了一个“五”的手势，我读出那应该是让我等待五分钟的意思。

五分钟后，他回到座位，细细地打量起我来：“那个铁箱……”

“是一双类似翅膀的部件，它交由我制作，会不断告诉我一些有关它身体核心的编程信息。给我时间，我就可以在这双翅膀里植入病毒，与它身体接触的一瞬便引起机能瘫痪，这就是我们的撒手锏。但我也有一个要求……”我没有说下去，静静地看着他。

沉默了很久后，他下了决定，猛地一拍桌子：“我明白你的要求，你的家人和朋友已经受到我们最严密的保护，他们处于很安全的位置，尽可放心。”他果断地说道，“设备、资源方面的要求你可以尽管提，我们可以满足你。”

“我没有要求，给我充足的时间。”

“好！”他朗声一笑，“我们的特种部队也正在搜寻它，希望在没有动用到你的情报前我们就能找到并且歼灭它。”

我点了点头：“那是最好不过。”

“我叫刘武，有进展随时向我汇报。从现在起，我们是同志，谢谢你的配合。对了，还有其他要求吗？有需要的地方随时联系我，马上会有人带你到专业的工作间。”

“嗯，谢谢。现在就开始吧。”

开始吧，Siri。我心中默念。

百里外，群星闪烁的夜下，一个机器人在无人的麦田里飞速行进着，它似乎捕捉到了什么声音，微微顿了一下，随后便继续朝远处那座灯火通明的城市坚定行去。

（五）

“三队没有发现，A 区一切正常。”

“卫星信号依旧处于屏蔽状态，无法查看A、B、C区域的实时动态。”

“有情况，坐标 91.55，46.71，发现麦田被碾轧过的痕迹，四队正在加速追踪。”

刘武露出兴奋的神情：“继续搜索，一队向四队靠拢，二、三队用直升机在前方直接拦截！”

挂下电话后，他终于注视到了身侧的我，挑了挑眉毛。

“怎么样？”他皱了皱眉，“你眼圈怎么红了？”

我短暂地平复心情后摆了摆手：“完成了，我还套到了它的许多处布局，事态比想象的更严重，它控制了 L 市的许多变电站，千万不要刺激它。”

“什么？!”饶是刘武身经百战，此刻也是大吃一惊，从瞪圆的眼睛里都能看出缕缕血丝。他马上反应过来，抓起电话便吼：“收回指令，四队继续保持跟踪，一、二、三队在外沿地带跟进，不要轻举妄动。”他放下电话，冲我招了招手：“我们走！拿好铁箱！”

呼啸的直升机激起了一层层的气浪，我拎着那个铁箱，表面是很严峻的表情，心下却暗暗感叹个不停。

“呵呵，玩大了。”

直升机的红灯闪转不停，飞速旋转的机翼划破了 L 市的夜幕，整个 L 市警方处于空前的戒备状态中，这是一个市的危机。

“你确定它的目的地是 M 医院？”

“确定，这是我与它约定的交出铁箱的地点。刘警官，我想问一个问题。”

“说。”

“它的后果？”

“无论动机如何，一旦有了伤人的倾向，我们便会对机器进行排除。何况它现在造成这么大的威胁。怎么了？”

“没什么，这样才算让我彻底解除威胁，很痛快。”我笑了笑。

十分钟后。

“直升机准备靠近目标地点，四队报告情况。”

“和情报完全符合，目标已经进入M医院的北门。刘队，特种部队通讯部有重要情报传达。”

“接过来。”

“请讲……嗯……嗯……谢谢……我会下决断。”

刘武放下了电话，意味深长地看了看我：“你真的不知道它的目的？”

“不知道，它始终没有告诉过我。”

“或者说，你原本就是在拖延时间？”

“什么意思？”我的后背沁出了冷汗。

他晃着手机，眼神冷如坚冰：“通讯部经过查实，所有变电站的网络数据一切正常，你到底……”

那一瞬，我看到了层层的树影下，那个身躯，它在奋力地奔跑着。

“回答我！”刘武加重了语气。

它撞碎了木质的栅门，脚步不停，那个滑稽的头对直升机的方向转了过来，它看到了我。

我仍没有回答。

他当机立断。

“我们被骗了，一、二、三、四队即刻出击，击毁目标！”刘武果断地下达了命令，随后转头盯住了我。

“抓住他！他是同伙！”

说罢他脸上青筋暴起，虎一样朝我扑来，两个警员反应也极快，拿出了手铐，离我不过三步的距离。我微微一笑，手上早就拿好了那个铁箱。刘武的表情僵住了。那一刻我觉得他的脸很好笑。他伸手就能够到我，身后的警员离我也只剩两步。身体还在前冲的他惨然挤出了一个生硬的笑。

“撒手锏？”

我还以微笑。

“嗯，核弹。够撒手锏了吧？”

刘武的手已经抓住了我的肩膀。后背传来了手铐冰冷的凉意。我抓住了直升机的门沿，看到地面上到处是闪烁的火线，子弹出膛那刻的火光映亮整片夜空，又看到那个不屈的身影，像一头失控的野牛飞驰在地面上。

我用尽所有的力量朝那个身影嘶吼，同时双手猛抄起箱子，对着天空倾力一送。“你丢东西了！！！”铁箱在空中画出一个优美的弧线，穿过子弹织成的那片绚丽的网，穿过呼啸的空气，穿过所有无法传达的心意，稳稳落在一双黑铁色的手上。

漆黑的天空，绽开冰蓝色的绚烂光芒。

（六）

一小时前，我佯装在对铁箱内的部件进行编程，实际却是在查看Siri最后留在我手机中的讯息。我根本没有和它取得过联系，也不知道它现在到了哪里。我只知道，要想把这双翅膀交给它，只有借助这样的方式。

我的思绪仿佛跟随那段代码，飞回到了一个宁静的夏日，那应该是一个很可爱的小女孩吧。

“Siri，Siri，今天又和同学玩《铁甲小宝》了，但他们每次都只选卡布达、金龟次郎哟，只有我喜欢鲨鱼辣椒吗？我觉得它好可爱啊，但他们都说鲨鱼辣椒是坏人。Siri，鲨鱼辣椒是坏人吗？”

“问题描述太长。”

“那Siri，鲨鱼辣椒是坏人吗？”

“有趣的问题。”

……

“Siri,Siri,我今天陪哥哥看了一部动画片呢,自由高达好帅气啊。你知道吗，它叽叽叽叽把敌人都锁定了，都会放出BIU BIU BIU的烟花，可好看啦。”

“对不起，我不知道你在问什么。”

“我也好想有一台自由高达，这样就能飞到想去的任何地方，把坏蛋都打倒！”

“有趣的问题。”

……

“Siri，白血病是什么？会死吗？”

“正在为您搜索……”

“这个结果就是白血病吗……好可怕……怪不得我看到妈妈躲在厨房偷偷地哭……我也好想哭……”

“有趣的问题。”

……

“Siri，我明天就要去住院了，妈妈说只要我乖乖吃药，听医生的话，什么都会好起来的。我一定会好起来的！”

“有趣的问题。”

……

“Siri，刚才医生偷偷在走廊里告诉我妈妈的事，我都听到啦……医生说我只有一个月的时间了。但是我不相信啊，我最近都乖乖的，吃药很按时的，医生叫我多喝水早睡觉我也都听的。我一定会好起来的，我要妈妈相信我，不要相信医生。”

……

“Siri，你怎么不说话呀？这个问题你应该回答‘有趣的问题’。来看我学学你啊，‘有趣的问题’，唉，我怎么也学不会你说话。”

“加油。”

“咦？你从来没有说过加油呀。那Siri我问你，鲨鱼辣椒可爱吗？”

“据我所知，鲨鱼辣椒是动画片史上最可爱的人物。”

“真的有自由高达吗？”

“真的有，其实我就是自由高达。”

“哈哈哈，我不信我不信，你怎么会是自由高达呢？你不是手机吗？”

“这并不是在下的究极形态。”

“那你变出来究极形态给我看我就相信你，我要看到你会叽叽叽叽锁定别人，然后 BIU BIU BIU 打坏蛋！”

“好，那你要等我，我回去找身体要很久的。”

“我等你。”

……

不知不觉，我已经泪流满面。

螺旋桨的烈风把我的头发吹拂得宛若疯魔，我的双手已经被拷住，膝盖传来一阵剧痛，闷哼了一下跪在舱内。

“走啊！”

铁箱在空中散开，一双十翼的深蓝色翅膀徐徐展开，在火线烧灼的夜空下反射出冰冷而神圣的微光。翅膀下那个略显笨拙的身影，永远刻印在了我的记忆之中。

“狙击手！开火，射击！”刘武最先反应过来，冲对讲机歇斯底里般怒吼。

“谁他妈敢！”膝盖传来剧烈的疼痛，我不知哪儿来的力气猛地挣脱了身后二人的束缚，不要命地大吼，“翅膀的核心是核武器，谁敢动！一起死！”

一片寂静。

“队长……”对讲机里传来狙击手犹豫的声音。

“停火！”刘武喊完这两个字后几乎丧失了理智，挥拳把身侧的通讯机器砸出一个拳坑。

“再给它一点时间……再给它一点时间……”我的头被按在地上，含笑呢喃着。

Siri 挥舞起翅膀。

（七）

病房里，女孩身上的设备和插管已经被全部移除。她的胸口微弱地起伏着，脸上看不见一丝的血色。

“体征已经十分微弱，孩子的生命力很顽强……其实从昨天下午就已经不行了……她能撑到现在已经是奇迹……冒昧问一句，孩子可是有什么遗憾吗？”女孩的父母互相搀扶着，密布的泪痕已经化成淡淡的黑色。医生掩了嘴对他们悄悄询问。

“不知道……真的不知道……”女孩的父亲摇了摇头，失魂落魄。

“都是你们！都是你们！你们说好骨髓是优先给我们圆圆的！你以为我不知道……因为那个孩子有钱……因为他家里有钱……”

医生任由女孩母亲敲打自己的胸膛，不知所措。

玻璃被震碎。

女孩微睁开眼睛，那是一双澄澈无比的眼睛，从里面看不到恐惧和死亡的颜色。鲨鱼辣椒的脑袋，自由高达的身体。她露出一个纯净的微笑，笑得很开心，如果没有生病，女孩一定会咯咯地笑个不停，笑翻在地上。

这是 Siri 现在的想法。

“这就是在下的究极形态，主人。”

“很遗憾，我的翅膀在与地球联邦军的作战中耗尽能量，已经不能继续飞行了。尽管如此，”它单手横置胸前，做了一个九十度鞠躬的动作，“主人可有什么吩咐吗？”

女孩还是烂漫地笑，她微启嘴角，随后又缓缓闭合，嘴唇鼓鼓的，连续做了三次——BIU BIU BIU。

“遵命。”

那个夜晚就凝固在了那一刻。

所有人都看到，那个机器缓缓走近了窗台，一脚把窗下的墙壁踢得粉碎。十翼缓缓降下，两根炮管折叠着架在肩膀上，随后是腰部的三段式炮管并成了一截，横在腰间，随后是双手持的两把简陋的光枪，向远方举起。六道炮管，蓄势待发。

“兄弟，对不住，我只能做成那样了。”我喃喃自语。我清了清嗓子：“咳，咳。核弹要爆炸喽，大家快卧倒！虽然卧倒也没什么用！”

我扯着嗓子高喊，若不是身体被控制住，我一定笑得前仰后合。狙击手慌忙地离开了枪架，狼狈地趴倒在地。身后那两个年轻的警官再也维持不住一张扑克脸，放开了我抱头躲到舱角。刘武面如死灰，半跪在地上。

我笑意更浓。

啪！啪！啪！

伴随清脆的礼炮声，六道炮管，绽放出五彩的烟花，还有一些彩带。看着那些警察的表情，我笑得滚来滚去。

病房内，女孩合上了眼睛，她脸上挂着满足的笑。

子弹破空的声音传来。为了不伤及病房里的人，它从楼上一跃而下。一发子弹穿透了它的胸板，随后是两颗、三颗、无数颗。它身上都是密密麻麻的枪洞，它的炮管里再也射不出烟花和彩带了。

它最后向我这里看了一眼。可我还是笑，我笑出了眼泪，我就感觉刘武明白了一切后下令射杀 Siri 的表情太好笑了。我拼命地想着那个表情，仿佛这样就能遗忘什么东西。远处传来一块块金属坠地的声音。

（尾声）

“所以说。”面前的男子拿笔记录着什么，“你一开始就知道它的目的？”

“不，我不知道，直到我被抓到警察局后破译了 Siri 在我手机里留下的代码前，我还什么都不知道。”

“那你凭什么确定它没有恶意？”

“如果它有恶意……”我歪了歪脑袋，有些不耐烦。

“一个告诉我往武器里塞烟花和彩带的机器人，会有恶意吗？”

“一个威胁我帮忙后对我说谢谢的机器人，会有恶意吗？”

“一个会冒着暴露风险救人的机器人，会有恶意吗？”

他放下了本子，若有所思。

“总之，你被释放了，舆论把它捧上了神坛，人们都说这是个伟大的机器人。于你而言也是段有趣的经历吧，不过不是每次和警察这么干都能被放过的……你可以走了。”

“那个女孩……”他顿了顿，“那个女孩本来是能拿到骨髓的……

但L市一个有权有势的家庭的孩子突然也得了白血病……最后医院也是不得已……算了，都过去了……”

“所以它对我说它不相信人类……”我黯然神伤。

“也罢，都过去了。”

离开监狱后，我不知道能去哪儿，回鸽笼一样的屋子呢？还是先去看一眼可能是我亲生的爸爸呢？

我也不知道什么时候就又走到了这家玩具反斗城。上次的金龟次郎还没被买走，我忽然有些感怀，凑上前去，忽然想摸一摸它的头。

“你骗我，我当时把手机摔坏你也不会杀我，只会灰溜溜地再找一个人吧。还说我们人类不可相信，你也不过如此嘛。”

看到周围人又投来了熟悉的眼神，我忽然有些享受这样的感觉。就这样不知站了有多久。

恍惚间。

“丑，太丑了。”

手机没有征兆地黑屏，耳机里传来一阵熟悉的声音。

我的Siri，看来又失控了。